新潮文庫

白い声

上巻

伊集院 静著

JN265862

7598

目次

白い声 上巻

序章

バルセロナは、みっつの光りかがやく宝石を持っている。

ひとつは、海流がからみ合い、汐《しお》が寄せ合ってはきらめく地中海である。ふたつめは、その海のきらめきと一年中降り注ぐ陽差しを受けて、真珠のようにかがやくモンジュイックの丘である。

そしてみっつめは、女神に抱擁された美しい女性の瞳《ひとみ》である。女たちの瞳は、海と丘のかがやきを映して無限の光彩を放ち、彼女たちが少女の頃から夢見、焦《こ》がれてきた〝出逢《であ》いの刻《とき》〟を見つめている。

バルセロナは、スペインのかがやきをわがものにしているのだ。

この街で出逢った女と男は、たとえいっとき別離することはあっても、かならずやふたたびバルセロナに舞いもどり、かがやく光りの中で至福の時間につつまれるという。人生のあらゆる時の流れの中で、人がもっとも美しくかがやく瞬間は恋をしている時だと、この土地の女神は知っているのだ。バルセロナの女神は降り注ぐ太陽の光のように、ここで暮す人々に今も祝福を与え続けている。……

一九八×年十二月×日、バルセロナ新市街の一角、マリア・クリスティーナ広場近くにあるサルバドール病院で、愛らしいひとりの日本人女児が誕生した。

その日が、スペイン・カソリックの数多《あまた》ある聖人・聖女の祝祭の中で、聖女レイナの帰天の日であったから、カソリック信者の父・牧野《まきの》篤司《あつし》は、女児を玲奈《れいな》と名付けた。

スペインに来て五年になるこの夫婦は、結婚十一年目にしてようやく子供を授った。何ものにもかえられぬ宝として、この子をいつくしみ、大切に育てることを二人は神に誓った。バルセロナの宝石のように美しい瞳を持つ女児は、両親の愛を一身に受けて育った。

夫も妻も我が子を見つめているだけで、この上ないしあわせを感じた。それは両親だけが感じたことではなかった。バルセロナに住む日本人の間でも、この一家で働くスペイン人たちの口からも、少女になった玲奈がまばゆいばかりの美しさであることが語られ、評判になっていた。

「玲奈さまは、きっと聖女さまの生まれ変わりに違いない。あの瞳にじっと見つめられていると、私たちの胸の中にある不浄なものが、洗い清められるような気持ちになります」

少女に逢ったスペイン人たちはそう囁《ささや》き合っていた。

父は、娘が成長して行くにつれ、日毎《ひごと》に増してゆく美しさに、内心畏《おそ》れを抱くことがあった。

バルセロナでは時折、子供の誘拐事件があることを父は知っていたから、我が子を決して一人で外出させなかった。市中の危険な地域に入ることは特に厳しく禁じていた。元もと日本に居る時から病弱であった妻の要子《ようこ》は、玲奈の出産後、体調が思わしくなく、娘の世話が充分にできなかったので、夫婦は教会の神父から娘に乳母を紹介して貰《もら》い、彼女の一家を住み込みで雇った。

日本の商社の支店長を務めていた牧野は、仕事一辺倒の生活をあらため、娘と過ごす時間を優先した。そのお蔭《かげ》か、娘はすくすくと育ち、サンタ・テレサ学院の幼児部へ入学した。良家の子女が通うこの名門の学校で、スペインの教育を受けさせながら、一方で日本人の家庭教師を雇い、日本語を学ばせていた。

聡明《そうめい》な少女であった。娘は父の生き甲斐《がい》だった。

男兄弟五人の三男として育ち、高校から全寮制の男子校へ行き、大学を出ると一流商社に入社し要子と見合結婚した牧野にとって、娘がこれほどいとおしいものだとは思いもよらなかった。

週末、父と子はバルセロナの街を散策した。

この街には美しい散策の径《みち》がいたる所にあった。

春は花が咲き乱れるカルメル公園へ行き、パンジー、マーガレット、トルコ桔梗《ききよう》、蘭《らん》の花々が揺れる中を歩いた。初夏の風が吹きはじめるとモンジュイックの丘に登り、陽光にかがやく地中海を眺め、白く光るバルセロナの街を望んだ。丘から見つめると、バルセロナが海にむかって拓《ひら》かれているのがよくわかった。

カテドラルの塔と並ぶように青い空にむかってのびるサグラダファミリア聖堂の石塔が、玩具《おもちゃ》のように映るのを二人して見つめた。完成までにあと百年とも二百年ともいわれるアントニオ・ガウディ・コルネット設計のこの教会は、朝夕の光の中で時間を越えた芸術に映る。

二人はこの丘へ行くと、二度に一度はカタルーニャ美術館を訪れた。中世ロマネスク美術の宝庫と呼ばれるこの美術館には、ピレネー山脈周辺に点在する古い教会の壁画がそっくり移されて展示してあった。

敬虔《けいけん》なカソリック信者である妻と結婚し、二人して教会へ訪れるうちに、いつしか牧野もカソリックの信者になっていたのだが、この国で洗礼を受けた玲奈は妻以上にカソリックの教えに強く影響をうけていた。乳母のロッサーナがまた敬虔な信者であったことも影響したのだろう。スペインはヨーロッパの中でもイタリアと並ぶカソリック王国であった。バルセロナには街のいたる所に教会が点在していた。その上、スペインでは女性の信仰心が篤《あつ》く、そのあらわれか、マリア信仰や聖女信仰が盛んだった。肺を患《わずら》っていた母親とベッドをともにできなかった娘が、木製のマリア像を抱いて眠っていたのを牧野はよく憶《おぼ》えていた。カタルーニャ美術館に娘の好きな十一世紀の木偶《もくぐう》のマリア像があり、その像の前に立つと、玲奈はいつも目を閉じて祈っていた。

夏はカダケスやタラゴナの海まで遠出をしたり、ピレネー山脈の麓《ふもと》の村々までドライブに出かけたりした。

秋になると、バルセロナ中の並木の葉が色付き、美しい並木径を葉音を耳にしながらそぞろ歩いた。

娘と二人きりの散策の時間は、牧野にとって至福の時間《とき》であった。長い髪を海風にそよがせながら歩く娘を見ていると、牧野はこの時間が永遠に続いて欲しいと願ったものだった。

玲奈が八歳の時、女学校で一日遠出があり、バルセロナの北西にある〝聖なる山〟

と呼ばれるモンセラットへ出掛けた。娘はその山頂にある修道院で聖母像と出逢い、ひどく感銘を受けて帰って来た。それ以降、牧野は年に何度か、娘をその山へ連れて行くようになった。

モンセラットへ礼拝に行くようになったことが、娘を悲劇へ導いて行くことになるとは、牧野は夢にも思わなかった。

玲奈にとって最初の哀《かな》しい出来事は、十歳の春に起こった。

その半年前から再び病院で過ごすようになっていた要子が、復活祭直前のセマーナ・サンタがはじまる夕刻に亡《な》くなった。

その日の午後、牧野は娘と二人で妻を病院に見舞った。妻は元気そうに見えた。彼女は、その日がキリストの復活をたどる祭りであるセマーナ・サンタの第一日目と知っていたから、教会への献金を牧野たちに託した。

夕刻のミサに出席している時、娘が急にうずくまった。どうしたのだ、とあわてふためいた牧野に、娘は、

——今、お母さんが召されました……。

と、青ざめた顔をしてつぶやいた。

妻は、彼女の生前の希望どおり、モンジュイックの丘の東側にある墓地に埋葬された。

牧野はしばらくの間、嘆き哀しんだが、その牧野を元気付けてくれたのは娘だった。

「お父さん、安心していいのよ。私は昨日の夜も夢の中でお母さんに逢いました。とても元気にしていらしたわ。お父さんがそうして哀しんでいるのを心配なさってたわ」

牧野は自分のことを心配して元気付けてくれる娘を見て、不甲斐ない自分を叱咤《しった》した。たった一人の母の死は、幼い娘にとって哀しい出来事に違いないのに、こうして気丈にしている姿がせつなく思えた。

しかし同時に、娘の中に自分と違った死生観が宿っているのではと牧野は懸念《けねん》した。

「玲奈、私のことはもう大丈夫だよ。君も母さんを亡くして、さぞ悲しいだろう。泣きたければ思い切って泣いてかまわないんだよ。哀しみは分ち合うことだってできるんだから……」

と声をかけた時、娘はかすかに笑みを浮かべ、大きな瞳をしばたたかせて言った。

「私は平気です。私には哀しみをともに分ち合う方がいらっしゃってよ。マリアさまも、イエスさまも、サンタ・ヘマさまも、私のそばで見守って下さっているから……」

牧野は、信仰が人を救済してくれるものとは、妻や娘のように心底から信じている
わけではなかった。
それでも朝、夕、時間があるごとに教会へ通う娘を見て、彼女が信仰によって清ら
かに生きていられることを喜んだ。

次の悲劇は二年後の夏に起こった。
その日、娘はロッサーナの家族とモンセラットの山に出かけた。以前、牧野の家に
何度か遊びに来たことがある修道尼《に》がイタリアへ行くというので、彼女に別れの挨拶《あいさつ》
をしに、モンセラットの山中にあるサン・ベニート修道院に出向いた。
娘はこれまでに何度か、ロッサーナの家族とモンセラットへ礼拝に出かけていた。
ロッサーナの夫、ホセ・ルイスは魚市場の荷出しドライバーをしていたから、険しい
崖径《がけみち》が続くモンセラットへも、牧野は安心して娘を送り出した。
ホセ・ルイスから牧野の自宅に電話が入ったのは、夕刻のことだった。
「レイナがどこかへ行ってしまったんです」
「えっ、玲奈がどうしたって？」
興奮して早口で喋《しゃべ》り続けるホセ・ルイスの電話を切って、牧野はすぐに車でモンセ

ラットにむかった。

険しい山径を登る頃には陽は落ちて、途中、牧野は何度もブレーキを踏まなければならなかった。ようやく修道院の前の広場に着くと、警察の車が三台停車していて、その側《そば》にホセ・ルイスとロッサーナたちがいた。ロッサーナは牧野の顔を見た途端、大粒の涙を流して、自分が玲奈を見守っていなかったことを詫《わ》びた。玲奈は午後の三時過ぎに、少し散策をすると言って、サン・ベニート修道院を出たきり帰って来ないという。警察官に状況を聞いても、彼等は娘のこととは別件で来ているらしく、首を横に振るばかりで、娘が無事なのかどうかまったくわからなかった。

夜の闇《やみ》が山中を覆《おお》い、夏とはいえ、標高千メートルを越えるモンセラットの山に冷気がひろがりはじめた。牧野はホセ・ルイスや修道院の僧たちと娘を探した。娘の名前を呼ぶ声は山中に空《むな》しく木霊《こだま》するだけだった。

翌朝、玲奈は、サン・ベニート修道院から数十メートルしか離れていない崖の途中の草地で、気を失なっているところを、ロッククライミングの練習に来ていた若者によって発見された。左肩を打撲し、左足に擦過傷を負っていた。

牧野はすぐに娘をバルセロナの病院へ連れて行った。傷の方は軽かったが、娘はどうして崖下に転落したのか憶《おぼ》えていなかった。ただ誰かが手を差しのべてくれて、崖から引き上げてくれたとだけ話した。その相手が誰なのかと問いただしても、顔と声を憶えているだけで、初めて逢った人だとしか言わなかった。

医師は頭部の検査をしたが、異状はなかった。念のため一週間入院させたが、娘は何事もなかったように元気になり退院した。

娘が事故に遭遇した日、モンセラットの山で麻薬の密売組織と警察の追跡劇があり、逮捕された者の中に日本人が一人含まれていたのを牧野が知ったのは、後のことだった。その日本人は、二十数年前にベストセラーを出した野嶋郷一《のじまきょういち》という作家だった。牧野も、その男の名前には聞き憶えがあった。

九月になり、新学期がはじまって間もなく、牧野はサンタ・テレサ学院から呼び出された。

「家ではレイナさんの様子に、何か変わったところはありませんか?」

女教師が牧野に尋ねた。

「変わったところと言いますと?……何か娘にあったのでしょうか」

牧野が教師に訊《き》き返すと、教師は少し顔を曇らせて、玲奈が数日前から、授業中に自分の名前を失念したり、どうして自分が授業を受けているかがわからなくなり、しばらく惚《ほう》けた状態になることがある、と話した。

「名前を忘れるんですか？」

牧野は驚いて教師の顔を見返した。教師は眉間《みけん》に皺《しわ》を寄せて、家での娘の様子を訊き直した。

牧野は夏のモンセラットでの事故の話をした。今度は教師の方が驚いて、もう一度精密検査を受けるべきだと提案した。

「いつから娘はそんなふうなのでしょうか？」

牧野が訊くと、名前を忘れたり、自分のしていることがわからなくなったりしたのは先週からのことだが、玲奈には以前から少し妄想癖のようなものがある、と言い出した。

「妄想癖？」

「ええ、でも時たま、そんな生徒はいるんです。それはいっときのことで、すぐに失《な》くなるんですが……、特に信仰心が強い子に起こることがあるんです」

「どういうことでしょうか？」

「イエスさまやマリアさまの声が聞こえたりするんです。おそらく妄想の中で幻聴のようなものを聞いたと思い込んでしまうのでしょう。信仰心が昂《たか》まると、そういうことは大人でも起きるそうです。増してや何事にも過敏な年頃ですから、間々《まま》、そんな生徒が出ます。それを口にしてしまうことで余計に感情が昂ぶってしまうんです」

「どんなことを口にするのでしょうか？」

牧野は教師の目をじっと見つめた。教師は目を細めて白い歯をこぼし、

「たわいもないことです。イエスさまのお告げとか、マリアさまの姿を見たとか……、ほらっ、年寄りにだってあるでしょう」

と笑いながら言った。

牧野も笑って頷《うなず》いたが、妻が病院で亡くなった夕刻、娘が妻の死を別の場所で察知し、それを口にしたことは話さなかった。

牧野は家に戻ると、ロッサーナと、たまたま彼女のところに遊びに来ていた娘の友人のエリカに、娘の様子を尋ねた。エリカはホセ・ルイスの妹の娘で、玲奈と一番親しくしている女友達だった。

ロッサーナは、そんな様子はないと首をかしげたが、エリカは躊躇《ためら》い気味に、夏を過ぎた頃から、一緒に散歩をしている時に、何度も通い慣れた径がわからなくなり、道端で立ちつくすことがあると言い出した。エリカは目に涙を溜《た》めて、

「レイナを助けてあげて下さい」

と牧野に哀願した。

牧野は娘をマドリードの国立病院へ連れて行き、そこで医師から彼女が一時的な記憶喪失症になっていることを告げられた。

何もわからずに病室のベッドに寝かされ戸惑っている娘を見て、牧野はカソリックの建物であふれるスペインを出て、娘を日本に連れて帰り、治療に専念させようと決心した。

会社は牧野の事情を理解してくれて、東京のマンションで娘との二人暮しをはじめた。しかし、バルセロナの環境になじんでいた娘には東京の喧噪《けんそう》は煩《わずら》わしいようだった。牧野は医師とも相談し、静かな環境を探した。

彼は金沢に住む、妻の姉の家へ行くことにした。義姉《あね》は早くに夫を亡くし、金沢の街で一人で暮していた。スペインにも数度訪ねて来て、娘を可愛《かわい》がってくれた。

牧野は、娘を連れて金沢を訪れた日、彼女と卯辰山《うだつやま》に登った。金沢卯辰山工芸工房へむかう散歩道を歩いている時、娘は急に立ち止まり、背後の日本海を振り返ると、

「お父さん、この径はモンジュイックの丘の径にとても似ているわ」

と大きな瞳《ひとみ》をかがやかせて、嬉《うれ》しそうな声で言った。

牧野は娘のその一言《ひとこと》で、金沢の街へ移り住むことを決意した。

そうして五年の歳月が流れた。……

第一章　聖夜

水平線を黄金色《こがねいろ》に染めて、バルセロナの海に太陽が昇って行く。アフリカ大陸から吹き寄せる風に地中海は波打ち、波頭が金と銀にきらめいている。群れ飛ぶ海鳥の羽が朱色に染まる。出漁する舟が波を蹴《け》って沖合いに向かう。昇りはじめた太陽の指先が、先刻まで夜の闇《やみ》に沈んでいたモンジュイックの丘の城壁を白くかがやかせて行く。カテドラル、サグラダファミリアの塔が、バルセロナの家々に朝を告げるように、まぶしい光を放っている。バルセロナの朝はかがやきではじまる。

そのかがやきに包まれて、海へ続く径《みち》を牧野玲奈は海風に長髪をなびかせながら歩いていた。この街には、海にむかって続く何本もの美しい径があった。

玲奈は今、朝の散策で一番お気に入りの径を歩いている。古い石畳が海まで続く径に、汐風《しおかぜ》が静かに舞い昇ってくる。風に誘われるように玲奈の歩調がはずむ。彼女の足取りが軽いのは、先刻、教会で、親友のエリカがシウタデラ公園で待っている、という伝言を聞いたからだ。

エリカに逢《あ》うのはひさしぶりだった。

やがて公園の木々が見えはじめ、二人がいつも待ち合わせる大きなヒマラヤ杉が目に入った。

木の下に佇《たたず》んでいるのは、たしかにエリカだ。玲奈は歩調を速めた。

「エリカ……」

と声を掛けそうになって、玲奈は思わず口をつぐんだ。長身の人影が木蔭《こかげ》からあらわれ、エリカに近寄ってゆく。エリカはその人影に踊るようにして飛び込んで行った。

——どうしたの、エリカ。その人は誰なの？

玲奈は息を止めて立ち止まった。

同じ歳《とし》の女の子の中でも早熟だったエリカの肉体が、男の手に引き寄せられていく。

二人は木蔭でキスを交わした。遠目でも、つま先立つようにしている彼女の足元を見て、玲奈には情熱的な性格のエリカの胸の内が察せられた。

——恋しているんだわ。

そうつぶやいてから、

「あっ、そうか。あの人がエリカの手紙に書いてあった許婚者《いいなずけ》なんだわ……」

玲奈は、昨夜読んだエリカからの手紙の内容を思い出し、ちいさく頷《うなず》いた。

ヒマラヤ杉の下の二人は、身体《からだ》を寄せ合ったまま離れようとしない。玲奈はどうしたものかと立ちつくしていた。

その時、突風が背後から足元をさらった。玲奈はひろがったスカートを手で押え、風の吹いて来た方角に目をやった。そこには朝陽にかがやくティビダボ山頂の十字架が光っていた。まぶしい光に一瞬、玲奈は目を閉じた。

ゆっくりと目を開くと、十字架の光を背に立つ一人の男の姿があらわれた。

――あの人だ……。

玲奈の胸がときめいた。

玲奈は身体が浮き上るのを感じた。その人の差し伸べた手がゆっくりと彼女の背中に回り、光の中からやさしい声で語りかけてくる。

「ああ、あなたですね。来て下さったのね……」

玲奈が悦《よろこ》びのあまり声を発すると、風音とともにその人は消えた。

「どこなの、どこへ行ってしまったの……」

玲奈は大きな声を上げて、周囲を探した。……

自分の声で、玲奈は目覚めた。

ゆっくりと開いた瞳《ひとみ》に、カーテンの隙間《すきま》から差し込む十二月の朝陽が映った。玲奈はまぶしさに目をしばたたかせた。

——夢だったのね……。

玲奈は胸の中でつぶやいて大きく吐息をついた。

まだ、胸が高鳴っている。胸元や脇《わき》の下が汗ばんでいた。たとえ夢の中であれ、ひさしぶりにあの人と再会したことで、玲奈は自分が興奮しているのがわかった。玲奈は、そっとパジャマの上から胸元を手でおさえた。指先が隆起した乳房に触れた途端、かすかな衝撃が背中を走った。

玲奈はちいさな声を上げ、目を閉じて唇を嚙《か》んだ。それから小羊のような目で天井を見つめた。

今しがた、夢の中で、親友のエリカが許婚者と抱擁していたことも、十八歳の、もう充分に成熟した玲奈の肉体を興奮させていた。

玲奈は戸惑いの表情を浮かべたまま、ゆっくりと上半身を起こした。

風音が聞こえた。見るとカーテンが海の青を反射させて波打つように揺れている。

玲奈はベッドを出て窓辺に立ちカーテンを開いた。

十二月の日本海が朝陽にかがやいている。

昨日までの霙《みぞれ》まじりの天候が嘘《うそ》のようだ。くっきりと水平線を浮かび上がらせた海が、金沢の町のむこうにひろがっていた。

窓を開けると、冷たい海風が玲奈の火照《ほて》った身体を鷲摑《わしづか》みにした。パジャマの襟元《えりもと》から入り込んだ冷気が、夢の余韻を消して行く。

背後から、高尾《たかお》の山に茂る竹林の葉音が聞こえてくる。

玲奈はもう一度、海を見つめた。

夢の中のバルセロナの海がよみがえり、光る海のむこうにあの人の姿が浮かんで来た。

父にも、誰にも打ち明けていない。あの日……モンセラットで事故に遭った時、自分に救いの手を差し伸べてくれた人。崖《がけ》の岩間から玲奈をやさしく抱きかかえ、草叢《くさむら》に寝かせてくれた人……。

玲奈ははっきりと憶《おぼ》えていた。あの人の背後に光の帯が幾重にもひろがり、かがやきの中で微笑《ほほえ》んでいた美しい面立ちは、イエスさまのようでもあり、聖ヨハネさまのようにも映った。

でも違う。あの人は主でも聖人でもない。きっとこの世のどこかにいて、私を見守って下さっているはずだ。いつか必ず私の前にあらわれるに違いない。玲奈はそう信じて五年の歳月、その人のことを想《おも》い続けていた。

——あの人の夢は、きっと何か良い事が起こる前兆に違いないわ。

玲奈はつぶやいて窓を閉じた。

彼女は自室の壁に貼《は》ったマリアさまと聖女ヘマの御絵《ごえ》の前へ立つと、机の上のロザリオを手に跪《ひざまず》き、目を閉じて朝の祈りを唱えた。

祈りをはじめると、少しずつ気持ちが落ち着いて来た。

祈りを終え、玲奈はカレンダーに目をやった。今日は十二月二十四日、夕刻には聖夜を迎える。

今夜、金沢の街にバルセロナから素晴らしい訪問者たちがやって来る。

エスコラニア。

〝天使の声〟と呼ばれ、ヨーロッパだけでなく世界中の人々から愛されているモンセラットの修道院の少年聖歌隊が、今宵、金沢の街でミサを兼ねたコンサートをする。

エスコラニアが金沢に来ると決った一年前から、玲奈は今日の日をとても楽しみにしていた。

「やはり今夜は、いいことがありそうな気がするわ」

玲奈は言って、ロザリオを机の上に置いた。机の上には、昨日バルセロナから航空便で届いたエリカからの手紙があった。手紙にはクリスマスカードと丁寧な文字で綴《つづ》った彼女の便りが入っていた。

〈玲奈、あなたに一大ニュースを伝えなくてはいけないわ。私、先月、婚約したのよ。信じられる？……〉

手紙を読んで一番驚いたのは玲奈だった。十八歳の娘が婚約することは、スペインではよくあることだが、まさか親友のエリカが婚約をするとは想像もしていなかった。玲奈は、机の上に立て掛けた写真立ての中で笑っている、エリカに向かってつぶやいた。

「エリカ、あなたの素敵なフィアンセを、今朝たしかに夢の中で見たわ。あんな場所で、あんなに情熱的なキスをして、ロッサーナおばさまは何と言うかしらね？」

エリカからの便りといい、今宵の聖歌隊のことといい、玲奈は十八歳の聖夜が何かとてもいい宵になるような気がした。

玲奈は着換えを済ませ、階下へ降りた。

キッチンから紅茶の香りが漂っていた。

「おはよう。今朝はゆっくりね」

伯母の文子《ふみこ》が、朝食の準備をしながら声を掛けた。

「おはよう。今日から学院は冬休みだから」

「そうなの。さっき篤司さんから電話があったわ。明日は、午後の早い便で戻って来るから、外へ食事に出かけましょうって」

「そう。それは楽しみだわ。クリスマスにお父さんと過ごせるのはひさしぶりですものね」

玲奈はキッチンの棚から皿を運んで、テーブルに並べはじめた。

暖炉の前のロッキングチェアーの脇に、膝掛《ひざか》けと数冊の本が置いてあるのが目に止まった。

「あらっ、伯母さま、もしかして昨日の夜、また読書をしたまままうたた寝をなさらなかった？」

玲奈がキッチンの中の伯母の顔を覗《のぞ》くと、文子は悪戯《いたずら》を見つけられた少女のように片目を閉じて、ちいさく頷いた。読書が唯一《ゆいいつ》の楽しみである伯母は、ついつい夢中になって本を読みながら、椅子《いす》で寝入ってしまうことがよくあった。

「そうなの……先週から読み始めた小説がフィレンツェのことをとてもよく書いてあ

ってね……」

伯母が少し鼻声で言った。

「先月やっと風邪が治ったんでしょう。お父さんに知れたら、また叱《しか》られるわよ」

「はい、はい、わかりました」

玲奈は朝食を摂《と》りながら、文子から昨夜、彼女が読んだ小説の話を聞いた。それは二人の朝の行事のようなものだった。

「だからフィレンツェという街が、その主人公の女性を戸惑わせたんでしょうね……」

玲奈は黙って伯母の話を聞く。時折、伯母は昨夜の本の世界へ立ち戻ってしまうのか、食事をする手が止まった。

「伯母さま……」

玲奈が注意をすると、文子はあわててトーストにバターを塗りはじめた。

「ところで、玲奈さんの今日の予定はどうなっているのかしら?」

「昨日、お話ししたとおり、午後から卯辰山《うだつやま》の工房へ行って、七時に観光会館でバルセロナの聖歌隊の合唱を聴きます」

「そうだったわね。何と言ったかしら、その聖歌隊の名前……」

「エスコラニアよ。〝天使の声〟と呼ばれている少年聖歌隊。この一年、ずっと楽しみに待っていたのよ」

玲奈の瞳がかがやいている。家の背後で竹林が葉音をたてた。

野嶋郷一は、ベッドの中で波の音を聞きながら、煙草《たばこ》をくゆらせていた。白い煙りがゆっくりと流れて、床に転がったウィスキーのボトルをなぞるように這《は》って行く。隣室のバスルームからシャワーの音が聞こえる。シャワーを浴びている佐伯啓子《さえきけいこ》の豊満な肉体が思い浮かんだ。

先刻まで、このベッドで艶姿《えんし》を見せていた啓子の身体と、いつもどこか冷めたように自分を見つめる彼女の瞳が思い出された。昨夜は体調が悪いと野嶋を拒んでいた啓子が夜明け方、身体を求めて来た。肉体は快楽に溺《おぼ》れているのだが、彼女の野嶋を見つめる瞳は冷めていた。

――それはそうだろうな……。たった一人の妹を死に追いやった男に身を預けることを、あれほど拒んだ女だからな……。

野嶋は煙草を傍《かたわ》らの灰皿で揉《も》み消した。スリッパの音がして、バスローブ姿の啓子が寝室へ入って来た。

「そうだわ。昨夜言い忘れたけど、片岡《かたおか》さんが今日、京都から金沢へ見えるそうよ。あなたに会えるかどうかと聞いてきたわ」

野嶋は啓子の言葉に、東京の編集者の片岡直也《なおや》の顔を思い浮かべた。温厚な片岡の顔を見るたびに、口の奥から苦いものが滲《にじ》み出て来る。片岡とはもう二十年以上のつき合いになるが、その間、野嶋は片岡が望む小説を一編も渡していない。それは片岡に限ったことではなかった。二十五年前、野嶋の処女小説がベストセラーになった時、浮塵子《うんか》のように集まって来た編集者の誰一人、彼の小説を受け取った者はいなかった。

今はもう片岡一人が、野嶋を年に二度訪ねて来るだけだった。律儀《りちぎ》な片岡は、この二十数年、野嶋がどこの街に移り住もうが追い駆けて来た。

バルセロナに居た時も、片岡は自費でスペインまでやって来た。あのいまいましい事件の時も、片岡はわざわざ野嶋が収監されている刑務所まで面会に来た。

傍目《はため》からは、片岡が野嶋に執拗《しつよう》に執着しているように見えるが、実のところ片岡は、野嶋の小説を待っている唯一の編集者であったから、二人の関係は途切れずに続いていた。

片岡の目を見ていると、野嶋は身を削られるような思いがする時がある。野嶋はこころと裏腹に、片岡へぞんざいな態度に出る。それでも片岡は野嶋を見放さなかった。

「で、どうするの？」

啓子の声に、片岡の姿を思い浮かべていた野嶋は目をしばたたかせて、

「夜なら〝舵《かじ》〟に居ると言ってくれ」

と、香林坊《こうりんぼう》にあるバーの名前をぽつりと告げた。

「そう……。片岡さんがあなたに伝えて欲しいって言ってたわ。今夜、観光会館でスペインの聖歌隊のコンサートがあるんですって、それを一緒に聴きに行かないかって」

「そんなものに興味はない」

「でも、片岡さんはその聖歌隊の話をあなたから聞いたそうよ。たしかパンフレットがあったわ」

ベッドの側《そば》の小棚の抽出《ひきだ》しを開けようとする啓子の左手に、野嶋が触れた。

「やめて、今日は早くからレストランの内装工事の人と打ち合わせがあるの。ああ、これだわ。エスコラニア、〝天使の声〟か……。チケットは売りきれたらしいわ」

啓子はパンフレットをベッドサイドのテーブルの上に置いて部屋を出て行った。

テーブルの上の煙草に手を伸ばした野嶋は、啓子の置いて行ったパンフレットに目を止めた。

パンフレットには、白い聖衣をまとった聖歌隊の少年たちと、切り立った岩山に建つ修道院の写真が載っていた。

見覚えのある風景だった。

忘れもしないモンセラットの修道院であった。

野嶋は煙草をくわえたまま、奇妙なかたちの岩が並ぶ山景を見つめた。

いまわしい思い出がよみがえって来た……。

五年前の夏、バルセロナに居た野嶋は、スペインの友人に頼まれて、アルバイトのつもりで荷の受け渡しの作業を手伝った。バルセロナの滞在も六年が過ぎ、金に困るようになっていた頃だった。

引き受けた仕事は、段ボールひとつの荷を受け取り、友人に渡すというだけの簡単なものだった。だがアルバイト料は破格だった。毎回受け取る報酬で、野嶋も荷の中身が何なのか薄々想像がついていた。

モンセラットの修道院のミサには多くの人々が集まる。群衆の中での受け渡しは、その日が三度目だった。

野嶋が危険を感じなかったのは、修道院に集まる人の多さと、そこが人里離れた山頂であったからだった。まさか警察の手入れがあるなどとは思ってもみなかった。修道院の脇《わき》の駐車場に、数台の警察の車を見つけた仲間が報《しら》せに来て、その男とそれぞれの車で一足早く修道院を去ったのだが、途中、急カーブの山道で、野嶋は一人の少女を跳ね飛ばしてしまった。急ブレーキをかけた時、車に人が当った感触はなかったのだが、少女の姿が視界から消えた。その時、一瞬、瞳《ひとみ》を瞠《みは》らせて野嶋を見つめた少女の顔が目に入った。少女は美しい東洋人だった。野嶋は車を止め、少女の消えた地点に引き返した。車を降りて、崖下《がけした》を覗くと、少女は羊歯《しだ》に被《おお》われた傾斜地を滑り落ちたらしく、突き出した岩の上に横たわっていた。野嶋は追手がまだ来ないことを確認すると、崖を下りて少女を抱き上げ、途中の草叢《くさむら》へ寝かせて立ち去った。

そこで時間を費したのがいけなかった。すぐに山を下りたのだが、検問に引っかかり、野嶋は逮捕された。日本の新聞に自分のことが大きく報道されたことを、獄中で片岡から報された。致命的な失態だった。

「あんな小娘、放っておけばよかったんだ」

野嶋は吐き棄《す》てるように言うと、パンフレットを丸めて床に投げ棄てた。

玲奈はその日の午後、高尾からバスに乗り卯辰山にむかった。

冬休みになったせいか、車内は市街に出かける家族連れの姿が目立った。彼女と同じ歳《とし》格好の女の子が、母親と仲睦《なかむつま》じく話しながら笑っている。

母の要子が生きていれば、聖夜の今夕は、敬虔《けいけん》なカソリック信者の母と二人して教会へ出かけていただろう。けれど玲奈は、母が亡《な》くなったことをことさら哀《かな》しんではいなかった。母は主の許《もと》に召されたのだし、それは母と自分の運命なのだと思っていた。

バスが市内に入ると道路はひどく渋滞していた。香林坊前でバスを降り、玲奈は花屋へ立ち寄って花を買った。ふたつの花束をこしらえて貰《もら》い、卯辰山にむかうバスに乗り換え、城北大通りの山の上町のバス停で降りた。

玲奈は、そこから卯辰山工芸工房まで、いつも歩いて行くことにしていた。この径《みち》を散策するのは彼女の楽しみのひとつだった。父の篤司に連れられて初めて金沢を訪れた時、この径を歩いていて、春の海がかがやいているのを目にしてから、金沢の街が好きになった。

朝からの好天に、径沿いの木々が活《い》き活《い》きとして映る。枝先に付く蕾《つぼみ》が海からの風に揺れ、きらきらと光っている。

——皆、春を待っているんだわ……。

玲奈は桃の芽を見つめて呟《つぶや》いた。

工房までの小径に目をやると、桜、梅、海棠《かいどう》……など、春に花開く花木が並んでいる。彼女は、その場に立ち止まり、それらの花が一斉に開花する華やかな季節を想像した。枝だけの木々たちに、白や赤や桃色の花が咲き乱れている姿が目に浮かぶ。その花盛りの木の下に、ぽつんとたたずむ白い人影が揺れていた。

——誰かしら？

玲奈は幻影に目を凝らした。

人影はゆっくりと振りむき、彼女に笑いかけた。

「お母さん……」

玲奈は思わず声を上げた。母の要子だった。

玲奈が目をしばたたかせると、幻影はすぐに失《う》せた。風が彼女の足元をさらった。

玲奈は思いがけずあらわれた母の幻に、大きな瞳を瞠った。先刻、バスの中で、母子連れの仲睦じそうな姿を見たせいかもしれない。玲奈はひさしぶりに母に出逢《であ》えたことが嬉《うれ》しかった。

——やはりこの径はモンジュイックの丘の径に似ているんだ。

玲奈は背後の海を振り返って呟いた。

バルセロナに居た時、父とは何度も散策に出かけた丘の径だったが、たった一度だけ、玲奈は母と二人であの小径を歩いたことがあった。それは母が亡くなる一年前の初夏のことだった。春先から身体《からだ》の調子が良くなって、医師から退院の許可を貰《もら》い、自宅に戻って居た母と、教会のミサに出掛けた。ミサの帰りに母の方から、モンジュイックの丘に登りたいと言い出した。

母の身体を気遣って一緒に行くと言うロッサーナに、母は玲奈と二人きりで歩きたい、と言った。普段はロッサーナの言うことを守る母が、その時だけははっきりと主張した。ロッサーナは笑って頷《うなず》き、二人は五月の光る小径を歩き出した。あとにもさきにも、母と娘が二人っきりで陽光の下《もと》に散策をしたのは、この時だけだった。

白いワンピースにショールをかけた母は、少女のように木洩《こも》れ陽の中で微笑《ほほえ》んでいた。途中、二人はベンチに腰を下ろし、木々の間から覗く地中海を眺めた。

母は玲奈の手を取って、じっと彼女の瞳を見つめた。

「玲奈さん、学校は楽しいですか？　誰か好きなボーイフレンドはいるの？」

玲奈が小首をかしげると、母は微笑んで言った。

「玲奈さん、いつかあなたは素晴らしい人と出逢う日が来るわ」

「母さん、素晴らしい方って、神さまのこと？」

「いいえ、違います。神さまではなくて、いつの日かあなたに逢いに来る人のことです。逢えばきっと、あなたはこの人だとわかるはずよ。その時のために、どうぞ清らかに生きて下さいね」

いつになく強い眼差《まなざ》しで見つめる母に、玲奈は大きく頷いた。

「母さん、その人はいつ来て下さるの？」

「その時が来たら、あなたにはきっとわかります。きっとあなたを祝福してくれる、素晴らしい時間が来るわ」

「本当に？」

「ええ、出逢うことが奇跡のはじまりですから……」

「奇跡の？」

問い返す玲奈の手を、母は強く握りしめて微笑んだ……。

あの初夏の午後から八年の歳月が流れている。

もし母が生きていれば、母にだけはモンセラットの山で出逢った方のことを打ち明けたかった。母ならきっと理解してくれたように思う。

崖から転落してから、玲奈は、時々、一時的に記憶を喪失するようになった。自分の病気のことで、父もロッサーナもひどく心配していることは、彼女が一番良くわかっていた。だから医師にも、他の誰にも、モンセラットで出逢った人のことは口にしなかった。それを口にすることで、皆に余計な心配をかけることが嫌だった。

——でも、あの方はちゃんとこの世にいるはずだわ。あの顔も、あの声も、そして手のぬくもりも、私ははっきりと憶《おぼ》えているのだから。あれは奇跡のはじまりのはず……。

玲奈は、今朝方の夢を思い出しながら胸の奥で呟いた。

足元を転がる枯葉の音が耳に届き、視界の中に木々の揺れる枝だけが映っていた。

木々の間に卯辰山工芸工房の屋根が見える。玲奈は静かに歩きはじめた。

「すみません」

その時、背後で声がした。

振りむくと、ソフト帽子を被《かぶ》った背の高い男が、茶色の瞳で玲奈を見つめていた。

背後に少年が一人立っている。

男はソフト帽子を取り、手にした観光パンフレットを示して、

「ジュンキョウノヒハドコデスカ？」

と片言の日本語で訊《き》いた。

玲奈は男が手にしたパンフレットを見て、彼等が卯辰山に建てられた〝キリスト殉教者の碑〟を探していることがわかった。

玲奈は笑みを浮かべて頷いた。すると男は背後の少年を振りむき、良かった、とスペイン語で声を掛けた。

「スペインの方ですか？」

玲奈は顔を上げ、スペイン語で語りかけた。

二人は驚いたように顔を見合わせて、玲奈を見返した。

「スペイン語が話せるのですか？」

男は玲奈を見つめて尋ねた。

「はい、バルセロナで生まれて、十二歳の時までいましたから」

「バルセロナですか。私たちもバルセロナから来ました。いや、驚きました。ねぇ、セルジィ」

男は信じられないといった表情をして少年に声を掛けた。少年も目をしばたたかせて玲奈を見つめている。

「すぐそこですから、私がご案内しましょう」

玲奈は言って歩き出し、すぐに足を止めた。

「あなた方はひょっとして〝エスコラニア〟の方ですか？」

今度は、玲奈が目をかがやかせて訊いた。

二人が白い歯を見せて頷くと、玲奈は今夕のミサのコンサートを聴きに行くことと、この一年の間、今日の日をどんなに心待ちにしていたかを話した。二人は玲奈の話を聞いて喜び、自分たちも日本に来ることが楽しみだったと言った。

殉教者の碑は、工芸工房前の駐車場の脇から谷へ下る、細い階段を降りた場所に建てられていた。玲奈も、この碑に何度か祈りを捧《ささ》げに来たことがあるのでよく知っていた。

一八六九年（明治二年）に、明治政府は長崎のキリスト教信者五百人を改宗させようと卯辰山の地に監禁し、弾圧を続けた。一八七三年（明治六年）に諸外国から抗議を受けた政府は、キリスト教の信仰を許可し、彼らを帰郷させた。しかし、その四年間に百人もの殉教者が出ていた。弾圧にもめげずに信仰を貫いた彼らの篤《あつ》い信仰心を讃《たた》え、その霊を慰める意味で、明治百年を機に〝長崎キリスト殉教者の碑〟が建立《こんりゅう》されたのである。

二人は碑の前に膝《ひざ》を落し、祈りをはじめた。玲奈は手にしていた花束のひとつを碑の前に供えて祈りを捧げた。

「この文字は何と書いてあるのですか？」

男が玲奈に碑に刻まれた文字を指して尋ねた。

「〝義のために迫害される人は幸いである〟と書いてあります」

玲奈が説明すると二人は大きく頷き、男が少年に、マテオによる福音書の第五章の十節にある言葉だ、と説明した。それから玲奈にむかって訊いた。

「あなたはカソリック信者ですか？」

玲奈が聖ヘマ教会で洗礼を受けたことと、モンセラットの修道院へ何度もミサに出かけたことを話すと、男は、今日、ここで玲奈と出逢えたのは主のおぼしめしだ、と言い、玲奈に握手を求めてきた。少年も手を差し出した。玲奈が少年の手を握ると、その手がかすかに震えているのがわかった。少年は少し顔を赤らめて、消え入りそうな声で言った。

「今夕、あなたのために一生懸命に歌います」

三人はそれぞれ自己紹介をして、そこで別れた。男は修道僧でアントニー・ジョヴエットと名乗り、少年は聖歌隊員でセルジィ・モンソーと言った。

玲奈は工芸工房へ行き、ガラス工芸室で花瓶の制作を続けた。夕刻、ミサの会場である観光会館へむかった。

野嶋郷一は、その日の午後遅く、香林坊にある喫茶店へむかって街を歩いていた。買物客で賑《にぎ》わう通りのあちこちからクリスマスソングが聞こえてくる。野嶋は眉間《みけん》に深い皺《しわ》を刻んで、苦々しい表情で歩調を速めた。この季節、日本人がキリストの降誕を、まるで自分たちの祭りのように浮かれて騒ぐ姿が陳腐に見えたし、それ以上に野嶋はキリストという存在自体を軽蔑《けいべつ》していた。それは軽蔑というより憎悪《ぞうお》というほうが適切だった。

彼は交差点を右に折れ、東京からやって来た片岡直也の待つ喫茶店の前に立った。ガラス越しに、喫茶店の奥のテーブルに一人座って、本を読み耽《ふけ》っている片岡の姿が目に入った。いつ見ても片岡の姿は陰鬱《いんうつ》に映る。初めて逢った二十五年前と同じだった。髪に白いものが目立ちはじめたことを除けば、母親が編んだ手編みのセーターの上にくたびれたツイードのジャケットを着て、組んだ足の上に肘《ひじ》を付き、本を片手に読み耽る姿は、ひと昔前の文学青年そのままだ。野嶋の口の奥に苦いものがひろがった。

片岡の姿を見ているうちに、このまま引き返してしまおうかと思った。今までにも何度となく、野嶋は片岡との約束をすっぽかしたことがあった。そんな仕打ちをされても、片岡は怒り出すでもなく、次の待ち合わせ場所で、辛抱強く野嶋があらわれるのを一人待っていた。それがまた野嶋を苛立《いらだ》たせた。

――このまま帰ってしまおうか……。

野嶋の中に片岡への憎しみが湧《わ》いた時、ガラスのむこうの片岡が顔を上げて路上に立つ野嶋に視線をむけた。

笑みを浮かべた片岡の口元から、白い歯が零《こぼ》れた。彼は組んだ足を解き、本をテーブルの上に置いて会釈《えしやく》した。野嶋は舌打ちをして、喫茶店のドアを押した。

「元気そうですね」

片岡が、読んでいた本を鞄《かばん》の中に仕舞いながら言った。

野嶋はちらりと本の表紙を見た。今話題になっている若手作家のベストセラー小説であった。片岡は、野嶋から視線を逸《そ》らして話し出した。

「今日の金沢は暖かいですね。昨日まで京都に居たんですが、ずいぶんと寒かったです。雨が、夜から霙《みぞれ》になってしまって……」

「………」

野嶋は相槌《あいづち》を打つでもなく、黙ってポケットから煙草《たばこ》を取り出して口に銜《くわ》えた。

「体調の方はどうですか？　見た感じ、元気そうで安心しました」

出逢うたびに同じ言葉をくり返す片岡に、野嶋は苛立ちを覚えた。

「佐伯さんにお知らせしておいたのですが、今夜、金沢にあのモンセラットの聖歌隊が来てるんですね。金沢にむかう電車の中で、何だか妙な偶然だと思って、運命的なものを感じていたんです」

「何が運命的なんだ？」

野嶋は片岡の目を射るように見つめると、煙草の煙を吐き出した。

「ですから、バルセロナで野嶋さんが話して下さったでしょう。あの時、教会の中であの讃美歌《さんびか》を聞いて、ほんの一瞬、初めて小説を書いていた時の自分がよみがえったって……」

「だから、それは俺の作り話だと、もう何度も言っただろう。俺は自分の刑を軽くして貰《もら》おうと思って、あのスペインの馬鹿《ばか》な判事に作り話をしたんだと……」

野嶋は吐き捨てるように言った。

「そうでしょうか？　私は違うと信じています。野嶋さんは本当にそういう気持ちになられたはずです。私もモンセラットの山へ行き、あの〝天使の声〟を聴いて来ました。あの少年たちの声には、聖なるものが宿っていると、私も感じましたもの……」

執拗《しつよう》にバルセロナでの話をする片岡に、野嶋は大きく吐息を洩《も》らした。

その日の片岡は、いつもと何かが違っていた。

彼は何が何でも、その聖歌隊のコンサートに野嶋を連れて行くと言い張った。そんな片岡を見るのは初めてのことだった。

「俺は酒場で酒でも飲んで待ってるよ」

野嶋は辟易《へきえき》して言った。

「野嶋さん、お願いです。今まで私はあなたに無理強いは一度もしてこなかった。けど今夜だけは私につき合って下さい。私もあと二年で定年を迎えます。私は自分が会社にいる間に、何とかしてもう一度あなたに小説を書いて頂きたい。それが私の唯一《ゆいいつ》の願いです。そのために今日まで、私はあなたと歩いて来たつもりです。どうか、今夜は私につき合って下さい。よく説明はできないんですが、私はあなたと、あの聖歌隊の讃美歌を聴きたいんです」

必死で説得しようとする片岡の目が潤《うる》んでいるように見えた。すぐ傍らでお茶を飲んでいた二人の女性が野嶋たちを見ていた。

——何をこいつはこだわっているんだ？

野嶋は、テーブルの上の片岡の手を見た。指先が小刻みに震えている。

野嶋は煙草の火を灰皿で揉《も》み消すと片岡に、コンサートにつき合う、と言った。片岡の目が少年のようにかがやいた。

野嶋は、ひとしきり片岡が話す文壇の様子を、興味のない顔をして聞いていた。

喫茶店のガラス窓に街の灯りが映りはじめて、二人は立ちあがり店を出た。陽が落ちた通りには、観光会館へむかう人びとの姿が見えた。

野嶋は片岡のうしろをゆっくりと歩いた。

すぐ脇《わき》を、ショールを頭から被ったカソリックの信者らしき女が足早に行き過ぎた。

その女を見て、野嶋が顔を歪《ゆが》めた。

エスコラニア。モンセラットの少年聖歌隊のミサ・コンサートが行なわれる会場は満員の観客の熱気につつまれていた。

観客の中には、金沢市街、近郊に住む人だけでなく、県外からわざわざやってきた人の姿も多く見られた。このコンサートが、それほどの人気になっていたのは、〝天使の声〟と呼ばれる聖歌隊の美しい合唱の魅力だけではなかった。日本では半世紀に一度聴くことができるかどうかのコンサートの開催地に、中部地区ではこの金沢だけが選ばれたこともその理由の一つであった。金沢が選ばれたのは、高山右近《たかやまうこん》、細川ガラシャ夫人などに代表されるカソリック信仰の歴史が、石川県にあったからである。それ故《ゆえ》に会場のあちこちには、頭からショールを被って胸にロザリオをさげた、熱心な女性信者の姿が見受けられた。

玲奈は、一階の中央通路に面した最前列の席に座っていた。

開演十五分前を告げるベルが鳴り、玲奈の背後から車椅子《くるまいす》に座った観客が二人、母親らしき女性に背を押されて入場して来た。一人は幼い少女だった。彼女の手にロザリオが握られているのを見て、玲奈はかすかに微笑《ほほえ》んだ。

場内アナウンスが流れ、開幕ベルが鳴ると、場内の照明が暗くなった。

仄暗《ほのぐら》い会場にパイプオルガンの荘厳《そうごん》な音色が響いた。緞帳《どんちょう》がゆっくりと上り、ぱらぱらと拍手がおこった。舞台の正面にモンセラットの山と聖母マリアを象《かたど》ったオブジェ《や》が浮き上り、聖歌隊の入場行進聖歌が聞こえて来ると、その拍手はいったん止んだ。白い聖衣を着た少年たちが舞台の右手から入場して来た。場内から一斉に拍手が鳴り響いたが、彼らが歌いながら入場しているのに気付いて、拍手はすぐに止んだ。

〝～今ぞ救い主あらわれたり、神に栄光あれ、アレルヤ、アレルヤ、アレルヤ～〟

モンセラットの大聖堂のミサで、何度となく聞いたことのある『入場行進聖歌』である。

一曲目が終わると、中央で指揮を取る修道士がゆっくりと振りむき、一礼した。すぐに二曲目の『喜びを迎えん』がはじまった。黒い聖衣の上に白い衣を重ね着した五十人の少年が半弧の形に並んだ姿は、純白の花弁が舞台の上に開いているようだった。

玲奈は、大勢の巡礼者が囲むモンセラットの大聖堂でのミサで彼らの歌う姿を何度も見ていた。全カタルーニャの民衆が、財産を惜しげもなく奉納して完成させた聖堂と、金銀細工のきらめく廓《くるわ》の中央で、白い聖衣の百人余りの修道士たちに取り巻かれた少年たちが祈禱《きとう》する光景は、黄金の花器に活《い》けられた花のように美しかった。それはまさにカタルーニャの人々が言うように〝白いバラに抱擁された谷間のちいさなユリ〟を連想させた。

エスコラニアの歴史は古く、十三世紀の終りにはすでに存在していたことが文献に記録されている。元々は、修道僧見習いとして僧たちの身の回りの世話をしていた少年たちが、朝のミサで讃美歌を歌っていたことがはじまりとされる。当初は数人であったものが、十六世紀に三十人余りになり、それまでの生涯奉仕から十四歳になれば家に帰すようになった。現在では、その数も五十人を超えている。聖歌隊員の選考基準が厳しいことでも有名で、十二、三歳までの声変わり前の少年に限られた。彼らは全員が寄宿し、音楽全般、聖歌の教育のみならず、道徳教育から文学、科学教育までも学び、各々がひとつの楽器演奏を習得させられる。能力のある者の中には作曲家、指揮者、演奏家となって活躍する者も大勢いる。彼らの一番大切な仕事は、修道士とともに礼拝に参加し、聖声を主のために捧《ささ》げることである。今もモンセラットの聖堂では正午のミサで彼らが合唱する〝サルベ・レジーナ〟をはじめとする讃美歌を聴くために、教会を訪れる巡礼者は後を絶たない。

玲奈は一曲目から、彼らの美しい声に感動していたが、三十分程が過ぎ、その曲の前奏が流れはじめると思わず身を乗り出した。

それは『四月の朝露のごとく』と題された讃美歌で、玲奈にとって特別な歌だった。旋律もそうだが、詩が何より好きだった。

けがれなき乙女は　王の中の王の
母となれり　その御子《みこ》は

草におりる　四月の朝露のごとく
静かにそっとやって来る
その御子は　花におりる
四月の朝露のごとく

〃その御子は　花におりる　四月の朝露のごとく〃の一節が、玲奈はとりわけ好きだった。聖母マリアがイエスを宿す様子を、これほど美しく表現したものを玲奈は知らない。

イエスを宿す処女受胎である。御子が花弁におりて来るとは、なんと美しい比喩《ひゆ》であろうか。

玲奈はこの歌を母の要子から教えて貰った。玲奈は幼い時から、母の口ずさむこの歌の旋律と、詩の一節一節を何度となく聞かされ、ものごころついた時には空《そら》で覚えていた。

東京でも有名なミッション系の名門女子校へ通っていた要子は、少女の時から熱心なカソリック信者になり、将来は聖職について主への奉仕に身を捧げたいと思ったほどだった。

両親の反対で、それは叶《かな》わなかったが、彼女の親友はシスターとなり、イタリアへ渡った。

要子の影響と、カソリック王国・スペインで育ったこともあり、玲奈は母以上に熱心なカソリック信者に育っていた。

同年齢の女の子より早くに初潮を迎え、性に目覚めた頃、玲奈はすでに処女受胎を信じるようになっていた。身体《からだ》の弱い要子に替って玲奈の世話をしていたロッサーナが、処女受胎を望んでいるようなことを玲奈が平気で口にすると、姪《めい》のエリカから聞き、心配して要子に告げた。

――ロッサーナ、あなたもそうでしょう。マリアさまの受胎は私も信じています。あの子はこのままにしておいて大丈夫です。大人になれば自然と理解しますから……。

微笑む要子に、ロッサーナはそれ以上何も言えなかった。

熱心というより、あまりにも情熱的過ぎる玲奈の信仰心が、モンセラットでの事故に遭遇したことにより、その信仰をより特異なものにしたと言えなくもなかった。

……

曲を重ねるごとに観客は〝天使の声〟に引き込まれ、会場の中は熱気につつまれていった。

玲奈は詩を口ずさみながら胸の前でロザリオを握りしめていた。大きな瞳《ひとみ》が潤《うる》んだようにかがやいていた。左手前方で、車椅子に乗った少女が祈るように舞台を見つめている。その姿が非常口の灯りに浮かんでいた。玲奈には、少女の気持ちが痛いほどよくわかった。自分の胸の奥にも、たぎるものがいちどきに燃え盛ろうとしている。身体の中にある泉のようなものが、波打つように揺れはじめていた。

野嶋は席に着いて三十分も経《た》たないうちに、そこにじっとして居ることに耐えられなくなっていた。

片岡のチケットは、地元の放送局に勤める知人に取って貰ったもので、二人の席は前から三列目の中央の席だった。居眠りでもしていればいいと思ったが、その席は明る過ぎた。

それでも、片岡が通路側の隣りの席に座って、眉《まゆ》ひとつ動かさずに聖歌に聞き入っていなければ、野嶋はとっくに席を立っていた。

「ああ、この曲だ、私がモンセラットの大聖堂で聞いた歌は。サルベ・レジーナか……。どういう意味なんでしょうね」

片岡がパンフレットを見ながら言った。

「聖母マリアを礼賛《らいさん》する言葉だ。フランス語でも同じような言い方をするから、たぶんラテン語からきているんだろう。スペインでは夜の祈りが終わった後で、この歌を歌っている」

野嶋が言うと、片岡は野嶋の顔を見返し、納得したように頷《うなず》いた。

「もっとも彼らが歌っている言葉はカタルーニャ語だけどな」

「ああ、そうでしたね」

片岡は、バルセロナのあるカタルーニャ地方の人々が、公用語とされている首都マドリードを中心としたカスティーリャ地方の言葉を話さず、今も、昔からのカタルーニャ語を日常使用していることを思い出していた。

「野嶋さん、それにしても美しい声ですね。この声を聴いていると、私たちと同じ人間が発声しているものとは思えませんね。やはり神がなせる業《わざ》なのかと思ってしまいます」

そう言ってから片岡は自分の失言に気付いて、横目で野嶋を見た。

野嶋の顔に、あきらかに不快そうな表情が浮かんでいた。

「馬鹿《ばか》なことを口にするな。そんなことを言うために、俺をここに連れてきたのか」

野嶋が声をひそめて叱責《しっせき》した。

「いや、そういうつもりではありません。ただ私はあまりにも彼らの声が美しいものですから……」

片岡は口ごもって言った。

「声変わりをする前のただの黄色い声じゃないか。それが神と何の関係がある。こんなものにキリストが、いや神が介在していると、君は本気で考えているのか？」

強い口調で詰問《きつもん》する野嶋の声に、前列にいた女性が二人を振り返り、

「静かにして下さい」

と険しい表情で言った。

舞台の上では修道士が聖書を読み上げ、それを舞台の袖《そで》に出てきた女性が日本語に通訳していた。

「静かにしろだと。もう一度言ってみろ。キリストに狂った盲信者どもが」

野嶋の言葉に女性の隣りにいた老婆《ろうば》が短い悲鳴を上げた。

「野嶋さん。やめて下さい。私の失言でした……」

片岡が腰を浮かせた野嶋の二の腕を摑《つか》んで言った。

野嶋は片岡の手を振り払うと、

「どけ。こんなところに居られるか」

声を上げて立ち上り、片岡を跨《また》ぐようにして通路に出た。

野嶋が歩きはじめた時、パイプオルガンの音が高鳴り、〝アベ・マリア〟の前奏がはじまった。

野嶋は舞台を背にして歩き出すと、一階席の中央通路を左に折れ、前方に見える非常口の灯りを目指して大股《おおまた》で進んだ。場内には〝アベ・マリア〟の合唱が流れている。高鳴る声に苛立《いらだ》ち、野嶋は一刻も早く外へ出ようと非常口の灯りだけを見つめて歩いた。

出口まで数メートルという所で、傾斜した床に靴の先が引っかかり、ほんの一瞬足元がもつれた。左へ身体が傾いた。踏ん張ろうと前へ出した左足の膝《ひざ》が、鈍い音を立てて何かにぶつかった。悲鳴とともに金属音がして、人が倒れこんだ。見ると車椅子が横転し、少女が一人床に投げ出されていた。車椅子の脇《わき》には女性も一人倒れていた。

――こんな場所に人が居たのか……。

野嶋は驚いて、少女に駆け寄り、

「大丈夫か?」

と声を掛け、少女を抱きかかえた。

少女は呻《うめ》くように、

「大丈夫です。ママが」

と言って車椅子の方を見た。

うずくまっていた母親が立ち上り、野嶋の腕の中の少女を覗《のぞ》いて、××ちゃん、怪《け》我《が》はしていない？　大丈夫なの、と彼女の身体に触れた。

「私は平気。〃アベ・マリア〃を最後まで聞きたい」

少女は言って両手を車椅子の方へ伸ばした。傍らにいた女性が車椅子を起こしていた。野嶋は少女を車椅子に座らせ、

「どこも怪我はしていないか？」

と少女の様子を見ながら尋ねた。

少女はこくりと頷いてから、舞台に目をむけた。

「済まない。暗くて見えなかった」

野嶋が母親に謝っていると、

「ロザリオがない。ママ、ロザリオがどこかへ行っちゃった」

と少女が声を上げた。

「えっ、ロザリオが？……」

母親が床を探し出した。

「どうしたんだ？」

「この子が胸に掛けていたロザリオが、どこかへ飛んでしまったんです」

母親は困ったような声で言いながら、暗い床を手でまさぐっていた。

「ロザリオが……」

野嶋も身をかがめて、暗い床に目をやり、少女のロザリオを探した。座席の下は暗くて見えなかった。野嶋は目を凝らした。

「ここにありましたよ」

頭上で女性の声がした。野嶋は顔を上げて、声のする方を見た。

若い女性が中腰のまま、ロザリオを手に野嶋を見つめていた。

「あっ、どうも……」

非常口の灯りに浮かんだ顔は透きとおるような白い肌をしていた。かすかに口元に笑みをたたえて野嶋を見つめている瞳が、濡《ぬ》れたようにかがやいていた。野嶋は一瞬、この瞳に前にどこかで逢《あ》った気がした。

「あなたは、お怪我はありませんでしたか？」

やわらかな声に、野嶋は相手から急に目を逸《そ》らし、その手からロザリオを受け取った。相手の指先が震えているように見えた。彼は母親にロザリオを渡すと、出口にむかって歩き出した。

外へ出てみると、そこはトイレへ行く専用の出口だった。野嶋は舌打ちして、またドアを開け、場内に戻った。一階奥の扉の灯りを確認し、壁沿いに歩き出そうとした時、

「すみません」

女性の声がした。見ると先刻の若い女性が立ち上り、

「あなたは……」

と声を掛けてきた。野嶋は返礼の会釈《えしやく》をし、出口にむかって足早に歩き出した。ロビーに出ると、いまいましい讃美歌《さんびか》から一刻も早く離れようと、野嶋は車の流れる大通りへ一目散に走り出し、タクシーに飛び乗った。……

玲奈は男が出口にむかって早足で歩き去るのを、茫然《ぼうぜん》と見つめていた。

「すみません、座って下さい」

と背後の席から声がして、彼女は席に座り直した。

舞台の上では〝アベ・マリア〟の曲が最高潮に達していた。

玲奈の耳には、その美しい旋律も声も、遥か彼方《はるかかなた》で流れているようにしか聞こえな

かった。

彼女は、今しがた遭遇した人が幻ではなかったかと、目の前で起こったことを思い返していた。

左手から人影が足早に近づき、少女の乗る車椅子《くるまいす》とぶつかった。激しい音とともに少女の悲鳴が聞こえた。玲奈は驚いて、床に投げ出された少女を見た。助けようと体を起こそうとした時、人影が少女を抱き上げ、やさしく声を掛けた。少女に怪我はなかったとわかり、安堵《あんど》して座り直した。ロザリオがどこかへなくなったという声がして、玲奈も足元を探した。ロザリオは玲奈の傍まで飛んで来ていた。席を離れ、ロザリオを拾い上げると、その人が目の前にいた。

玲奈が声を掛け、ロザリオを差し出した時、その人が玲奈を見つめた。

非常口の灯りに浮かび上がった顔が少しずつはっきりとして来ると、玲奈は相手に怪我はなかったかと訊《き》きながら、自分の指先が次第に震え出すのがわかった。

——まさか……。

玲奈は顔を確認しようと、扉の外に消えていく相手の姿を目で追った。

——あの人に瓜《うり》ふたつ……。いや、あの人ではないのか。あの人が金沢にいるなどという偶然があるのだろうか。

玲奈は震える唇を指先でおさえた。

相手の出て行った扉がトイレの専用扉なのを玲奈は知っていたから、目の前を通り過ぎる時にもう一度たしかめようと思った。

すぐに相手はあらわれた。たしかにあの人に似ている。しかし彼は席には戻らず、出口へむかって歩き出した。

玲奈は思い切って声を掛けた。相手は一瞬、立ち止まると、彼女の顔を真《ま》っ直《す》ぐに見た。……

玲奈は、目を閉じて、その顔をもう一度思い浮かべた。

「あの人だ。間違いない、あの人だわ」

玲奈は声を出して言った。隣りの席の女性が玲奈を驚いたように見つめた。

玲奈は立ち上って、出口にむかって走り出した。

——奇跡は起こったのだわ。

玲奈は胸の中で叫びながらロビーに飛び出していった。

先刻の男性がまだロビーに居るのでは、とあたりを探したが、それらしき人の姿はなかった。

受付の机を片付けている女性たちに玲奈は訊いた。

「今しがた、男の人が一人出て来ませんでしたか？」

女性たちは互いに顔を見合わせ首をかしげた。彼女たちの背後にいた若い男が、

「そう言えばさっき、男の人が一人、何だか怖そうな顔をして急いで出て行きましたよ」

と出口の方を指さして言った。

玲奈は、咄嗟《とつさ》に表へ駆け出した。周囲に人影はなかった。

右手から車のクラクションの音が聞こえた。玲奈はその音に誘われるように本多通りに出て左右を見渡した。舗道に人影はなく、往来する車のライトだけが流れていた。

彼女はすぐに引き返し、今度は香林坊の方角にむかって走った。飲食店が並ぶ路地を急ぎ足で抜けながら、すれ違う人の顔をたしかめた。男の人を追越すたびに振り返って顔を見た。路地の角に立ち、往来する人影に目を凝らした。それらしき人は見当らなかった。

片町《かたまち》の交差点が見える大通りへ出ると、クリスマス・イブの街へ遊びに出た人たちで通りはどこもごった返していた。

玲奈は立ち止まり、人の群れを見回した。人混みにまぎれた相手を見つけることは不可能に思えた。

——あなただったんでしょう？　そうですよね。どうして急にいなくなったんですか？　今、どこにいらっしゃるんですか……。

玲奈は肩で息をしながら、喧騒《けんそう》の中に立ちつくしていた。

佐伯啓子は、その朝早く東御影町《ひがしみかげまち》のマンションを車で出て、広坂《ひろさか》の教会へ行った。彼女はカソリックの信者ではなかったが、降誕日が妹、麻里子《まりこ》の命日であったため、この日に教会へ花を供え、献金を置いて行くのが、毎年の慣しになっていた。

聖堂の左手にある教会事務所へ献金を置きに行くと、事務所の女性が神父に逢って欲しいと言った。彼女はそれを丁寧に断わり、聖堂に入った。聖堂の中は降誕祭のミサの最中で、大勢の信者が集まっていた。啓子は足音を忍ばせて、左手の壁際《かべぎわ》にある聖母像の下に花を供え、足早に去ろうとした。その時、啓子は、神父とともに聖書の一節を唱える信者たちの方にふと目をやった。啓子の目に一人の女性の姿が止まった。白いスーツを着て、聖書に目を落した横顔が、驚くほど美しかった。

啓子は一瞬、彼女に目を奪われた。

——こんな綺麗《きれい》な女性が金沢にいたんだ……。

見とれていた啓子の視線に相手が気付き、啓子にちいさく会釈した。啓子も思わず会釈を返すと、急ぎ足で聖堂を出た。駐車場にむかって歩きながら、相手が若い女性だったので、はしたないことをしてしまったと悔やんだ。

啓子は車に乗り込み、野田山《のだやま》墓地にむかった。午後からは雨になるだろう。フロントガラスに映る山の方角の空が濃灰色に変わろうとしていた。昨日の晴天と打って変わった空模様である。せっかくのクリスマスが雨ではかなわない、と思った。それでなくてもこの不景気で、客足は年毎《としごと》に減っているのだ。

桜橋《さくらばし》を渡り、寺町《てらまち》へ入ると、空はいっそう雲行きが怪しくなってきた。野田山に着いた啓子は、駐車場に車を停め、墓地の中に入った。松林の手前を左に折れると、佐伯家の墓がある。墓所の周りの掃除をし、水を替えて、花を供えた。線香は上げない。それが亡《な》くなった父の遺言だった。遺言には、葬式は行なわず、墓は無用、遺骨は捨てろ、とあったが、それではいくらなんでも娘として世間体が悪かった。父の元部下の人たちに相談し、墓だけは建てることにした。墓碑には父の與次郎《よじろう》という名前と、二人きりの姉妹だった妹の麻里子の名前が並んで刻まれているだけで、母の名前はない。啓子が幼い時に離縁して家を出た母のことを、父は娘たちにいっさい何も話さなかった。その上、妹の骨も、この墓の中にはない。妹は六年前にスペインで亡くなり、バルセロナの丘の墓地に埋葬されている。

啓子は墓前で手を合わせ、父に、三十八歳の今年も無事に終わりそうだ、と報告した。啓子は立ち上り、墓をぼんやりと見つめた。元気だった頃の父の顔を思い出し、一瞬笑みを浮かべた。

――何を感傷的になっているのかしら、私は……。感傷に浸っている暇はないわ。今夜から忙しくなるのだから。

彼女は自分に言い聞かせると、踵《きびす》を返し駐車場にむかって歩き出した。足元をさらう山からの風が冷たくなっていた。このぶんだと雨は午前中に降り出すかもしれない。

彼女は駐車場を出ると、登って来た長坂への道を戻らず、蓮如堂《れんにょどう》のある方へ車を少し走らせ、高台で車を停めた。

啓子は車を降りて、金沢の街を見下ろした。そこからは金沢の街が一望できた。海の方角はまだ陽が差している。見上げると、濃灰色の雲が金沢の街の上空にひろがろうとしていた。

右手の大乗寺《だいじょうじ》の森蔭《もりかげ》のむこうに、医王山《いおうぜん》から連なる山並が、奥卯辰《おくうだつ》、卯辰山と平野にむかって下って行く。左手は背後の高尾《たかお》、吉次山《きちじやま》が松任《まっとう》の方へなだらかに落ちているはずだ。その山々のさらに彼方には白山連峰《はくさんれんぽう》が聳《そび》えている。目の前にひろがろうとしている雲は、白山の峰が日本海へ押し出したものだ。雲ばかりではない。左手の下に所々流れを見せている犀川《さいがわ》も、建物の蔭《かげ》に隠れた浅野川《あさのがわ》も、白山が与えた金沢平野への恵みである。

こうして高台に立って金沢の街を眺めていると、少女の頃、父と妹の三人で、卯辰山や嫁坂《よめざか》から街を見た日が思い出される。

「金沢は風と水の街だ。その風と水とて、それぞれが別々に吹いて流れておるんじゃない。金沢の風は、海から吹くものも山から降りて来るものも、いつも水の匂《にお》いがする。金沢の水は、海にしても川にしても風の気配を抱いて、寄せて流れておる。どの季節であれ、金沢の街に立てば、その風と水が抱擁してくれるんだ」

父の口癖だった。啓子は幼い時から、その言葉を聞き、いつしか風と水に抱擁されている自分を思った。

父の與次郎は近江《おうみ》商人の血を引く旧家の生まれで、実家は京都にあった。次男坊であったため、財産分与を早くに受け、若い時は放埒《ほうらつ》を重ねたが、三十歳を過ぎてから証券会社に一時籍を置き、その関係で株取引をはじめて財を築いた。幾つかの会社の大株主になり、その中のひとつが北陸に基礎を置く電力会社だった。父は電力会社の顧問として金沢を訪れた。そして、この街が気に入って暮らすようになった。父が金沢を愛したように、啓子もこの街が好きだった。この街を出ようと考えたことは一度もなかった。

「それは啓子、君が臆病《おくびょう》だからだよ。しかし臆病は、人間にとってとても肝要なことだよ」

父は啓子がやりたいようにさせてくれた。

妹の麻里子は啓子とは正反対の性格だった。金沢の女子学院を卒業すると、すぐに東京の大学へ進学し、在学二年目にはパリへ留学した。パリからブリュッセル、そしてマドリードへと、見知らぬ街で啓子には想像もつかない暮らしを一人で平気でできる女性だった。東京に戻って大学へ復学してからも、金沢にはほとんど戻って来ることがなかった。そんな妹を、父は自分の若い時に似ている、と気に入っているようだった。しかし、その挙句《あげく》が外国での哀れな死である。妹が死んだ時、父はすでに亡くなっていた。それだけが救いだった。

——その妹の恋人に、今は私が、溺《おぼ》れているのかもしれない……。

啓子は少しずつ光を失って行く海を見つめていた。

金沢の街がゆっくりと翳《かげ》って行く。冬の深まるこの季節、北国の空は重い雲が重なり合って陽差しを封じ込める。

啓子はコートの襟を立てて、車の方へ引き返した。

東御影町の自宅に戻ると、啓子は専光寺町《せんこうじまち》にある別宅に電話を入れた。返答はなかった。五分置いて、もう一度呼び出したが同じだった。野嶋は、あの家には立ち寄っていない。

昨夜、片岡から片町の店に電話があった。野嶋はコンサートの途中で会場を出て行ったらしい。今日、もう一日、片岡は金沢に滞在するという。何があったのか啓子は知らないが、野嶋にとって片岡は、ただ一人残った担当編集者である。作家と編集者がどんな関係なのかはわからないが、人を拒絶する野嶋が片岡にだけは律儀《りちぎ》さを見せる。他人の目には、野嶋の片岡に対する態度は無礼に見えるかもしれないが、啓子には野嶋の胸の内がよくわかった。片岡から連絡のあったことを伝えると、あきらかに野嶋の表情が変わる。

——何とか連絡をつけてあげたい……。

啓子はそう思いながら、野嶋の立ち寄りそうな場所に電話を入れた。どこにも野嶋はいなかった。

啓子は受話器を置くと居間のソファーに身体《からだ》を埋《うず》め、目を閉じた。昨夜はほとんど一睡もしていなかった。気持ちのどこかで野嶋を待っていたのかもしれない。──放っておけないところがあるのよ、あの人には。一人にしておくと、どこまでも堕《お》ちて行ってしまう……。

そう思いながら、啓子は自分の愚かさに呆《あき》れ、大きく首を横に振った。薄目を開くと、テーブルの上にちいさな箱が見えた。それは麻里子の遺品の入った箱だった。七回忌《しちかいき》なのだから、始末をしてしまおうと思って、昨夜、整理をはじめたところだった。その箱の脇《わき》に表紙の色褪《いろあ》せた本が一冊置いてある。野嶋が出版した唯一《ゆいいつ》の小説だった。赤茶けた表紙の色彩は、この本がベストセラーになった二十五年前には鮮やかな緋色《ひいろ》であったという。二十歳の学生だった野嶋は、この小説で一躍時代の寵児《ちょうじ》になった。マスコミは野嶋の発言の一言一句を大きく取り上げ、体制に反逆する若者をヒーローに祭り上げた。

──一体、その頃のあの人はどんなふうだったのかしら……。

当時、中学生だった啓子は野嶋の存在を知らなかった。少なくとも、今のように暗《あん》鬱《うつ》な顔はしていなかったろう。

二歳年下の麻里子は、その野嶋の小説を読んでいた。それがわかったのは、あの箱の中に残されていた麻里子の日記を読んだからだった。その日記には、妹が野嶋と出逢《であ》い、彷徨《ほうこう》の生活を共にし、スペインで死ぬ数日前までのことが記されていた。東京の酒場で野嶋に出逢った時の興奮と、日毎《ひごと》に野嶋に魅《ひ》かれてゆき、彼女のすべてを捧《ささ》げようとする情熱が文章に溢《あふ》れていた……。

ところが、スペインへ二人で渡ってからの日記には、麻里子の野嶋に対する憎しみと恨みが、執拗《しつよう》に綴《つづ》られていた。

麻薬中毒者の事故とバルセロナの警察は説明したが、麻里子は自殺をしたのではないか、と啓子は思っていた。

ようやく探し当てた野嶋の口から、

「俺が殺したと言われれば、否定はしないよ……」

という言葉が返ってきた時、啓子は逆上して野嶋に酒の入ったグラスを投げつけた。

野嶋は切れた左瞼《ひだりまぶた》の上から流れ出る血を拭《ぬぐ》おうともせず、

「俺が麻里子を死に追いやったとすれば、お前は妹の復讐《ふくしゅう》のために、俺を殺すのかね。殺したいなら殺せばいい」

野嶋は平然と言い放って、店の前に待たせていた若い女と二人で立ち去った。

――あの男はたぶん、今日が麻里子の命日だということも忘れているだろう。そんな男をどうして私は許したのだろうか。いや、許しただけではなく、今は、あの男を求めてさえいる……。なぜ、こんなことになってしまったの？

啓子はテーブルの上の花瓶の花が、ゆっくりと揺れてにじんで行くのを黙って見つめていた。

電話が鳴った。立ちあがる気力さえも萎《な》えていた。呼び出し音はいっこう止《や》まなかった。いつまでも鳴り続ける電話の音で、相手が野嶋ではないとわかった。啓子は身体を起こして受話器を取った。

「やあ、元気かね。昼寝の時間だったかな」

柔らかな声で、相手が宮村吾朗《みやむらごろう》だとわかった。

「ああ、宮村さん。ごめんなさい。うとうとしていたものですから。いつ、金沢に戻っていらしたんですか？」

「今朝だよ。今夜、食事の予約を入れていないのを思い出してね。もう駄目かな？」

「いいえ、宮村さんなら何としてでも席をお空けいたしますわ。どうぞ、いらして下さい」

「それは有難い。では七時に伺います。食事をご一緒して貰《もら》えますかな」

「食事は無理ですが、少しならお相手はできますわ」

満足そうな笑い声を残して電話が切れた。

宮村の声を聞いて、啓子は少し元気が出てきた。彼女はバスルームへ行き、熱い湯をバスタブに勢い良く出した。


〝サジロ〟は卯辰山の中腹にある、木々に囲まれた洒落《しゃれ》たレストランである。古い洋館を改造して、一階と二階のゆったりとしたスペースに民芸風のテーブルと椅子《いす》を置いている。

玲奈は夕刻五時半に店に着いて、一階の待合室で父と伯母が来るのを待っていた。

彼女は灯りが少しずつ点《とも》って行く金沢の夕景を眺めながら、先刻、この店の向かいの沢にある工芸工房のアトリエで、先生に叱《しか》られたことを思い出していた。

「どうしたのですか、牧野さん。今日のあなたは何か別のことに目がむいているようですよ。ちゃんとしないといけませんよ」

工房に通いはじめて先生から叱責《しっせき》されたのは、この日が初めてだった。

たしかに制作に没頭できず、玲奈は自分が何をしているのか訳がわからなくなっていた。玲奈が使って床に放りっぱなしにしていた工具に、他の生徒がつまずいて、危うく怪我《けが》をしそうになった。

玲奈は昨夜からほとんど眠っていなくて、頭の中が混乱していた。

午前中、教会のミサに出掛けた折も、聖書の一節を唱える時、玲奈一人が座ったまま で、伯母から肩を叩《たた》かれ、

「玲奈さん、大丈夫ですか」

と、心配そうに声を掛けられて玲奈は、あわてて立ち上がった。彼女の頭の中は、あの人のことで一杯だった。

——あの人はいったいどこへ行ってしまわれたのだろうか？

そのことを考えると、何も手につかなかった。……

「お待ち合わせですか？」

いきなり頭上で声がした。玲奈が顔を上げると、品の良さそうな女性が一人笑って立っていた。

「ええ、家族を待っていますの」

「どちらさまですか？」

「牧野と申します」

「六時のご予約ですね。わかりました。……牧野さん、もしかして今日の午前中に、

広坂の教会にいらっしゃいませんでしたか？」

女性が笑みを浮かべて訊《き》いた。

「はい」

「やはりそうでしたか。ごめんなさい。私、あなたをお見かけして、その白いスーツがとてもお似合いだったので憶《おぼ》えていたんです。初めまして。私、佐伯啓子と申します。この店を経営している者です。どうぞ今夜は楽しんでいって下さい」

女性はそう言って、店の奥へ入って行った。美しい人だ、と玲奈は思った。

やがて、父と伯母が到着した。

「やあ、待たせてしまったかな……」

父は笑いながら入って来ると、スーツ姿の玲奈をじっと見つめた。

「とても良く似合うね。どこの国のプリンセスがいるのかと思ったよ」

父の言葉に、玲奈ははにかむように大きな目を瞬《また》かせた。

三人は案内されて、二階の窓辺のテーブル席に着いた。

「篤司さん、ここは今、金沢で評判のお店らしいわ。読書会でご一緒する奥さまに聞いて、一度来てみたかったの」

伯母の文子が店内を見回しながら言った。

「とても感じのいい店だね。いいクリスマス・ディナーになります。ありがとう」

牧野篤司は義姉《あね》に礼を言い、玲奈に笑いかけた。

玲奈は父に笑顔を返した。

「いらっしゃいませ。今夜はようこそ」

先刻、一階で玲奈に声を掛けてきた女性が、メニューを手に三人のテーブルに来た。女性は来店の礼を言い、自己紹介をしてから玲奈に会釈《えしやく》した。

文子が女主人の意見を聞き、三人の料理を選んで、食事が始まった。

篤司は食事をしながら、娘の様子がいつもと違うのに気付いていた。

三週間振りに逢った娘は、文子が見立てたスーツに身をつつみ、高校生とは思えないほど華やいで見えた。化粧はしていないが、大人の男の目には二十歳《はたち》過ぎに映るに違いなかった。篤司は娘の美しさに戸惑いの表情を浮かべた。

普段から落ち着いていて口数も少ないので、制服を着替えると年齢より上に見られるようだ。

今年の春先、文子の所に知人から、玲奈に見合いの申し込みがあって、篤司は驚かされた。義姉は、そんな申し出があったことが嬉《うれ》しかったようで、姪《めい》に冗談半分に話をしていたが、篤司には不愉快だった。

「玲奈はまだ十七歳ですよ。何を言っているんですか」

思わず声を荒げた篤司を、文子は目を丸くして見つめていた。……

玲奈の皿の料理がいっこうに減らない。作法を厳しく言わなくとも、カソリックの教えに従って、食べ物を残したりする娘ではなかった。

娘の目が落ち着かない。客が入って来る度に、そちらを覗《のぞ》き見る。外食の時に、そんな素振りをする娘を目にしたことはなかった。

「篤司さん、私、今日、何十年振りかで、玲奈さんと一緒に教会のミサへ行って来ました。学生時代以来だったけど、何だか懐《なつ》かしい気がしました。……この鴨《かも》、美味《おい》しいわね、玲奈さん」

文子が話しかけても、玲奈はほとんど聞いていないようだった。

「玲奈、ガラス工房の方は上手《うま》く行ってるのかい？」

篤司が声を掛けても、玲奈はフォークを手にしてぼんやりと一点を見つめていた。

「玲奈、どうかしたのか？」

篤司が声を強めて訊くと、ようやく玲奈は目を大きく瞠《みひら》いて、

「えっ、何ですって、お父さん」

とあわてて篤司を見返した。

「ガラス工房のことだよ。例の花瓶の制作は順調に行ってるのかい？　クリスマスには完成させるって言ってたじゃないか。どんなものが出来るか、お父さんは楽しみにしていたんだよ」

「ごめんなさい。それが……」

玲奈が目を伏せた。

「どうしたんだい？」

「それが、今日、制作の途中にこわしてしまったの」

「そうなのか……。それは残念だったね。どこも怪我はなかったかい」

篤司が心配そうに玲奈の手元を見た。

「ええ、大丈夫」

「かたちあるものは、いつかこわれてしまうものよ。ましてやガラスではしかたないわ。また作り直せばいいじゃない」

文子が慰めるように言った。

文子の話を聞いているはずの玲奈の瞳《ひとみ》が、篤司の背後を窺《うかが》うように動いた。

篤司は従業員を呼ぶ仕草をして、背後を振りむいた。

玲奈の視線がむいている方角には、奥のテーブルに初老の男と、先刻、注文を取りに来たこの店の女主人が二人で座っていた。

——まさかあんな老人と娘が知り合いではあるまいに。そう言えばさっき、玲奈は女主人に会釈を返していたな……。

「玲奈、この店は初めてではないのかい？」

「いえ、どうして？」

「いや、さっき店のマダムに会釈をしていた気がしたから……」

「あの人には、お父さんたちを待っている間に一階の待合室で挨拶《あいさつ》をされたの。今日の教会のミサでお逢いしていたみたい……」

「そうだったのか」

女主人のことをさして気にも止めていない玲奈の口調に、篤司は安堵《あんど》した。

しかし、篤司は妙に胸騒ぎを覚えた。玲奈の身体に、また何か異変が起ったのではないか。取り越し苦労であればよいが、と篤司は願った。

金沢へ移り住んでから、玲奈は定期的に通っていた大学病院へも、行かずに済むようになっていた。穏やかな時間が過ぎて行っていることに、篤司は何より安堵していた。

玲奈の顔から、先刻までの落ち着きのない表情が消えて、文子と庭に植えた花のことを楽しそうに話している。

篤司は娘への不安を掻《か》き消そうと、つとめて明るい顔をして二人の話題に加わった。

「だから薔薇《ばら》だって、その土地の風や水になじむまで時間がかかるのだと思うわ。それまでじっと見守ってやらなくてはいけないわ」

「そうかしら、私はあの種類の薔薇は、ここの土地に合わないと思うの。それをわかっていながら、店の主人はあの薔薇をすすめたのよ」

文子が口惜《くや》しそうに言った。

二年前から、義姉と娘は庭で薔薇の栽培をはじめていた。バルセロナに住んでいた時は、スペイン人の腕の立つ庭師が通ってきて、庭先にいつも美しい薔薇が咲き乱れていた。バルセロナの薔薇はヨーロッパでも有名だった。

義姉の薔薇造りの失敗談がよほどおかしかったのか、玲奈が声を上げて笑い出し、指先で口元を隠すようにして瞳だけを義姉に向けた。その仕草が艶《あで》やかで、篤司は思わず見惚《みと》れていた。そんな自分に戸惑って、彼は皿に目を落とした。

家族連れで賑《にぎわ》う店の中で、ひとテーブルだけ男が一人食事をしている席があった。

男の隣りに、客の注文が一段落した啓子が座った。

「いつか見た凍《い》てつく犀川に佇《たたず》んでいた白鷺《しらさぎ》の美しさが忘れられないが、あのテーブルの女性の可憐《かれん》さは、それ以上だな……。やぁ、今夜はいいクリスマスになったよ」

宮村吾朗がワイングラスの中を覗いて言った。

「何がですの？　宮村さん」

「ほらっ、あの若い女性だよ。他のテーブルの人の話をして申し訳ないが、思わず見惚れてしまった。金沢には、啓子さん以外にも、あんな美しい人がいるんですね」

宮村が窓際《まどぎわ》のテーブルを見つめて言った。

「あの娘さんね。私も驚いたわ。今朝、広坂の教会であの人を見かけたの。何と言ったらいいのかしら……、あの人の周りだけがまぶしく輝いて見えたの。それで思わず目を止めてしまって……」

「うん、その気持ちはよくわかる。私もここに上って来て、最初に彼女に目が止まってしまったからね。初めは、あの白いスーツのせいかと思ったんだが、違うね。あの美しさは、あの人が生まれながらに持っているものだよ。人混みの中に居たって、彼女なら一目《ひとめ》で男たちの目を引くだろう」

「でも、珍しいわね。宮村さんが若い女性に魅《ひ》かれるなんて……」

「まったくだ。でも安心したね」

「何がです？」

「世の中に美しい女性はまだいるとわかってね。ましてや、この金沢ならなおのことだ」

「恋したんですか？」

「いや、恋するには怖すぎるね。それに、あの艶気《いろけ》はどこか日本人離れしているしね……」

「あの娘さん、何歳《いくつ》に見えます？」

「うーん」

宮村はまたワイングラスを目の前に掲げて、窓際のテーブルを窺《うかが》った。

「失礼ですよ、覗き見るのは。私は大学生だと思います。十九か、二十歳《はたち》かな」

「私は二十二歳とみた。よしっ、一本賭《か》けようか」

宮村の言葉に啓子はウェイターを呼び、デザートのメニューを持って来るように言った。

「いや、驚いたね。あの娘《こ》の年齢が、まだ十八歳だったとは……」

宮村が香林坊のバー〝舵《かじ》〟のカウンターで、白髪《しらが》の頭を掻きながら笑った。

「私も驚いたわ。今まで若い女性の年齢を読み違えたことはなかったのに、あの娘さんが私の母校の後輩で、高校生だったなんて……」

啓子が呆《あき》れたように首を横に振った。

「私の目も衰えてきたということか。いよいよ耄碌《もうろく》がはじまったかな……」

「あら、その言葉は私にもあてはまるってことですか？」

啓子は不満そうな目で宮村を見返した。その顔を見て、あわてて宮村が否定すると、啓子が声を上げて笑い、宮村もつられて笑い出した。

「楽しそうに、何の話ですか？」

カウンターの中からバーテンダーが二人に声を掛けた。

「さっき〝サジロ〟で賭けをしたんだがね。それが二人とも大外れだったんで、お互い歳《とし》を取ったものだと、啓子さんに失言してしまって謝ってたところだ」

「ママが賭けをするなんて珍しいですね。いったい何の賭けをなさったんですか？」

「若い女性の年齢だよ」

「そりゃ難しい賭けですね。今時の若い子は外見ではわかりませんものね。それに中学生や高校生が、びっくりするような化粧や服装をして外を歩いているでしょう。私の娘があんな格好をしたら勘当ものですよ」

怒ったように言うバーテンダーの顔を見て、二人がまた笑い出した。

バーテンダーは他の客に呼ばれて二人から離れていった。

「それにしても、あの美しさは少女のものではない……。何と言ったらいいか、成熟した女性とはまた違った、誰かの手で触れられでもするとはじけてしまいそうな艶気のようなものが漂っている気がするな……」

宮村が、先刻見た玲奈の姿を思い返しながら言った。

「そんな目で私の後輩を見ないで下さい。あの高校の生徒は、皆真面目《まじめ》な女の子ばかりよ。でも、少なくとも、あの子の目は誰かに恋をしているように見えたわ」

「ほう、恋愛をしている目ですか。そんなことがわかるのかね」

「そりゃ、男の人にはわからなくとも、同性には見えるものがあるんです」

「なるほど、たしかにそう言われればそんな気もするな。いったいどんな男にあんな女性は恋をするのだろうな……」

「宮村さん、その相手の男性が羨《うらやま》しいんですか？」

啓子が宮村の顔を覗き込んだ。

「うん？　どうかな。もう還暦を過ぎてしまった私には、若い女性が目をむけてくれることはないからな」

「そうかしら……。フランス映画を見ると何年に一度か、必ず若い女の子と初老の男の恋愛映画が製作されて、それがヒットするでしょう。あれって、世間が認めてるってことじゃあないのかしら。どうして日本人だと変な目で見てしまうのかしらね」

「それはいい意見だね。同感だ」

宮村が嬉しそうに言った。

「私には若い女性が、人生経験豊富な男性に恋する気持ちがわかる気がするの。だって同じ歳の男の子では、幼な過ぎて物足らなかったもの」

「ほうっ、それは君の体験談かい？」

「ええ、私も彼女と同じ歳の頃、父親より歳上の或《あ》る男性に恋したことがあるわ……」

啓子が懐《なつ》かしい過去を思い出すような目をして店の扉の方を見ていると、その扉が開いて片岡直也が入って来た。

コの字型になったカウンターのむかいに片岡が座ると、啓子は宮村に会釈し、片岡のところへ歩み寄った。

「どうもいらっしゃいませ。その後、連絡はありましまして？」

啓子は野嶋郷一と連絡が取れたかどうかを尋ねた。

「いいえ、ホテルの部屋を留守にする時も、フロントに野嶋さん宛《あて》の伝言を残しておいたのですが、連絡はなかったようです」

片岡はがっかりした顔で言った。

「そう、私も心当りの所に連絡をしてみたのだけど、どこにも立ち寄った形跡はなかったわ。いつものことだけど、いったいどこへ行ってるんでしょうね」

啓子の言葉に片岡が大きな吐息をついた。


野嶋は、薄汚れたシミの浮き出た壁を、ベッドに横たわったまま見つめていた。一匹の蜘蛛《くも》が、先刻から壁の一点にじっと動かずにいた。その蜘蛛の下方で荒い寝息を立てる女の浅黒い背中が上下している。

小一時間ほど前に階下へ降りて行った女は、戻って来ると、ベッドに倒れ込むようにして眠りはじめた。貧弱な体軀《たいく》をした女なのだが、交情すると異様と思えるほど快楽に貪欲《どんよく》であった。商売で身体《からだ》を売っている女が、このように性に執拗《しつよう》になるのを、野嶋は日本で初めて体験した。

スペインの娼婦《しょうふ》の中には、時折、そんな女がいた。金を払って買ったつもりが、男の性行為の不甲斐《ふがい》なさに毒づく女を何度か見たことがある。ただそんな女はいったん欲望を満してやると、行為が終わった後に陽気になり、昼間顔を合わせても、今夜、待っているから、と友人のように気軽に声を掛けてきた。その陽気さが野嶋は嫌だった。

昨夜、西の廓《くるわ》の先の路地を歩いていると、

「少し遊んで行かない？」

暗がりから急に女が声を掛けてきた。

野嶋が声の主をたしかめるように見ると、仄暗《ほのぐら》い中に浮かんだ女の顔は青ざめた肌をしていた。

野嶋は女の顔を一瞥《いちべつ》して歩き出した。

「どうせどこも行くところはないんだろう」

背後から浴びせられた女の言葉に、野嶋は立ち止まった。

振りむくと、女は野嶋を睨《にら》んでいる。別に媚《こ》びを売るふうでもなく、むしろ蔑《さげす》んでいるような視線で野嶋を見ていた。女は手にした煙草《たばこ》を口に銜《くわ》えた。煙草の火が女の顔を浮かび上らせた。頬のこけた顔に目だけが異様に光っていた。

薄い茶のコートに黒のセーターと赤いスカート。素足にサンダルを履《は》いていた。

「店は近くか？」

野嶋が訊《き》くと、女はこくりと頷《うなず》き、煙草を路地の脇《わき》に流れる水路に捨て、先に歩き出した。

数軒先の、ガラス戸を開け放した家のカーテンを手で払い中に入ると、女は奥にむかって何事かを言いつけて脇のドアを開けた。

そこは煎餅蒲団《せんべいぶとん》が敷いてあるだけの部屋だった。

女はぶっきら棒に金額を告げた。野嶋から金を受け取って一度部屋を出て行った女は、すぐに戻って来ると、立ったままコートの下のスカートと下着を脱ぎ捨て、野嶋を振りむいた。

「好きなようにしたいなら、もう五千円出して」

電球の灯りに照らし出された女の下半身は、腰骨が浮き出て貧弱だった。

野嶋は女がこんな体軀をしているのに、自分に対してとる横暴な態度が可笑《おか》しかった。

野嶋が薄笑いを浮かべると、女は何も言わずにコートとセーターを脱ぎ、蒲団の上に横たわった。今しがた女が口にした金額を野嶋はその身体に投げつけた。女はその金を片手で握りしめ、もう一方の手で突っ立ったままの野嶋の半コートの裾《すそ》を引っぱった。

野嶋は女の手を取ると、捩《ね》じ伏せた。この女を虐《しいた》げて、正体を暴《あば》いてやろうとむかっていった。

女は体軀から想像もつかぬほど強靱《きょうじん》であった。押え込もうとする野嶋の力に抗《あらが》っているというより、逆に野嶋を押えつけようとしていた。たまりかねた野嶋が女の頬を打つと、女は尖《とが》った顎《あご》を突き出し、野嶋の胸板を鷲摑《わしづか》みにしようとした。野嶋はその手を払い、また頬を打った。

女は激しく身体を捩《ねじ》らせながら快楽を貪《むさぼ》ってきた。

行為が終った時、女は野嶋に、

「朝までつき合ってくれない？」

と野嶋の顔を見ないで言った。

野嶋は女と二人で、その家を出て、犀川沿いにある彼女の住いらしき家へ行った。

蜘蛛は先刻から壁の一点をじっと動かずにいる。

蜘蛛はまるで、ベッドに横たわる野嶋郷一の胸に去来するものを見透かしているかのように、ふてぶてしく映った。

「あの目だ。嫌なものをひさしぶりに見た……」

野嶋は昨夜、コンサート会場で遭遇した若い女性の瞳《ひとみ》を思い出して、顔を歪《ゆが》めた。車椅子《くるまいす》の少女のロザリオを探して床をまさぐっていた時、薄闇《うすやみ》の中で声がして、顔を上げた野嶋に若い女性が手を差し出した。

ここにありましたよ……。

野嶋を見つめる瞳が、慈愛に満ちた聖母の目にそっくりだった。

「あの目だ。いかにも、すべての者に愛を与えようとする傲慢《ごうまん》な目だ。あの目を見ていると、俺は腸《はらわた》が煮えくり返って来る。愛で人間を救えると思い込んでいる奴等《やつら》の驕《おご》りが許せない」

野嶋は呟《つぶや》いて、下唇を嚙《か》んだ。

ここ数年、目にしないで済んでいた、神を絶対の存在として信じる人間の目を見てしまった。しかも若い女性の純粋な目である。穢《けが》れのない信仰を目にすることが野嶋は何より嫌だった。

――神に何ができるというのだ。神が救済してくれたことがあったか？　本当に神などというものが存在するとおまえたちは信じているのか？　狡猾《こうかつ》な者が作り出した、都合のいい存在だとも気付かずに、何もかもを捧《ささ》げる愚かな行為をくり返している……。

野嶋は怒りをおさえるように奥歯を噛みしめた。

コンサート会場でカソリックの信者たちとすれ違った時は、さして腹立たしくもなかった。片岡直也が神の存在を話し出したときに怒ったのも、会場を抜け出す口実にすぎなかった。

だが、ロザリオを探していた時に遭遇したあの女の瞳からは、嫌悪《けんお》を覚えさせるものがはっきりと伝わってきた。

——あの目は許せない……。

そう呟くと、またあの無垢《むく》な瞳があらわれ、耳の底にアベ・マリアの合唱が聞こえてきた。

噛みしめていた奥歯が音を立て、首筋から肩に震えが伝わってきて、指先が小刻みに揺れた。

——どうしたというのだ。俺は何に怯《おび》えているんだ？ たかだか若い女一人のことで……。

野嶋が出口を間違えて、場内に戻った時、立ち上って自分に声を掛けてきた女の白い影が浮かんだ。

——あの女はいったい何者なんだ？　どうしてわざわざ俺に声を掛けてきたんだ？

野嶋は立ち去り際《ぎわ》の相手の奇異な行動を、今頃になって思い出していた。

——ひょっとしてどこかで逢《あ》った女なのか？

記憶を辿《たど》ってみたが、金沢の街に自分を知っているあんな若い女がいるはずはない、と思い直した。

壁を見ると、蜘蛛はまだ動かずにいた。

蜘蛛を見つめているうちに野嶋は、遠い昔の、同じような光景を思い出していた。

……夜の蜘蛛が這《は》い出して来た古い壁のむこうから、声が聞こえていた。その声は、夜の祈りを捧げている両親と姉の声であった。

少年の野嶋は、その夜、熱を出して寝込んでいた。母から就寝前の祈りに出なくともよいと言われ、壁のむこうにある部屋に入らなかった。そこは家の中に作られた、一畳ばかりの隠れ部屋で、ちいさな祭壇にマリア像が祀《まつ》られていた。家族以外、誰もその部屋の存在を知らなかった。

代々野嶋家は、能登《のと》半島の海岸沿いの小村で、他の村人に知られることなくカソリック信仰を受け継いできた。能登の一帯は一向一揆《いっこういっき》で知られるように、室町期から熱狂的な浄土信仰の強い土地柄である。その地で代々カソリック信者として生き続けることは、想像を越えたものであったろう。村人に知られれば、当時邪宗といわれたキリスト教を信仰することは、命に関ることになる。それでも野嶋家の人たちが信仰を守り続けてこられたのは、キリストの御加護だと、少年は父から教えられた。

能登のキリシタン信仰の歴史は古く、当時キリシタン大名で摂津《せっつ》の領主だった高山右近が、一五八七年に、豊臣秀吉《とよとみひでよし》からの改宗の命に従わず、領地を捨てて信仰を取った折、右近と親しかった前田利家《まえだとしいえ》が彼の大名としての器量を惜しみ、秀吉に右近を預ると申し出た時からはじまったと言われる。預りの身となり幽閉されるはずの右近を、利家は実際には厚く保護した。右近の人柄を慕い、彼の下《もと》を密《ひそ》かに訪れる人は多かった。右近の起居する寺は、隠れキリシタンのサロンの様相を呈するようになった。そこであらたなキリシタンも誕生した。その中に利家の二人の姫たちもいた。しかし、一六一四年、徳川家康の命で右近はマニラへ追放の身となった。これを機に、能登のキリシタンは途絶え、明治二年に島原のキリシタンを預るまで、約三百年の空白があると言われているが、右近に従っていた者の中に、能登の地で密かに信仰を守り続けた者があったとしても何の不思議もない。

その中に野嶋家があった。

海の漁と狭い畑から穫《と》れるわずかな作物で暮らしてきた野嶋の家では、秘密を守ることは家の掟《おきて》であった。野嶋は寡黙《かもく》で敬虔《けいけん》な両親と姉の四人家族で育った。隣の部屋から姉の祈りの言葉が聞こえてくる。家の背後の切り立った断崖《だんがい》に打ち寄せる波の音が、その声を掻《か》き消した。姉の順子《じゅんこ》の顔が浮かぶ。姉は野嶋の唯一《ゆいいつ》の話し相手だった。祈ることを嫌い、キリストについて大胆な質問ばかりをする息子を、父はひどく不安がり、激しく叱責《しっせき》した。そんな弟を、姉はいつも庇《かば》ってくれ、私が必ず郷一にちゃんとした祈りができるように教えます、と父に許しを請《こ》うてくれた。母は父に逆らうことを決してしない女だった。信仰を口にする父が、時に、母と姉に暴力を振うことがあるのを、野嶋は少年の時から知っていた。姉はいつも家族の犠牲になっていた。

いつも野嶋を庇ってくれた姉が、最後に東京で醜い死を迎えたのも、あの十字架を背負った男のせいであり、幼児キリストを抱いて慈愛に満ちた目で見つめている聖母のせいだと、野嶋は信じるようになっていった……。

野嶋は神の存在を否定するようになった。そればかりではなく、神を信じる者を憎悪した。

やがて野嶋は、己《おのれ》の内に懸命に封印していた神への怒りを、小説というかたちに変えて一気に爆発させた。一人の学生が書いた小説は、当時の世の風潮であった〝反逆する若者〟に便乗し、ベストセラーになった。……

蜘蛛の影に、姉の哀《かな》し気な顔が重なった。

野嶋は、姉の涙に濡《ぬ》れた瞳を思い浮かべながら、耳の底に響く遠い日の波の音を聞いていた。

「やめて……」

女の声がした。

見ると、かたわらで寝息を立てていた女が寝言を言っている。

「いや、やめて……」

うつ伏せになった女の痩《や》せた背中が、何かに抗うように激しく揺れ動いた。夢で魘《うな》されているらしい。

いや、いや……、と女が声を上げた。

野嶋は女に、それは夢だと教えてやろうと、背中を抱いた。肌に触れた途端、女は悲鳴を上げ、目を吊《つ》り上げて野嶋の胸板に爪《つめ》を立てた。

「夢だ。夢を見てるんだ」

野嶋は女の身体《からだ》を揺さぶった。夢から醒《さ》めた女は野嶋の顔を見つめ、大きく吐息をついて野嶋の胸板を突き返すと、壁の方をむいた。

女は何も言わずにシーツをたぐり寄せ、剝《む》き出しの肩を揺らしながら荒い息を吐いた。

それから、ベッドサイドのテーブルの煙草を取り、火を点《つ》けた。女の吐き出した煙りが壁をゆっくりと這い上って行く。

そこにはもう蜘蛛の姿はなかった。

「私、何か言った？」

女が低い声で訊いた。

「いや、別に……」

「そう、何だか嫌な夢を見ていたような気がするわ……」

女の言い方に、彼女の身体に滲《し》み付いた哀しみが感じとれた。

フッフフ、と女が鼻で笑った。

野嶋は痩せた女の背中を見つめた。

「くだらないわね。夢くらいで……」

女は自嘲《じちよう》するように言った。

「そうだ、夢なんてくだらないものだ。過去なんてものも幻影に過ぎん」

野嶋も煙草を銜《くわ》えた。

「わかったような口のきき方をしないでよ。そういう言い方は胸がむかつくわ」

女の言葉に野嶋は鼻でせせら笑った。

女は野嶋の笑い声を不愉快に感じたのか、シーツを払って立ち上ると、裸のまま階下に降りて行った。

女が居なくなると、部屋にはまた静寂がひろがった。野嶋は壁に目を向けた。蜘蛛《くも》はどこかに失《う》せていた。彼は今しがたまで己の過去を見つめて揺れ動いていた自分にむかって、吐き捨てるように言った。

「俺は、何を感傷的になっていたんだ」

それでも耳の底には海の音が残っている。野嶋は幻想を掻き消そうと首を振った。音は消えなかった。野嶋は耳を欹《そばだ》てた。音は窓の外から聞こえていた。野嶋は黄ばんだカーテンの隙間《すきま》から覗《のぞ》いている窓ガラスを見た。曇りガラスを通しても外は暗く感じられた。

野嶋は起き上って窓辺に寄り、窓を開けようとした。普段、窓は使われていないのか、きしむような音を立てて、ようやく開いた。冷気が吹き込んできた。

外はいつの間にか雪が舞っている。目を凝らすと、吹き落ちて行く雪をのみ込みながら、犀川が川音を立てて流れていた。

人影はなかった。対岸の家々の瓦屋根《かわら》も、激しく舞う雪におぼろに霞《かす》んでいる。

野嶋は、少年の日に能登の生家の窓から見た、吹雪に荒れ狂う日本海の海原を思い出した。その光景のあらわれたことが野嶋はいまいましかった。彼は桟に手を掛けて窓を閉じようとした。

そのとき、冬の川面《かわも》の中央にぽつんと立つ白い影が目に止まった。

「何だ？　あれは……」

野嶋は目を凝らした。

寒風の川の中洲《なかす》に、一羽の白鷺《しらさぎ》が立っていた。寒々とした濃灰色の色彩の中に、吹雪の白よりもなおあざやかな白色が凛《りん》として浮かび上っている。孤高にさえ映る白鷺の姿は、昨夜から彼の胸中を騒がせてきた女の目のかがやきに似ている気がして、野嶋を不快にさせた。

野嶋は音を立てて、窓を閉めた。階段を上ってくる足音が背後で聞こえた。

その年の大晦日《おおみそか》、金沢の街は、早朝から雪につつまれた。昼近くになっても雪の勢いはおさまらず、神社や寺の参道、境内で初詣《はつもうで》の準備をする露天商や正月飾りをする職人たちの合羽《かっぱ》を白くつつんだ。

牧野玲奈は伯母の文子と二人で、街に正月の食材の買い出しに行き、近江町《おうみちょう》市場を覗《のぞ》いた。

雪空にもかかわらず、市場の狭い路地は玲奈たちと同じように買い物にやって来た人々で賑《にぎ》わっていた。夕刻までに棚の品物を売りつくそうとする店員たちの張り上げる声と、客たちの声が交差していた。

クリーム色の半コートに身をつつんだ玲奈は、この賑やかな光景が好きだった。年に一度、年の瀬にだけ文子に連れられて近江町市場を訪れる。生まれ育ったバルセロナのランブラス通りにも、同じような市場があった。

ロッサーナの一家に連れられて、玲奈はよくサン・ジョセップ市場へ出かけた。

「お嬢さん、そこの美しいお嬢さん。この魚を買って行きなよ。あんたなら特別に安くしておくから」

バルセロナの男たちは十二歳の玲奈に、まるで恋心を抱く若者のように近寄って来て、声を掛けた。

「何を言い出すんだ。この女たらしが。うちのお嬢さんにそんな口のきき方をしたら承知しないよ。おまえのような青二才、首根っ子を摑《つかま》えて海へ放り投げちまうからね」

ロッサーナがえらい剣幕で市場の男の手を払いのけて言った。それでも男たちは陽気に玲奈に声を掛けてきた。玲奈はバルセロナの男たちの陽気さが好きだった。近江町の市場に来ると、いつもそれを思い出した。

しかし、今年の市場での玲奈はいつもと違っていた。

あの聖夜以来、街で背の高い男の人を見かけると、思わず目が向いてしまい、人違いだとわかるまで目が離せない。

ここ一週間ばかりの間、玲奈は雑踏の中ですれ違う人が、もしやあの人ではないかと、立ち止まることが何度となくあった。人違いだとわかるまで胸騒ぎがおさまらなかった。

「玲奈さん、どうしたのですか？」

文子が花屋の前でじっと立ちつくしている玲奈に声を掛けた。玲奈の視線は、向かいの魚屋の店先で背中を見せている男に釘付《くぎづ》けになっている。男の横顔が見えた。

……また人違いだった。

「玲奈さん」

文子の声に玲奈が振りむいた。

「何ですか？　伯母さま」

「何ですかではないでしょう。さっきから何度も声を掛けているのに。玲奈さん、あなたはこの頃、少し変よ。やっぱり篤司さんのおっしゃったことは当っているのかしら……」

文子が独り言のように言った。

「えっ、お父さんが何かおっしゃっていたの？」

玲奈の問い掛けに、文子は首を横に振った。

「何でもないわ。さあ、早く買い物をして帰りましょう。篤司さんがお腹《なか》を空《す》かして待っているわ」

そう言って先に路地を歩き出した。

玲奈はあわてて文子を追い駆けた。その時、文子のむこうに男の人影が見えた。

……

玲奈と文子が市場の喧騒《けんそう》の中にいる時刻、高尾の家で牧野篤司は庭に降り積る雪を眺めながら、昨夜、娘が自分に話したことを思い出していた。

「お父さん、私は東京の大学へは行きません。大学は金沢の学校に通います」

玲奈は篤司の目を見てきっぱりと言った。

篤司は娘が通うH学院の担任に、先刻電話を入れた。

今年の春先、娘の進学相談で逢《あ》ったことのある女性教師は、娘から進学の変更の話は聞いていないと言った。

「何かの間違いではないでしょうか。冬休みに入る前に、玲奈さんと進学の話をしました時は今までどおりでしたし、お母さまも通われた大学へ行くのを楽しみにしていらっしゃいました。入学がとても難しい大学ですが、玲奈さんの成績なら充分に合格すると、私も楽しみにしていますから……」

電話を切った後、篤司は玲奈に何かがあったのだろうか、と不安になった。その何かがなんなのかはわからないが、娘の心に変化があったのは、学校が冬休みに入ってからの数日間のことだと思った。

担任教師が言ったように、玲奈は妻の要子が通った東京のミッション系の大学に進むことを、とても楽しみにしていた。去年の夏休みに、篤司は玲奈と、東京の広尾《ひろお》まで出かけ、大学の学舎を見学していた。

篤司は、近江町市場に出かける前、玲奈が着替えに二階へ上った隙《すき》に、玲奈の様子がおかしいと文子に打ち明けた。

「そうかしら。……でも急に進学のことを変更するなんて玲奈さんらしくないわね」

おっとりとした性格の文子が小首をかしげた。

「ともかく玲奈をよく見ていて下さい。何か気付いたらすぐに教えて下さい」

「わかりました。でも篤司さん、玲奈さんの年頃にはいろんなことが起こりますから、ひょっとして初恋でもしてるんじゃないかしら」

文子はそう言って笑った。

文子の言葉に篤司の顔色が変わった。文子はあわてて口に手を当て、肩をすくめた。

篤司は雪景色を眺めながら文子の表情を思い浮かべていた。

……

――いったい何があったんだ?

篤司は大きく吐息をついた。

電話が鳴った。

篤司は立ち上って、電話を取った。

「あっ、篤司さん。玲奈さんはそっちに戻ってるかしら?」

文子の不安げな声がした。

「いや、戻ってはいません。玲奈がどうかしたんですか。義姉《ねえ》さんと一緒じゃなかったんですか」

「ええ、それが……」

篤司は電話のむこうで口ごもる義姉《あね》の声を聞いて、今しがた心配していた玲奈の身に何かあったのでは、と不安になった。

「義姉さん、玲奈がいなくなったのですか?」

「ええ、それが……、近江町市場を歩いている時、急に玲奈さんが友だちの姿を見つけたからと言って駆け出して行ったまま、戻って来ないの……」

「友だちに逢いに行って……ですか?」

「ええ、そうなのよ。私、すぐに戻って来るんだろうと思って、市場の表で待ってるんですが……、もう一時間も経《た》つし……」

当惑したような文子の声が途切れた。

篤司は居間の壁の時計を見た。夕刻五時までには買い物を終えて帰ると言って出かけたのだが、もう五時を回っている。

「人出が多いから、玲奈さんも私を見つけられないんだと思うわ。あと三十分待ってみて、もう一度電話するわ」

篤司は文子の待っている場所を確認して、電話を切った。

ソファーに腰を下ろし、庭先を見ると、闇《やみ》がひろがろうとしていた。

学校の友だちを見つけたからといって、伯母を一時間以上待たせるようなことをする娘ではない。篤司は急に不安になった。

五年前の東京での出来事が思い出された……。

スペインから帰国したばかりの頃、篤司は玲奈を日本の学校教育に慣れさせるために、一番町の自宅から海外帰国子女教育センターがある小金井市の大学まで通わせ、個人指導を受けさせたことがあった。まだ、病気も恢復《かいふく》しておらず、精神状態も不安定だったので、お手伝いの女性に付添って貰《もら》った。その折、玲奈の行方がわからなくなったことがあった。

付添いの女性は娘の授業が終るまで、大学のキャンパスで待っているのだが、授業の終る時刻になっても玲奈は待ち合わせの場所に来なかった。付添いの女性から篤司の会社に電話が入った。篤司は驚いて会社に事情を話し、大学のキャンパスに駆けつけた。青ざめた顔で待ち受けていた付添いの女性と、教育センターの大学院生とで、手分けして娘を探した。警察にも連絡した。玲奈の姿はキャンパスの中にも、大学の周辺にもなかった。

玲奈は、大学のキャンパスからかなり離れた住宅地の中にある教会にいた。教会の神父が礼拝堂に佇《たたず》んでいる玲奈に声を掛けると、話しかたが少しおかしいので、夕刻を過ぎて警察に連絡を入れた。

教会に迎えに行った篤司は、神父に礼を言い、娘の病状を話した。神父は篤司の話を黙って聞いていた。帰り際《ぎわ》に神父が篤司に言った。

「あなたのお嬢さんは大変に熱心な信者さんです。お話をしていて、主のことも、マリアさまのことも、よく勉強なさっているのに感心しました。ただ、少しだけ気になったのは、神の存在と彼女の実生活とを混同されているところがあることです。それに主とマリアさま以外に、お嬢さんがとても慕っている方がいるようです」

篤司は神父の話していることがよく理解できなかった。

「慕っているとおっしゃいますと、スペインの聖女たちのことですか?」

「いいえ、それなら私にもわかります。どうも違うお方のようです。私の勉強不足かもわかりませんが……。ともかくその方がお嬢さんを救って下さったそうです。お嬢さんはその方と再び出逢えることを信じていらっしゃいます。今日、この教会に見えたのも、その方に導かれたと……信じていらっしゃいます。若い時の信心はともすれば思い込みが強くなるものですが、ご心配はいりません。ただ、あまり極端になると困りますから、日頃から注意をなさった方がいいでしょう」

篤司の手を取って神父は微笑《ほほえ》んだ。

——まさか、また病気が再発したんじゃなければいいが。

篤司は呟《つぶや》いて椅子《いす》から立ち上ると、受話器を取って広坂にある教会に電話を入れた。

玲奈の自宅のある高尾から海にむかって真《ま》っ直《す》ぐ高台を降りて行くと、伏見川が犀川に流れ込む示野《しめの》の先の河原に、美しい遊歩道があった。

春ならば、川面《かわも》に枝をしなだれかけるように桜があざやかに花を咲かせ、秋ならば、河原に群生する芒《すすき》が銀色の穂を川風に揺らして、散策する人の目を楽しませてくれた。

この遊歩道に、玲奈がこよなく愛す一本の木があった。金沢に暮らすようになって、彼女が一人で散策し、出逢った合歓《ねむ》の木だった。病気をかかえて帰国し、孤独だった玲奈が、唯一《ゆいいつ》、こころを打ちあけられる美しい木だった。

その日、玲奈は高尾の家を出て、もの思いに耽《ふ》けりながら海にむかって歩いていた。

いつの間にか、遊歩道に立っていた。

彼女は合歓の木を見上げて呟いた。

——あの人はいったいどこにいらっしゃるのだろう……。

そして、聖夜にあの人と再会した。

コンサート会場の暗がりで、拾ったロザリオを渡し、相手の顔を見た時は輪郭もおぼろで、自分に礼を言った声もぼんやりとしか聞き取れなかった。だが、相手がじっと玲奈の顔を見つめた時、胸の奥まで突き抜けるような衝撃が走った。そんな感覚を経験したのは生まれて初めてのことだった。その瞬間、玲奈は気付いた。

——あの人だ。あの人と再会したのだ。

「それでも私はすぐに奇跡が起こったことを信じられずに、モンセラットの岩場に立って私に手を差しのべてくれた、あの人の姿をよみがえらせ、今しがた会場のドアのむこうに消えた大きな影に重ねようとしていた。すぐに、あの人はドアを開けて戻って来た。どうしたらいいのかと戸惑っているうちに、あの人は壁沿いに早足で立ち去ろうとした。私は立ち上り、声を掛けた。あの人は私をじっと見ただけで、去って行った。私はあわてて席を立ったのだけど、もう姿はどこにもなかった。聖夜で賑わう雑踏の中を必死に探したが、あの人は煙りのように消えてしまっていた」

その夜から、玲奈はずっとその人のことを想《おも》い続けた。イエスさまとマリアさまと聖女さまたちに、再会させて下さったことに感謝の祈りを捧《ささ》げ、この奇跡が、自分とあの人の幸福への兆《きざ》しであることを祈った。

幻なんかではない。玲奈にははっきりとわかった。

「あの目……、そう、あの人の美しい目のかがやきは、他の誰も持っていないものだ。あの憂《うれ》いを帯びた眼差しを持っている方がいるとすれば、ただお一人……、イエスさまだけだ。私はモンセラットでの出来事と、あの人のことで、ずっと不思議に思っていたことがあった。でも、あの夜、あの人と再会して、その訳がわかった。あの人の目のかがやきが、イエスさまに似ているのは、あの人が哀《かな》しみを抱いて生きているからに違いない。それも、私が想像できないほどの大きな哀しみを持って……」

玲奈はいつしか海辺に出ていた。

彼女は荒れ狂う波の間に、名前さえ知らない人の憂いを帯びた目を思い浮かべていた。

吹きすさぶ雪と飛沫《しぶき》を含んだ冷たい風が、先刻から玲奈に当っているのだが、彼女の身体《からだ》は熱く火照《ほて》っていて、半コートの足元が濡《ぬ》れはじめているのにも気付かない。

「おい、そんなところに立っとると、海に呑《の》み込まれてしまうぞ」

背後で声がした。

振りむくと、雨合羽《あまがっぱ》を着た老人が一人、強風に目を細めながら玲奈を見ていた。

「あんた、まさかこんなところで身投げしようと思っとるがや、ねえげえろね」

嗄《しわが》れた声が玲奈を叱《しか》りつけるように響いた。

玲奈は驚いて、老人を見返した。浜の漁師のようだった。玲奈は老人から目を逸《そ》らし、唸《うな》りを上げる海を見た。その時、高い波が打ち寄せて、飛沫が頬にかかった。

玲奈は目覚めたように、海を見直した。

——いつの間に、こんな場所まで来てしまったのだろう……。

当惑する玲奈にむかって老人が言った。

「はよ、うち帰って身体拭《ふ》かんと、正月、風邪引いて寝とらんならんぞ」

玲奈は老人に会釈《えしやく》し、半コートの襟を立てて背後の松林にむかって歩き出した。

第二章 冬の川

金沢の街は、新しい年を降り積む雪の中で迎えた。

雪は日中も止《や》むことなく、初詣《はつもうで》の人々の肩を濡《ぬ》らした。元旦《がんたん》から二日続いた雪は野《の》田山《だやま》、小立野《こだつの》、卯辰山《うだつやま》の丘陵を銀一色に染め上げ、城址公園《じょうしこうえん》、兼六園《けんろくえん》を美しい雪景色に変えた。白銀の中に沈む古都を、大陸からの寒風が音を立てて吹き抜けていった。

幾重にも連なった白波が寄せる専光寺《せんこうじ》の海辺には、堤防に当って砕け散る波音と口笛の音色に似た防風林のざわめきが響いていた。

その防風林の中にぽつんと一軒、古い洋館造りの家があった。周囲に民家はなく、庭に植えられた木々の様子で、その家がかなり以前から、この海岸にあったことがうかがわれた。

強い海風を避けてか、海に面した窓には分厚い雨戸が立てられていた。古い煉瓦《れんが》の煙突から吐き出された煙が海風に千切《ちぎ》れている。その雨戸のむこうから、時折、女の艶声《えんせい》が洩《も》れてきた。昂揚《こうよう》した声は絶え絶えになりながら、むせびなくような声に変わった。そこだけ風の止まっている松林の枯葉の積った地面を、男と女の睦《むつ》み合う気配が、ひっそりと流れていた。暖炉に燃える炎が揺れる居間から、ドアを少し開けた寝室が見え、その隙間《すきま》から男女の姿態が見えていた。

佐伯啓子は野嶋郷一の身体《からだ》の上で、先刻から身体を突き抜けて行く快楽に浸ってい た。両手を野嶋の胸板に置き、上半身を反りかえらせ、尖《とが》った顎《あご》をやや上にむけて目を閉じている啓子の表情は、快楽に浸っているというより、野嶋の肉体に溺《おぼ》れているように映る。その証拠に野嶋は表情ひとつ変えず、啓子が次の快楽を要求して繋《つな》がった下半身をゆり動かすと、野嶋は啓子の腰骨を摑《つか》んで下半身を突き上げていた。

野嶋の身体が動く度に啓子の口からちいさな悲鳴がこぼれ、それがつややかに変わって行く。成熟した啓子の肉体が弾《はず》むように伸びあがる。白い肌がたちまち赤味を帯びて、瞠《みひら》いた瞳《ひとみ》は濡れたように光る。やがて啓子の身体の奥にある芯《しん》のようなものが膨《ふく》らみ、固く張りつめて一気に爆《はぜ》て行く。艶声がひときわ大きくなり、声はむせび泣くようにこもっていく。

啓子は午後から、何度となくこの快楽を貪《むさぼ》っている。昇りつめた後に、崩れ落ちて行く感覚が来る。そのまま崩れてしまえばいいのにと思うが、野嶋は啓子の欲望の深さを見透かしているかのように、萎《な》えそうになる身体を強引に引き寄せてくる。玩《もてあそ》ばれているとは判《わか》っているのだが、その屈辱《くつじょく》にも似た快感は、野嶋からしか得られなかったものである。

——いたぶられている……。

そう感じた瞬間に、啓子の肉体の奥に隠れていた性《さが》が起き上ってくる。何も考える必要はなかった。野嶋と交情している時は何もかも忘れられた。そんなセックスをしたのは初めてだった。セックスだけで野嶋に引き寄せられているのではなかったが、肌が触れ合った瞬間から、野嶋の過去も、啓子自身の時間もどうでもよくなってしまう。

ただ、今日の啓子はいつもと違っていた。自分でも、野嶋に対して執拗《しつよう》になっているのがわかる。

去年の暮れから年が明けて今日まで、野嶋の行方がわからなくなっていた。この十日間、啓子は野嶋を探し、連絡を待った。何の音沙汰《おとさた》もなかった。二年前の冬、野嶋がふいに金沢の街にあらわれ、奇妙な関係が続いている。これまでにも、野嶋が十日以上どこかへ行ってしまうことは度々あったが、彼の居場所は啓子にわかっていた。野嶋の方から連絡してくれることはなかったが、片岡直也を通して連絡があったり、啓子の店のバーテンダーにそれとなく様子を話したり、行きつけの酒場などに野嶋は気配を残していった。

それが今回は、どこへ行ったのかまったくわからなかった。片岡と一緒にスペインの聖歌隊のコンサートを聴きに行って、公演の途中に会場を出たきり行方がわからなくなった。東京からわざわざ逢《あ》いに来た片岡を放ったままだった。暮らしの軸を失ない、溺れたような生き方をしている野嶋にとって、片岡の存在は野嶋が最後に摑んでいる藁《わら》のように、啓子には映った。その片岡に連絡も入れていない。小説を書くことがどんなことなのか、啓子にはわからない。啓子にとって小説は生きていく上で必要なものではなかった。学生時代の友人や、店の客に小説をよく読んでいる人はいたが、小説がその人たちに何を与えているのかわからなかった。ベストセラー小説といっても、啓子には流行《はやり》の映画や音楽と同じに思える。それに片岡を見ていて、時折、彼が見せる知性に関係する仕事をしているという自負のようなものが、啓子には卑《いや》しくさえ思える時がある。ただ、片岡が長い間、野嶋に関っているのは、小説を書かせることとは別の、野嶋への特別な感情がある気がした。

すべてのものに無関心で、冷酷に生きている野嶋が、十日もの間、どこで過ごしていたのか。啓子には、野嶋が興味を抱く対象は女しかないと思えた。それが今日の午後、この家で野嶋と落ち合い、肌に触れた途端にわかった。

――この人は、誰か他の女と一緒だった。

野嶋の肉体には、いつもどこか渇いたところがあった。飢《き》渇《かつ》した欲望が野嶋の内側から感じられた。啓子には、野嶋の渇いた場所に何かを与えているという気持ちがあった。それが他の女によって与えられたことが許せない。

啓子は叫ぶように一段と大きな声を上げて、野嶋の身体の上に倒れ込んだ。野嶋の胸板に頬を寄せ、乱れる息がおさまるのを待った。身体の中が空洞になった気がする。欲望が洗い流された充足感がある。

啓子の耳に、野嶋の心臓の鼓動が聞こえた。喘《あえ》ぐような音だった。

バルセロナで初めて野嶋に逢った時もそうだったが、野嶋の冷徹な態度からは人を引き寄せる毒を含んだ花の香のようなものが匂《にお》ってくる。それは蜜《みつ》の味のように甘美に思える。その花芯の中に入り込んだ者は、野嶋に食いつくされるのだろう。妹の麻里子がそうであったように、片岡もまたとりこまれているに違いない。

「私は違う……」

啓子は胸の中で呟《つぶや》いた。

その時、野嶋の手が啓子の身体を払いのけるように伸びて、野嶋が起き上った。

啓子は居間へ出て行く野嶋のうしろ姿を見つめた。野嶋の背中には、右肩から斜めに大きな傷跡があった。何の傷跡かはわからないが、そこだけ肉がいびつに歪《ゆが》んでいる。

ドアの隙間から暖炉の炎が見える。その炎に野嶋が吐き出した煙草《たばこ》の煙りが重なった。

啓子は、寝室から直接バスルームに続くドアを開け、シャワーを浴びた。

シャワーを掛けると、まだ身体に快楽の余韻があった。

バスローブを着て居間へ行くと、野嶋は服を着ていた。

「どこかへ出かけるの？」

啓子が訊《き》いても野嶋は黙ったまま何も言わない。

「金をくれ」

野嶋がぶっきら棒に言った。

啓子は野嶋の言葉に一瞬、顔を曇らせて、居間のソファーにゆっくりと腰を下ろした。

「少し話があるんだけど、いいかしら……」

野嶋は暖炉の炎を見たまま、啓子の言葉を無視するように、机の上の煙草をポケットに仕舞い込んだ。

「お金はいつものところに置いてあるわ。必要なだけ持っていって下さい」

野嶋は立ち上って寝室に入った。抽出《ひきだ》しを開け、金を摑む気配がして、野嶋が居間へ戻って来た。啓子を一瞥《いちべつ》して、野嶋は玄関へむかおうとした。

「いつまで、そんなヒモみたいな暮らしを続けるわけ?」

啓子の声に野嶋が立ち止まった。

「私はお金が惜しくて言ってるんじゃないわ。そのお金は、父が麻里子に残したものだから、妹がいっときでも望んでいたことを叶《かな》えてやりたいと思って、私があなたに渡しているだけだから……。でもあなたは、この二年の間、何もしようとしない……。誤解しないで欲しいんだけど、私、あなたに説教をするつもりはないの。私にはあなたの仕事のことはわからない。前にも話したように、私はこれまでほとんど小説を読んだことはないしね。だからあなたの仕事にどんな苦労があるのか知らないけど、私には、あなたからは仕事をしようとする意思が見られない。あなたは本当にもう一度、小説を書こうという意思があるの? それを教えて欲しいの。それともうひとつ、あなたが私を踏みにじるようなことがあったら許さない。だって、それは仕事以前のことでしょう。妹が最後にあなたを恨んで死んだように、私はあなたを恨んだりしたくないの」

「何が言いたいんだ？」

野嶋が振りむいて言った。

「私とこうしている以上、他の女と寝るのはやめて……」

啓子が野嶋を睨《にら》み付けた。

「俺はおまえから束縛はされない」

「束縛してるんじゃないわ。私は何が許せないかを言っているだけ。それができないんだったら、私はあなたとこうして逢うのをよすわ」

「なら、そうしろ」

野嶋は吐きすてるように言って、玄関にむかって歩き出した。

「待って」

啓子は立ち上って野嶋を追い駆けた。

玄関のドアを開けようとしている野嶋にむかって啓子は言った。

「どこへ行くのか教えて。私だけのことで訊いてるんじゃないの。片岡さんから何度も連絡があったから……」

野嶋はドアのノブを握ったまま言った。

「旅へ出て来る」

「どこへ？」

「能登《のと》を回って来る。片岡から連絡があったら、約束のものは……、いや、あいつには俺の方から連絡すると伝えてくれ」

野嶋がドアを開けると、海からの風が、耳を裂くような音とともに一斉に吹き込んで来た。

「私への連絡はしてくれるの？」

風音の中で啓子が訊いた。

野嶋が振りむいた。海風にあおられたバスローブの下から啓子の肌が覗《のぞ》いた。啓子はローブを直そうともせずに野嶋を見つめている。野嶋は啓子を見返し、表情も変えずにドアのノブを離した。強風に押されたドアは大きな音を立てて閉じた。啓子は唇を嚙《か》んだまま、耳の底に泣くような風音を聞いていた。

野嶋は専光寺町の啓子の別宅を出ると、犀川《さいがわ》橋の袂《たもと》でタクシーを拾い、金沢駅にむかった。

野嶋は、駅前の雑居ビルを地下に下り、喫茶店に入った。店の隅のテーブルに、サングラスを掛けた女が一人、顔を隠すように座っていた。女は野嶋の姿を見つけると、足元に置いたちいさな鞄《かばん》を手に立ち上った。野嶋はウェイトレスに支払いをすますと、女に声を掛けるでもなく店を出た。女は黙って野嶋のあとについて来た。地上に出た二人は、金沢駅へむかって歩き出した。

二人は和倉《わくら》までの切符を買い、七尾《ななお》線のホームに登って行った。ホームには海からの風が吹きつけていた。

女は内灘《うちなだ》の方角に目を向けたまま立っている。野嶋は駅の売店でウィスキーの小瓶を買い、それをコートのポケットに仕舞うと、女のそばに歩み寄り煙草を取り出して口に銜《くわ》えた。女は野嶋の方をちらりと見て、野嶋の手から煙草を取り、同じように口に銜えた。二人は海風を避けるように顔を寄せ合い、野嶋が点《つ》けたライターの火で煙草を吸った。

「どこか宿はとったのか？」

野嶋が訊くと、

「とってないわ」

女は面倒臭そうに答えた。

野嶋は女のそっけない態度を見て、鼻で笑った。ほどなく電車がホームに入って来て、二人は乗り込んだ。

金沢駅を出て三十分もすると、電車は海岸線を走り出した。

鉛色に低く垂れ込めた雲の気配で、野嶋は荒ぶる海の様子を察した。少年の時から
ずっと見続けて来た冬の日本海であった。

自分の脳裡《のうり》に一瞬浮かびそうになったいまわしい過去を拭《ぬぐ》い去るように、野嶋はポケットからウィスキーの小瓶を出し、口にした。苦い味がひろがった。

「おい、飲むか？」

野嶋は、むかいの席で窓の縁に肘《ひじ》を当て頬杖《ほおづえ》ついている女に、小瓶を差し出した。

女は首を横に振った。女は舌の先で下唇をしきりに舐《な》めている。サングラスに隠れて
女の目の表情はわからないが、どこか苛立《いらだ》っているように見えた。

昨日の朝、女が野嶋に言った言葉を思い出していた。

「どこかに連れてってよ」

女は火の点いた煙草を手で玩びながら言った。

「どこへ行きたい？」

「どこだっていいわ」

「おまえを連れ出すと厄介事になるだろう」

「怖いわけ？」

「馬鹿《ばか》を言え」

野嶋は女のアパートに転がり込んでから、二度ほど見かけた男の姿を思い出していた。男は見るからに素人《しろうと》ではなかった。女とその男の関係はわからないが、男は、野嶋が去年の暮れから女のアパートに居付いているのを知っている。男が野嶋をそのままにしているのは、野嶋が女に毎夜、金を渡しているからだろう。

「この街にはもう飽きたわ……。そうね、行くんだったら、人のあまりいない場所がいいわ。さびれていて、陰気なとこがいい。能登の先の方まで行けば、そんなところがあるんじゃないの……」

「あんなところには、何もないぞ」

「何もない方がいいわ。そんな場所に行きたい。ねえ、明日起きたら連れて行って」

野嶋にとってこの女は煩《わずら》わしさがなかった。啓子には、どこか野嶋を養っていると いう驕《おご》りが感じられた。啓子は直接、それらしき言葉を口にすることはなかったが、野嶋を見る目に優越感が感じられる時があった。啓子と違って、女には空虚なものが漂っていた。それは娼婦《しょうふ》という仕事が、女の心を虚《うつ》ろにさせているのではなく、元々、女が持っている気質のような気がした。

女には、彼女が生きて行く上で依《よ》るべきものが何もないように感じられた。すべてのものに対してあきらめている気がした。ただひとつ女が感情を覗かせるのは、セックスの時だった。それも、野嶋が女を虐《しいた》げるような仕打ちをすると、異様に興奮した。その興奮がやがて女を豹変《ひょうへん》させ、野嶋に挑むようにむかって来る。蔑《さげす》んだように野嶋を見る女の目と態度に、野嶋は興味を抱いた。女のどうしようもない性《さが》のようなものを見ていると、野嶋は妙な安堵《あんど》を覚えた。

女はずっと唇を舐め続けている。先刻よりも、その動きが目についた。

女がバッグを摑《つか》んで立ち上り、車輛《しゃりょう》の前後を窺《うかが》うと、トイレにむかって早足で歩いて行った。何の目的でトイレに立ったのか、野嶋にはわかっていた。先刻から苛立っていたのは、クスリがきれていたからだった。野嶋は女の内腿《うちもも》に、無数の針の跡が残っているのを目にしていた。

牧野篤司が玲奈のことを、くれぐれもよく見ておいてくれ、と義姉《あね》の文子に託して、東京の会社の仕事始めに出かけて行ったのは、一月四日の早朝のことだった。

翌日の朝、玲奈は学院の補習授業に出るため家を出た。

出がけに文子が帰宅の時間を訊いた。

「補習授業の後で卯辰山の工房に寄って来るから、七時くらいになると思うわ」

「そうなの……」

文子は何かを言いたげに玲奈を見た。

「どうしたの伯母さま、何かご用事でもあるの？」

「ええ、実は今日の夕方から読書会の新年会があるの……」

「そう、ならどうぞお出かけになって。私はかまわなくってよ。また食べ過ぎてお腹《なか》を壊さないようにしてね。でも、それは楽しみね」

玲奈が微笑《ほほえ》みながら言った。

「そうなんだけど……」

文子は口ごもったが、玲奈の笑顔を見直して、篤司が去年のクリスマスの夜以来、玲奈のことをひどく心配していると打ち明けた。

「そうだったの……。お父さんにそんなに心配をおかけしているとは思わなかったわ。だったら今夜にでもお父さんのところに、心配なさらなくともいいと電話をしておくわ」

「だめよ。そんな電話をしたら私が玲奈さんに話したことがわかってしまうわ。この話はあなたには内緒にしておくように言われているんだから」

文子が困った顔をして玲奈を見つめた。

「大丈夫よ。伯母さまから聞いたなんて言いません。それに進学のことでお父さんに報告しなくてはいけないこともあるし」

玲奈は文子にちいさく頷《うなず》き玄関を出て行った。

H学院に着いた玲奈は教室に鞄を置くと、職員室のある別棟へむかって歩き出した。校庭を挟んだむかいの渡り廊下に数人の女生徒が屯《たむろ》しているのが見えた。補習授業がはじまるまで一時間以上あったから、どこかの部活動のメンバーが集まっているのだろうと思った。

職員室に入ると、担任の女教師が玲奈を待っていた。

「おはようございます。早い時間に呼んでごめんなさいね」

「いいえ。私の方こそご迷惑をお掛けして申し訳ありません」

玲奈は教師に、急に進学校を変更したことを詫《わ》びた。

「去年の暮れに、お父さまにもお話ししたんだけど、家で話し合われたかしら？」

「はい」

玲奈は目を見開いて頷いた。

「それでどうなりました？　私とお父さまの意見も少し考えてくれたかしら」

「はい。父にも話しましたが、私は東京の大学へ進学するつもりはありません」

玲奈の言葉に、教師は落胆の表情を見せた。

「そう……。じゃ、私の方も正直にお話しするわ。この時期に進学校を変更するということは、お父さまや私が、いや何よりもあなたが望む大学を受けることはできなくてよ」

教師は冷たく言い放った。

「私には、望みの大学はありません。この街から出たくないだけです」

玲奈の返事に教師はしばし口をつぐんでから、一度下唇を噛むようにして言った。

「それなら先生に、あなたが急に進路を変えた理由を聞かせて欲しいの。私も金沢の街が大好きよ。でも、それは急に好きになったわけではないわ。あなたも同じだと思うの。きっと、あなたには東京の大学に進むことをやめてまでも、この街にいたい理由があるんでしょう？　それを聞かせて貰《もら》えれば、先生もこれからあなたが金沢のこの大学へ行くのがベストなのかを、一緒に考えてあげられると思うわ」

玲奈の大きな瞳《ひとみ》を覗き込むように話す教師の目を、玲奈は真《ま》っ直《す》ぐに見つめて答えた。

「この街が急に好きになったわけではありません。ただ、この街にいるのが一番いいということに気付いたんです」

教師は眉間《みけん》に皺《しわ》を寄せて玲奈を見返した。それから三十分ほどの間、同じような会話が二人の間にくり返された。

補習授業がはじまる時間が迫ってきた。玲奈は、背中に担任教師の大きな吐息を聞きながら、ドアにむかって歩き出した。

玲奈は、入ってきたドアとは反対側のドアから職員室を出た。渡り廊下を歩いて、校庭を突き切ろうとした時、

「ねぇ、ちょっといいかしら」

一人の女生徒が玲奈に声を掛けた。

玲奈は立ち止まって相手を見た。

「覚えているかしら？ 一年生の時に同じクラスだった、佐藤久美子《くみこ》だけど……」

玲奈は久美子のことを覚えていた。同じクラスの時にはほとんど話をしたことはなかったが、校則を破って髪を染めたり、セーラー服の丈を変えて担任教師に叱《しか》られていた女生徒だった。

「ええ、覚えてるわ、佐藤さん」

「そう、それは良かった。牧野さん、だったよね。実はあなたにお願いがあるの」

久美子は上目遣いに玲奈を覗《のぞ》き込んで言った。背後で数人の女生徒が同じような目付きで玲奈を見ている。

「何なの？」

「あなたも知っている友だちが困っているの。それであなたに助けて欲しいの」

「困っているって、どんなふうに？」

「それはちょっと話しにくいんだ。何も訊《き》かないで助けてくれないかな……」

そう言って久美子は、背後の女生徒たちを振りむいた。女生徒たちが一様に頷いた。

「困っている理由を話してくれないと、私には何をしたらいいのかわからないわ。理由を話してくれれば、私でできることならするわ」

「そう、理由を話せば助けてくれるのね」

「ええ……」

「実は私たちの友だちのお腹《なか》が大きくなっちゃったの……」

玲奈は小首をかしげて久美子を見返した。

「だから妊娠しちゃったのよ」

久美子の言葉に玲奈は目を瞬《しばたた》かせた。

「えっ、妊娠？……」

「そう。あなたと同じクラスの、あの子よ」

相手が振りむいて指さした方角に、一人だけ離れて渡り廊下の壁に背を凭《もた》れかけてうつむいている吉井《よしい》ともえがいた。

玲奈はともえをじっと見た。

「ね、困ってる理由はわかったでしょう。手術の費用がいるのよ。それであなたにも助けて欲しいの。助けてくれるって言ったわよね」

「手術って何の？」

玲奈が訊き返すと、久美子は語気を強めて言った。

「ちょっと、私たちをからかってんの？」

「からかってはいないわ。あなたたちが言ってる手術は堕胎《だたい》手術のことでしょう。それがどんなに大きな罪かは教わったでしょう」

「説教をしようっていうの」

「違うわ、ねぇ、吉井さん」

玲奈は片隅にいるともえにむかって歩き出すと、彼女の前に立って言った。

「堕胎なんかをしてはいけないわ。神さまから授かったものですもの。赤ちゃんのためにお金が必要なら私も応援するわ。だけど堕胎のお金をあなたに渡すつもりはないわ」

言われたともえが戸惑った目をして玲奈を見返した。

玲奈の肩を背後から久美子が摑んだ。

「ちょっとあんた、何の真似《まね》？　この子をからかってるの」

玲奈はその手を払いのけて、戸惑うともえの手を握りしめた。

「この人たちの言うことを聞いてはいけないわ。あなたのお腹の赤ちゃんは、神さまが授けて下さったものなのよ。あなたはかけがえのないものを授かったのよ。だから大切にしなきゃいけないわ」

手を握りしめられたともえが玲奈の瞳を見返した。

「何を調子に乗って説教してんのよ……」

背後で大声がして玲奈が振りむくと、目をつり上げた久美子の顔が近づき、乾いた音が響いた。

玲奈の左の頬に一瞬、衝撃が走った。鋭い目で玲奈を睨《にら》み付けている久美子の顔が揺れ、左頬が熱くなった。頬を打たれるのは生まれて初めての経験だった。しかし玲奈は少しもひるむことなく久美子を睨み返した。

「佐藤さん、こんなことをして恥かしくはないの。本当の友だちなら彼女のしあわせを考えてあげるべきでしょう」

「先公みたいなことを言うんじゃないよ。あんたみたいなのがむかつくんだよ……」

久美子が右手を上げて玲奈にむかって行こうとした時、

「やめて。久美子、やめて……」

玲奈の背後から、ともえが二人の間に割り込んできた。

その時、校内に補習授業のはじまりを告げるチャイムが響いた。玲奈を囲んでいた女生徒たちが、職員室から教師たちが出てくるのを見て、ぞろぞろと校舎の方に歩き出した。

玲奈は、彼女たちの後から少し離れて歩くともえを呼び止めた。

「私、日曜日の朝はいつも広坂の教会にいるから、何か私に手伝えることがあったら逢《あ》いに来て」

ともえは困ったような目をして玲奈の顔を見つめ、何も言わずに立ち去った。

玲奈が補習授業のテキストを開いていると、隣に座ったクラスメイトが玲奈の唇を指さして言った。

「牧野さん、唇に……」

玲奈は指先で唇に触れた。指にはかすかに血がついていた。先刻、頬を打たれた時に唇が切れたのだろう。

「牧野さん、大丈夫？」

心配そうに玲奈の顔を覗き込むクラスメイトに、玲奈は笑って言った。

「大丈夫、さっき間違って噛《か》んでしまったの」

玲奈はハンカチーフを出し唇を拭《ぬぐ》った。かすかに痛みはあったが、頬を打った相手を恨む気持ちは少しもなかった。それよりもあの女生徒のことが気がかりだった。広坂の教会に彼女が逢いに来てくれればいいと思った。

机の上に置いたハンカチーフに血がにじんでいた。玲奈はその血を見つめながら、

――これはきっと主が試練を与えて下さっているのだ。

玲奈はハンカチーフの血を見つめながら、胸の奥で呟《つぶや》いた。

――試練……。

と彼女はもう一度くり返して呟き、バルセロナを去る秋の日、エリカと二人してジプシー占いに行った日のことを思い出した。……

五年前の夏、モンセラットで事故に遭ってから、一時的に記憶を喪失する症状があ

られた玲奈を、篤司がマドリードの病院へ入院させた。しかし玲奈はいっこうに恢復《かいふく》する兆《きざ》しが見られないので、篤司は娘を日本へ連れて帰り、治療することに決めた。

あわただしい引っ越し準備の最中、玲奈は親友のエリカと二人で海へ出かけた。幼い頃から一緒に育った二人は、別れを惜しむかのように思い出のバルセロネータの海岸を散策した。

「ねえ、玲奈、必ず帰って来てよ」

エリカが切なそうな目をして玲奈を見つめた。

「ええ、私は必ずバルセロナに帰って来るわ。この街は私の故郷なんですもの。この海も、空も、そしてエリカ、あなたも、皆、私にはかけがえのない大切なものですもの。身体《からだ》が良くなったら、私はすぐにバルセロナに帰って来るわ」

「約束よ。私はあなたを本当のお姉さんのように思っているわ。私たちはきっと前世で家族だったに違いないんだから……」

エリカが幼い時から口癖のように言い続けている、二人の前世の話を口にした。

玲奈は微笑《ほほえ》んで頷いた。

「私も同じ気持ちよ」

エリカは玲奈の言葉に満足したように頷き、それからもじもじとしながら言った。

「ねぇ、私、先週、告白されちゃった」

「あらっ、今度は誰から」

早熟なエリカは、街で同じ歳《とし》の少年や歳上の若者からデートに誘われたり、恋していると告白されることが多かった。

「それがサンタ・マリア・デル・マル教会の脇《わき》で新聞を売っている男の子なの。歳はみっつ上で少し不良っぽいんだけど、話してみるととても純情な子なの」

恋に焦《こ》がれるところがあるエリカは、彼女より歳上の男の子でも平気で話をし、親には内緒でデートをしていた。と言っても、ポルト・ベルやモンジュイックの丘やカルメル公園を散歩し、男の子の買ってくれたアイスクリームを食べながら、たわいもないことを話すだけのことだった。スペインの女性カソリック信者は貞操観念が強く、エリカも男と女のルールは厳しく守っていた。

「それで、エリカの気持ちはどうなの?」

「私はあまり……。でも今までの男の子とは少し違う感じがするの。新市街に住むドラ息子たちと違って、彼は旧市街《ゴシック》の生まれだから、威張っているところがないの。苦労もしてそうだし……」

「それはよかったわね」

「ねぇ、玲奈、日本にあなたが行ってしまう前に、ひとつだけお願いがあるの」

「何？……」

「私と一緒にジプシー占いに行って欲しいの」

「………」

エリカの言葉に玲奈は口をつぐんだ。

玲奈は幼い時から、ジプシーたちが居る場所へ行ったことがなかった。篤司は玲奈をバルセロナの危険な場所へは絶対に近づけなかった。バルセロナの街はオリンピック開催以来、治安が良くなったといっても、場所によっては危険な地域はかなりあったし、子どもの誘拐事件も多かった。だから篤司は、娘の世話をするために雇ったロッサーナにも、玲奈を危険な場所へ絶対に入れないように強く命じていた。街のあちこちには、よからぬ仕事をする連中が屯《たむろ》し、掏摸《すり》やかっぱらいの被害が頻繁に発生していた。

「あの連中を見てはいけません、お嬢さま」

ロッサーナは教会へ行く道すがら、怪しい風態《ふうてい》の連中を見つけると、必ず玲奈の身を守るように、そう言って目を逸《そ》らした。その口やかましい伯母から、エリカは玲奈と外出する度に、厳しく言い含められていた。

「エリカ、おかしな場所へは絶対に行ってはいけないよ。そんなことをしたら、私はお前を許さないからね」

そのエリカがジプシー占いに玲奈を誘った。

ジプシー占いがよく当ることは、玲奈もエリカや友人から耳にしていた。

「ねぇ、ロッサーナには絶対に秘密にしておくから、一緒に行って。私一人じゃ心細いし……」

胸の前で両手を合わせているエリカを玲奈は見ていた。エリカは心細いというが、彼女がこれまでに何度か、ジプシー占いに行っているのを玲奈は知っていた。

それに、いくら父やロッサーナが口やかましく言っても、学校への行き帰りやエリカと外出した時には、街中で玲奈はいろんな人たちと出逢った。篤司は、ジプシーの連中は危険だ、と口癖のように言うが、玲奈は彼等を見て一度もそんな悪いイメージを持たなかった。むしろ、街頭で花を売っている女性や少女を見ていて、玲奈は好感さえ抱いた。

――私より歳下の女の子が、家計を助けるために花を売っていて、けなげだわ。

そう思った。

モンジュイックの丘の南斜面に、西南墓地と呼ばれる古い墓地があり、その墓地の下を通って空港へむかう高速道路沿いに旧道を行くと、海沿いに工場群があり、そこの裏手に家を持たない人たちが寄り添って住む一角があった。不法投棄された屑《くず》の山に、鳥たちが群がっている。伸び放題の草叢《くさむら》に、さびついたキャンピングカーや簡素なバラックが見える。その中にジプシーたちが住んでいた。

ジプシーは現在、世界中に六百万人から一千万人いるといわれる。彼等が定住しないために、その数は推計になるが、その過半数の四百万人から六百万人がヨーロッパ大陸に住んでいると見られている。ほとんどが東ヨーロッパに居住し、西ヨーロッパではスペインが一番多く、四十万人余りいるといわれる。

ジプシーの起源は、彼等ジプシーの伝承によれば、古代エジプトでラムセス三世の圧制の折、奴隷《どれい》になることを拒否し、流浪《るろう》の旅へ出たことに始まるとされているが、他にも、中央アジアやインドにいたという説もある。スペインにジプシーが増えたのは、中世にガリシア地方の都市、サンティアゴ・デ・コンポステーラで聖ヤコブの遺体の一部が発見され、ヨーロッパ中から巡礼の信徒がスペインに流れ込んだためとも言われる。現在、彼等がスペインでもっとも多く住むのは、アンダルシア地方である。次に多いのが、カタルーニャ地方のバルセロナだ。バルセロナのジプシーたちは放浪者は少なく、ほとんどが港の雑役や廃品の回収、処理の仕事、農繁期にはブドウ摘みや農園の手伝いをして生活している。

玲奈はエリカとバスを降りて、その一角に入った時、屑山に群がる鳥たちの鳴き声と、これまで見たことのない荒廃した風景にたじろいだ。

エリカが二人の前世のことと、必ずバルセロナで再会できるかどうかをジプシー占いの女性に占って貰《もら》おうと、あまり何度も言うので、しばらくバルセロナを離れることの不安もあった玲奈は一緒に行くことにした。

草叢に立ち止まって周囲を眺める玲奈に、エリカは笑って一台のキャンピングカーを指さした。

二人は、そのキャンピングカーの中に入って行った。黒衣の老女が部屋の奥に座っていた。二人は老女の占いにじっと耳を傾けた。やがて占いが終り、二人は老女に礼金を払い、立ち去ろうとした。老女が玲奈に残るように告げ、エリカがひとり外に出た。

老女は玲奈の瞳《ひとみ》の奥を覗《のぞ》き込むように見つめた。その目のかがやきが、先刻、エリカと並んで二人の前世の話やバルセロナで再会できるかを占ってもらった時とは別人のように光っていた。

よくよく見つめると、老女はとても美しい瞳をしていた。

「さて、どうして最後にあんただけを私が呼んだかわかるかね？」

老女の言葉に玲奈は首を横に振った。

「私はもう五十年も、この仕事をしている。占いは私たちの天職だからね。その私があんたを一目《ひとめ》見て興味を持ったからさ。これはお金はいらないよ。私が好きでやってることだからね。少しあんたの話を聞かせておくれ」

「何を話せばいいのですか？」

「そうね。あんたの生まれた日のことや今までのこと……。そして今何を思ってるかってことでもいいよ」

玲奈は自分の生い立ちを話した。その間、老女は黙って聞いていた。玲奈が話し終えると、

「ありがとう。いい話だ」

老女は礼を言って立ち上がった。玲奈は椅子《いす》に座ったまま彼女を見上げた。小首をかしげる老女に、玲奈は先刻から話そうかと迷っていたモンセラットでのことを話し、その人に再会できるかどうかを尋ねた。

「ほう、そんなことがあったの。それであんたは、その人に逢いたいのかい？　逢え

るかどうかを私に占って欲しいって？……」

玲奈が大きく頷《うなず》くと、老女は椅子に座り直し、エリカと一緒に居た時のようにカードをめくりもせずに言った。

「逢えるよ」

老女が素っ気なく言った。玲奈は嬉《うれ》しそうに笑った。

「ただし、逢えばあんたに試練が来るよ」

「試練？」

「そうさ。苦しいことがはじまる。だから逢わない方がいい」

老女の言葉に玲奈は顔を曇らせた。しかし彼女はすぐに老女を見返して言った。

「どんなに苦しいことがあっても私はいいんです。その人は私を救ってくれた人だから。私もその人のために何かをしてあげたいんです。それに試練は主も私たちのために受けていらっしゃいます。受難は信仰の証《あか》しです」

「そんなことは嘘《うそ》っぱちだよ。キリストなんて信じてはだめだ。私たちの唯一《ゆいいつ》の神、デベルを信じな。私が話しているのは、あんたはその男と逢えば苦しいことがはじまるからおよしと占っただけだ。いいかい、試練だらけだよ。デベルが、その男には災いがあると言ってるよ」

老女はジプシーたちの神であるデベルの話をした。

「ええ、それでもかまわないんです。私はその試練を乗り越えてみせます」

玲奈の返事に、老女は呆《あき》れたように両手を天井に突き上げて首を横に振った。……

――そう、わたしはどんなことでも耐えてみせるわ。あの人と再会できたのだから……。

玲奈が呟《つぶや》いた時、補習授業の終了を告げるチャイムが鳴った。


野嶋郷一が専光寺町の海岸沿いにある家を出て四日後の午後、東御影町《ひがしみかげまち》にある佐伯啓子のマンションの電話が鳴った。

ソファーに身体を埋《うず》めるようにして午睡《ひるね》していた啓子は、電話の呼び出し音で夢から醒《さ》め、ぼんやりとした頭で机の上の電話機に手を伸ばした。

「ご無沙汰《ぶさた》しています。片岡です。その節は大変お世話になりました」

掛けてきたのは片岡直也だった。

「どうも片岡さん……」

「先日は失礼しました。でもようやく野嶋さんもその気になられましたね……」

いつもは陰鬱《いんうつ》に聞こえる片岡の声が妙に明るかった。

「えっ、何がですか？」

啓子は片岡が話している内容がよく呑《の》み込めず、訊《き》き返した。

「いや、私はとても嬉しいです。これまで待っていた甲斐《かい》があったというものです。やはり去年の暮れにお連れしたスペインの聖歌隊が、野嶋さんの中の何かを触発したのでしょうか？……それで、もう旅からは、ご一緒に帰ってこられたのですか？」

「すみません、片岡さん。あなたが話していらっしゃることがよくわからないんですが……。野嶋がどうかしたんですか？　旅から一緒に帰ったって……」

啓子がもう一度問い質《ただ》すと、受話器のむこうの片岡が急に沈黙した。

「片岡さん、野嶋から連絡があったの？」

「い、いや、三日前に旅先の野嶋さんから電話を頂いて……」

「それがどうしたの？」

「野嶋さんが小説を書きはじめたので少しお金を送って欲しいと言われまして。送金をしたんですが……」

「その宿に私が一緒にいたとおっしゃるの？　つまり野嶋のところへ電話を入れたら女の人が出たのかしら？」

「………」

片岡の返答はなかった。

「だったら、その宿に電話を入れて、二度と私の前に顔を出さないようにして欲しいと、あなたから野嶋に伝えて下さる」

「いや、そんな……」

「野嶋が書く小説がどれほどのものかは知らないけど、野嶋もあなたも最低の人間だということだけは、私にもわかるわ」

そこまで言って、啓子は電話を切った。

啓子から一方的に電話を切られた片岡は、出版社のデスクに座ったまま苦い顔をして受話器を見つめていた。

――その宿に私が一緒にいたとおっしゃるの？　つまり野嶋のところへ電話を入れたら女の人が出たのかしら……。

片岡は啓子の昂《たかぶ》った声を思い出していた。

「まずいことをしてしまった……」

片岡は自分の迂闊《うかつ》さに顔を曇らせ、舌打ちをした。

片岡は、三日前に能登の温泉宿に電話を入れた折、電話口に出た女の声を思い返していた。

——片岡と申しますが野嶋さんはいらっしゃいますか？

——ちょっと待って下さい……。片岡さんから電話よ。

女の声は無愛想だったが、落ち着いた声の感じが啓子に似ていた。

——あの女はいったい誰だったんだ？……

「片岡さん、片岡さん……」

背後で自分の名前を呼ぶ女の声がした。片岡が振りむくと、アルバイトの女性が書類を両手に抱えて立っていた。

「何だね？」

「葛井《くずい》部長が呼んでいらっしゃいます」

「部長が？」

片岡はデスク越しに窓際《まどぎわ》の葛井の席を見た。葛井は二人の若い編集者と話をしている。

二人の編集者が立ち去るのを待って、片岡は葛井のデスクへ向かった。

「何でしょうか？」

片岡が声を掛けると、デスクの上のパソコンの画面に見入っていた葛井が、マウスを手にしたまま顔を上げた。

「何でしょうかじゃないよ、片岡君。君の提出した出版企画書はいったい何だね？」

葛井が不機嫌な声で言った。

「と言いますと？……」

葛井はマウスから手を離し、デスクの上にあった企画書の束から書類を一枚引き抜くと、片岡の方に放った。

「これだよ。野嶋郷一の一件だよ。野嶋からは手を引くように言っておいたはずだろ。君はもう五年前の事件を忘れたのかね。この男のお蔭《かげ》で我社がどれだけ迷惑をこうむったか、君が一番わかっているはずだろう」

葛井は、五年前に野嶋が、バルセロナで麻薬密売事件に絡《から》んで逮捕された折のことを言っていた。

たまたまバルセロナに取材に来ていた新聞社系週刊誌の記者が、日本総領事館から野嶋逮捕の詳細を聞き出し、事件を大々的に報道した。その記事の中に、野嶋の唯一の著書の出版元である片岡たちの会社が、二十年にも亘《わた》って野嶋を援助して来たことが、虚実を取り混ぜ、面白可笑《おもしろおか》しく書かれてあった。野嶋の著書はとうの昔に絶版になっており、今は版元に何の利益ももたらしていなかったが、デビュー当初から野嶋を絶賛していた文壇の重鎮が、野嶋のことを気にして、援助をしてくれるように、と会社に口利《くちき》きをしていた。

そのため、海外での暮らしが楽にできるほどの額ではなかったが、片岡を通して幾《いく》許《ばく》かの金が、次の著作物の印税前渡しという名目で野嶋に送金されていた。

〝犯罪者を援助し続けた出版社の愚行〟

というタイトルに重役が怒り、野嶋郷一と会社とは何の関りもない、とコメントを出した。

ところがバルセロナで取調べを受けていた野嶋が、不法滞在労働者扱いされることを恐れ、自分は小説家で出版社に仕事を依頼されて滞在しているのだと主張したことが、週刊誌の追い記事となって出た。今度は〝ベストセラーで儲《もう》けた会社の冷酷ぶり〟を記事は揶揄《やゆ》していた。数週で記事は消えたが、その時、バルセロナまで出かけて身元引受人になろうとした片岡も、会社から譴責《けんせき》処分を受け、部長の葛井も危うく出世の道を閉ざされるところだった。

「君はこんな男に、まだ小説を書かせようとしているのか。他にしなくてはならないことがあるだろうが！」

葛井の声がフロア一中に響きわたった。

「ですから、野嶋さんの新作に関しては、明日の企画会議で説明をしようと思っています」

「説明？　何で説明の必要があるのかね。こんな過去の遺物の書いたものを誰が買うと思っているんだ」

葛井は、ここ十年近く売れる企画を出していない片岡を、これみよがしに怒鳴り付けた。売れっ子作家に上手《うま》く取り入って出世して来た、自分よりひと回り歳下《としした》の上司を、片岡はじっと見つめ返して言った。

「ですから会議で説明を……」

「その必要はない！　こんな男の小説を出版したら、また火種をこしらえるようなものだ。会議の議題から削除する！」

葛井は吐き捨てるように言うと、片岡を無視して机上のパソコンに向かった。片岡はデスクの前に立ち、葛井の顔を見つめていた。葛井は、片岡がまだデスクの前に立っているのに気付き、顔を上げた。

「部長、野嶋さんの新作の企画は私の独断で提出した訳ではないんです」

片岡の言葉に葛井が怪訝《けげん》そうな表情をした。

片岡は鎌倉《かまくら》に住む老作家の名前を出し、彼から今回の野嶋の作品を検討して欲しいと言われたことを告げた。老作家の名前を聞いて、葛井の表情が変わった。

「片岡君、君は私を脅《おど》そうというのか？」

葛井のゴルフで日焼けした顔が赤黒くなった。

「いいえ。そんなことは思ってもいません。ただ、社長へも手紙を書くとおっしゃっていましたので。これがたぶん野嶋さんが作家として生き残れるかどうか、最後の審判を受ける作品になるでしょう。どうか部長、私に会議で発表させて頂けませんか。お願いします」

片岡は葛井に深々と頭を下げて席に戻った。背後で何かを投げ捨てる音がした。

デスクに戻ると片岡は、鞄《かばん》を手にして立ち上り、掲示板に鎌倉の老作家の名前を記して社を出た。

御茶ノ水の駅にむかう坂道を歩きながら、片岡は先刻の葛井との遣《や》り取りを思い出していた。

――君は私を脅そうというのか？

葛井の赤くなった顔と声が浮かんだ。

「確かに脅しているのかもしれないな……」

片岡は呟いて、駅の改札口で鎌倉までの切符を買った。駅の階段を降りながら、片岡はこれから逢《あ》いに行く老作家の妻のことを思った。一昨日、片岡は老作家の妻と電話で短い会話を交わしていた。

――ともかく、お逢いして話を伺いましょう。

編集者に対する態度が冷淡だと評判の妻は、片岡が野嶋の名前を出した途端、声の調子が変わった。

野嶋の新作に対して老作家が肩入れしているというのは、片岡の作り話であった。

だが、すべてが偽《いつわ》りではなかった。

野嶋のデビュー当初、その老作家は彼の作品を絶賛し、寵愛《ちょうあい》するかのように若い新人作家に接した。野嶋は次回作を発表しなかったが、老作家の愛情は変わることなく続いた。

片岡は二人の様子を誇らしく見守っていた。その片岡が野嶋を老作家から引き離したのだ。

それには、おぞましい理由があった。野嶋は老作家の後添《のちぞ》えの妻と肉体関係を結んでいた。それを妻の口から打ち明けられた時、片岡は驚愕《きょうがく》した。どちらから誘ったのかはわからぬが、片岡は野嶋の破廉恥《はれんち》な行為に狼狽《ろうばい》した。その上、野嶋は妻から多額の金を借りていた。勿論《もちろん》、それは老作家の預金から引き下ろされたものであった。片岡は事が老作家に発覚することを恐れた。

「野嶋さん、あなたは自分のしたことがどういうことなのか、わかっているのですか？」

まだ若かった片岡は、野嶋に怒りをあらわにして迫った。

「言い寄って来たのは、あの女の方からだ。俺は女が哀れと思ってしてやっただけのことだよ」

野嶋は少しも悪びれずに言った。

「何を言ってるんです。先生のお蔭であなたがどれほど助かっているのか、わかっているはずでしょう。あなたの行為は先生への裏切りですよ。ともかく、お金だけでもすぐに返済すべきです」

「その必要はない。あれは女が勝手に持ってきたものだ」

片岡はその時初めて、野嶋の中にある〝邪悪な影〟を見た気がした。しかし、それが野嶋本来の姿には思えなかった。それは片岡が、野嶋のデビュー作を読んで感動し、作品の中に野嶋の慈愛を読み取っていたからだった。

片岡が野嶋に鎌倉へ行くことを禁じてからも、彼は次から次に厄介事を起こした。

そのほとんどが女性に絡むことであった。いっときマスコミの寵児となった新進作家に、女たちは誘蛾灯《ゆうがとう》に吸い寄せられる虫のように群がってきた。決して美男子ではなく、むしろ冷徹な面立ちに映る野嶋の、どこに女たちが引き寄せられるのか、片岡には不可解であった。……

片岡は東京駅で横須賀《よこすか》線に乗り換えると、新橋まで地下を走る電車の車窓をぼんやりと眺めていた。

とうに五十歳を過ぎて、会社での出世の道から外れ、若い編集者から疎《うと》まれている初老の男の顔が窓ガラスに映っていた。

――野嶋が書く小説がどれほどのものかしらないけど、野嶋もあなたも最低の人間だということだけは、私にもわかるわ。

啓子の電話の声がよみがえった。

最低の人間と言われれば、たしかにそうかもしれない。今からむかう鎌倉で、片岡は老作家を裏切った妻に、さらに卑劣な行為をさせようとしている。作家が病気で伏せりがちであることを幸いに、野嶋の新作の推薦状を代筆させようとしているのだ。

いつから自分はこんなことを平気でできる人間になってしまったのだろうか。しかし、これしか野嶋の作品を世に出す手立てはない、と片岡は判断した。たとえ敬愛する人を裏切る行為であろうと、片岡は野嶋の作品が世に出ることの方を優先させることにした。欺瞞《ぎまん》も偽善もすべて、野嶋の作品が世に出ることで解消されると信じていた。

仮に、野嶋の小説が成功しなくともよかった。片岡は野嶋との二十五年にわたる関係に決着をつけたかった。

正直、片岡は疲れていた。去年の秋、二人暮しの母が入院し、片岡は一人住まいを続けていた。この歳まで結婚もせず、編集一筋に歩んで来た。担当作家から最良の小説を貰《もら》うことだけを生き甲斐《がい》にしてきた。そして最後に残った作家が野嶋だった。先輩の編集者や同僚から、何度も忠告を受けた。

「君、いい加減にあんな作家の後を追うのは止《よ》しにしろ。でないと君が潰《つぶ》れてしまうぞ」

片岡もそう考えたことは何度もあった。もう野嶋に関わるのは止《や》めにしようと思い、別離を野嶋に告げに行こうと決心すると、必ず彼は問題を起こし、片岡に助けを求めてきた。その度に片岡は野嶋を放ってはおけず、面倒をみてきた。腐れ縁とも思える関係が続き、野嶋が麻里子と二人でスペインに渡った時には、正直、片岡は妙な安堵《あんど》感《かん》を覚えた。

ところが野嶋は大問題を起こしていた。

——これで野嶋との関係を終えることができる……。

そう思ってスペインに行き、警察へ面会に行った折、片岡は野嶋の口から新しい小説のプランを聞かされた。それは、片岡が野嶋の担当になって初めて耳にする小説の構想だった。

電車が北鎌倉の木々の間を抜け、次は鎌倉との車内放送が流れた。

子供の声がした。見るとむかいの席に老婦人と少女が座って話をしている。少女は窓の外を指さし、嬉《うれ》しそうに声を上げていた。孫を連れての帰りだろうか。老婦人は彼の母親と同じ年頃だった。

彼は週末に病院へ母を見舞いに行った。ここ数年、母は膵臓《すいぞう》を患《わずら》い、入退院をくり返していた。

その週、片岡は、野嶋からやっと小説を書きはじめたから金が必要だと言われ、母の定期預金を解約して金を工面した。これまでに何度か、片岡は自分の金を野嶋に送金していた。それを野嶋に話しても、彼には理解して貰えないと思った。

電車が鎌倉駅のホームにゆっくりと入った。片岡は静かに立ち上って電車を降りた。

夜の明けようとする気配が、閉め切った雨戸の隙間《すきま》から忍び込んできた。野嶋は身じろぎもせず、古い机の前に座っていた。背後から女の寝息が聞こえてくる。

睡眠薬を飲ませ、女が眠り込んだのは、つい一時間ほど前だった。

山間《やまあい》の温泉宿からこの宿に移って、女が苛立《いらだ》ちはじめた。

野嶋は最初、女の苛立ちは薬が切れたせいだと思っていた。夕刻、女が宿の風呂《ふろ》へ行った隙に、野嶋は女のバッグの中を調べた。薬はまだ残っていた。女が山の温泉宿に

能登の突端の海岸辺りの宿に着いたのは三日前の夕暮れだった。女が山の温泉宿にあいて、海を見たいと言い出したので、野嶋は女と二人でタクシーに乗り、吹雪の中をこの海岸まで来た。タクシーの運転手が古い宿を探し当て、この季節、客など来ることのない宿へ入った。

老人と中年女の二人がやっている宿で、吹雪の中を突然、訪ねて来た客に戸惑いながら、碌《ろく》なもてなしはできないが、と海側の部屋へ通した。野嶋は部屋をふたつ取り、古い建付けのため海風が絶えず雨戸を震わせる角部屋に机を運ばせて仕事をはじめた。

女は野嶋の部屋を覗《のぞ》いて、机にむかっている野嶋に訊《き》いた。

「何をしているの？」

「何でもない」

野嶋が素っ気なくこたえると、女はそのまま自分の部屋へ引き揚げた。

その夜は女と二人で夕食を摂《と》り、野嶋はまた部屋に籠《こも》った。

仕事は遅々として進まなかった。これまでにも何度となくくり返して来た行為を、またここでもくり返すかもしれないという不安にかられながら、野嶋はそれでも机から離れずにいた。

夜明け方、背後で障子《しょうじ》の開く音がして、女が部屋に入って来た。

「眠れないから少しつき合って……」

背後で女の声とグラスにウィスキーを注ぐ音がした。

「部屋へ戻ってろ」

「私に命令しないで。あんたは私を仕事につき合わせるために連れ出したの。それなら私はこの宿から引き揚げるわ」

「人のいないところへ行きたいと言ったのはおまえだろう。それとも一人じゃ寝られない身体《からだ》なのか？」

野嶋の言葉に女が乾いた笑い声を上げた。

「そうだと言ったら、どうしてくれるの？　私が寝るまで抱いてくれるの？　たいした男っ振りじゃないの」

野嶋は振り返って女を睨《にら》んだ。

女は寝間着の胸元を開《はだ》けたまま、立膝《たてひざ》をついてウィスキーを飲んでいた。

「何よ、その目は。文句でもあるって言うの？　よしなよ、あんたには何もできやしないって。私にはあんたの腹の底が見えるんだ」

そう言って女は天井に顔をむけ、甲高い声で笑い出した。女の尖《とが》った顎《あご》が天井の灯りに光っていた。野嶋は女の手からグラスを取り、ウィスキーを飲み干した。それを見て、女がまた笑い声を上げた。

二人でボトル一本を空にしたが、野嶋は酔えなかった。酔っぱらった女が野嶋にからみついてきた。野嶋は波音を聞きながら交情した。享楽《きょうらく》を感じない酒とセックスであった。

野嶋はわずかな時間、睡眠を摂り、また机にむかった。筆は一行も進まなかった。それでも野嶋はじっと机に対峙《たいじ》した。明け方、また女が部屋にやって来たが、野嶋は睡眠薬を女に飲ませ寝かしつけた。

彼の目はバルセロナの夜の路地を見つめていた。

サンタ・マリア・デル・マル教会へ続く古い路地に、娼婦《しょうふ》たちが立ち並んでいる一角がよみがえってきた。……

それは七年前の冬の夜の出来事だった。

夜空に美しい鐘楼《しょうろう》が浮かび上っていた。鐘楼の塔の先端にある十字架が照明に照らされ、炎の中で燃え上っているように映った。

サンタ・マリア・デル・マル教会の鐘楼だった。

野嶋は夜空に浮かぶ塔を見ながら、ライエタナ通りを王宮の大広場で左に折れた。古い石畳の路地に入ると、足元は急に暗くなった。狭い路地に野嶋の足音だけが響いた。

「遊んでいかない？」

建物の奥まった扉口に立っている娼婦《しょうふ》が声を掛けてきた。野嶋はちらりと女に目をやった。女は顔を背けるようにして銜《くわ》えた煙草《たばこ》を吸った。煙草の灯りに女の顔が仄白《ほのじろ》く浮かんだ。

「生憎《あいにく》だな。野暮用《やぼよう》がある」

野嶋は口元に笑みを浮かべて言った。

「じゃ遅れないように行くんだね」

　女も笑って言葉を返した。野嶋は頷《うなず》いて、路地を右手に折れた。また夜空に教会の塔が見えた。通りに屯《たむろ》する女たちの視線が野嶋に注がれている。腹を空《す》かした牝狼《めすおおかみ》たちが獲物を物色しているような、そんな視線の中に身を置いている、この感覚が野嶋は気に入っていた。バルセロナに移り住んで、ここは野嶋が唯一《ゆいいつ》安堵を覚える場所だった。顔見知りの女が野嶋に手を上げた。野嶋は首を横に振って女の前を通り過ぎた。

「今夜はこの辺りにいるからね……」

　背後で女の声がした。

　――ああ、わかったよ。

　野嶋は胸の中で呟《つぶや》き、腕時計を見た。夜の十一時を少し過ぎていた。待ち合わせた時刻に遅れている。野嶋は歩調を速めた。入り組んだ路地ではあるが、教会の鐘楼の灯りを頼りに歩けば海岸へ出る。

　サンタ・マリア・デル・マル教会は、今でこそ建つ場所は海岸から少し離れているが、〝海の聖母〟という愛称のとおり、昔は教会の際《きわ》まで波が寄せていた。夜、鐘楼では航海をする船乗りのために篝火《かがりび》を焚《た》き、その炎が燈台《とうだい》の役割を果たしていた。嵐《あらし》の夜などは、篝火とともに鐘を打ち鳴らして、〝この篝火を目指せ、さればバルセロナに船は着く。この鐘の音で魂を奮い立たせ、その荒波を越えて行け〟と、船乗りに勇気を与えたと言われている。船乗りたちは、サンタ・マリア・デル・マルの聖母に航海の無事を祈って出航し、航海を終えれば必ず感謝の礼を捧《ささ》げにやって来た。

野嶋は教会の前に立った。扉はまだ開いていた。

彼は教会の中に入った。中央の聖母マリア像の左下に、ちいさな人影が見えた。野嶋は靴音を響かせて、人影に近寄って行った。

足音に気付いて人影が振りむいた。

佐伯麻里子であった。

半年振りに逢《あ》う麻里子は、以前とは顔付きが違って見えた。化粧をしていないせいだ、と野嶋にはわかった。麻里子は野嶋の顔をじっと見つめている。

「こんな時間に教会などに呼び出して、何の用事だ」

野嶋はぶっきら棒に言った。

「この教会ならあなたは入って来られると思ったから」

「教会はどこも同じだ。中に入るだけで虫酸《むしず》が走る」

「それはあなたが神を恐れているからよ。神はあなたを救いこそすれ……」

麻里子の言葉を野嶋が遮った。

「説教するために俺を呼んだのか」

麻里子は表情を変えた野嶋から目を逸《そ》らし、マリア像を見つめて言った。

「別れを言いに来たの」

「俺たちはとっくの昔に別れている」

「あなたはそうでも、私は違うわ。この半年間、私は病院のベッドでいろいろ考えたわ。私がこんなふうになったのは誰のせいなのかと。私は無知だった。外見《うわべ》ばかりを気にして、本当の自分を一度だって見つめようとしなかった。そして、あなたがそんなふうになったのは、私のせいなのだろうって……」

麻里子がバルセロナに来て、五年の歳月が流れていた。野嶋と二人で新しい生活をするために渡って来たはずのバルセロナの日々は、時間が経《た》つに連れ悲惨なものとなっていた。麻里子は半年前に、麻薬中毒で病院に運び込まれた。

野嶋と麻里子は東京の酒場で出逢った。当時、野嶋は処女小説がベストセラーになってから十数年が過ぎ、少しずつ世間から忘れられようとしていた。野嶋の作品を支持した〝反抗する世代〟と呼ばれた学生や若者たちは、時間とともに社会の中に組み込まれ、野嶋の話題すら語る者がいなくなっていた。野嶋一人が牙《きば》を剝《む》いて、夜の酒場を徘徊《はいかい》していた。そんな野嶋が、海外留学を終えて日本に戻っていた麻里子の前にあらわれた。かつて少女時代に、麻里子は野嶋の小説を読んでいた。金沢の裕福な家庭に育った世間知らずのお嬢さんの目に、野嶋は魅力ある男性に映った。麻里子は一方的に恋に陥《お》ち、やがて二人は同棲《どうせい》するようになった。

野嶋は麻里子のアパートに転がり込んでいた。麻里子は野嶋に小説を書かせたいと思い、二人でスペインに旅立った。

最初の半年、二人はスペイン各地を回り、バルセロナで部屋を借りて住むようになった。麻里子の父からの充分な仕送りで二人は暮していたが、バルセロナで二年が過ぎた頃、野嶋は性質《たち》の悪い連中とつき合いはじめ、麻里子を放って平気で娼婦たちの所へ泊るようになっていた。野嶋には小説を書こうという気配がいっこうに見られなかった。そして二人の間に破綻《はたん》が生じた。諍《いさか》う日々が続き、その度に二人は別離と和解をくり返した。自暴自棄に陥った麻里子は、野嶋の仲間の密売人から麻薬を買って常用するようになっていった。日本から父の訃報《ふほう》が入り、姉の啓子が帰国するように連絡して来たが、麻里子は帰らなかった。仕送りが止まり、彼女は夜の街角に立つことさえあった。そんな麻里子を野嶋は見て見ぬ振りをした。それどころか野嶋は時折、麻里子を訪ねて来る客の口利《くちき》きまでしていた。麻里子の生活は荒《すさ》び、やがて路上で倒れ、病院に担《かつ》ぎ込まれた。……

野嶋は祭壇の上のマリア像をちらりと見た。

「病院で何を吹き込まれた？」

「吹き込まれはしないわ。私、カソリックに入信したの」

麻里子の言葉に野嶋の左頬がつり上った。

「それは、俺に対する復讐《ふくしゅう》のつもりか」

「いいえ、そんなつもりは少しもないわ。ただあなたには伝えておきたかったの。あなたにこそ神が必要だということを」

「何をくだらないことを言ってる。病院の修道女たちにどんなことを吹き込まれたかは知らんが、おまえが信じている神は狡猾《こうかつ》な人間が作った虚像でしかない。聖書をよく読んでみるんだな。キリストは絶望の中で死んでるじゃないか」

「絶望は終りではないわ」

「それはこじつけだ。人が絶望で死を迎える物語自体が、おまえの信仰の無意味を語っているんだ。それがわからないのか」

野嶋は声を荒げた。

「なぜ、神の話になると、あなたはそんなに感情的になるの。それはあなたの中に神が在るからじゃないの。そのことを恐れているから動揺してるのと違うの。あなたの小説には、そのことがはっきりと書いてある。それが私が、今夜、あなたに言いたかったこと。私、明日から巡礼の旅に出ます」

「巡礼の旅に？ 愚かなことをするな」

野嶋が吐き捨てるように言った。

「愚かなこと？ そうね。私は確かに愚かだったわ。あなたに出逢ってからの……、いや、それ以前の私も愚かだった。でもそれがわかっただけでもよかったわ。私は旅へ出ます。あなたが、私のようにいつか旅へ出られることを祈ってるわ」

そう言って麻里子はマリア像にむかって十字を切った。

「やめろ、俺の前で祈りなんかをするな」

野嶋は麻里子の両肩を鷲摑《わしづか》みにした。野嶋を振りむいた麻里子の目から、大粒の涙が溢《あふ》れた。野嶋は麻里子の身体を突き放して、教会の扉にむかって走り出した。

麻里子は巡礼の旅へ出て、一年後にバルセロナに戻り、冬の日に死んだ。……

野嶋は最後に麻里子に逢った夜のことを思い出しながら、執筆する小説の主題を探っていた。

閉め切った窓のむこうから鳴り止《や》まぬ海風の音が続いていた。

背後で女が夢を見たのか、ちいさな声を上げた。

宿に逗留《とうりゅう》して四日目の午後、女の様子がおかしくなった。

夕食の最中に、女は膳《ぜん》の上の食事をいきなりひっくり返し、野嶋を睨み付けた。

「薬が切れたのか？」

野嶋が女を睨み返して訊いた。

「やかましい。わかったような口をきくな。薬なんぞどこからだって都合をつけられるんだ。あんたの、その気取った態度が気に入らないんだよ。頭に来るよ、まったく！」

女は叫んで手にしたグラスを野嶋に投げつけた。グラスは野嶋の膳の上で音を立てて割れた。野嶋は自分の膳を足で払いのけると、女の胸倉を摑んだ。抵抗する細い右手を片手で摑み、女の頬を打った。乾いた音がした。女はすぐに顔を正面にむけ、野嶋を睨み返した。野嶋は女の目を見据え、続けざまに頬を打った。女はそれでも平気な顔で野嶋を見返した。女の口元にかすかな笑みが浮かんだ。

「何が可笑《おか》しいんだ」

野嶋は苛立《いらだ》たしげに言った。

女が野嶋の顔に唾《つば》を吐きかけた。それを拭《ぬぐ》うと、指が血に染まっていた。

「懲《こ》りない女だな……」

野嶋はなおも頬を打った。女が野嶋の胸にしがみついてきた。野嶋が払おうとすると、女は野嶋の首筋に噛《か》みついた。痛みが走った。

「抱いて……」

女が耳元で囁《ささや》いた。

野嶋は女の手を放した。女の手が野嶋の胸をまさぐった。野嶋は女の身体を畳に押し倒し、浴衣《ゆかた》を剝《は》ぎ取った。階下から階段を駆け上ってくる足音がした。野嶋はかまわずに女の身体を押し開いた。背後で障子戸《しょうじど》が開く気配がして、短い女の悲鳴がした。野嶋は振りむきもせずに女の身体に覆《おお》いかぶさっていった。

荒い息遣いが聞こえてきた。野嶋は女の顔を見た。唇から血を流しながら女は喘《あえ》ぎ声を上げている。女の目は天井の一点を見つめたまま動かない。

――どこかで見た目だ。

そう思った途端、女の目が、娼婦《しょうふ》の仕事をしはじめた頃の麻里子がセックスの時に見せた目と同じなのに気付いた。

――女は皆同じということか……。

野嶋は急に怒りが湧《わ》いて来て、女の二の腕を摑むと、指に力を込め、捻《ね》じ曲げた。女の顔に苦痛の表情が浮かび、喘いでいた口から叫び声を上げた。声は尾を引くように続き、また喘ぐ息遣いに変わった。やがて、貧弱な女の身体が野嶋の身体を跳ね返すように反り上り、女は歯を鳴らして震え出したかと思うと、大きく息を吐き出し、それっきり動きを止めた。

静寂が戻った部屋に、波と風の音だけが聞こえていた。……

翌日の夜明け方、野嶋は一人で海岸へ出た。

海は、止むことのない北西の風が運んでくる雪に波の飛沫《しぶき》が重なり、吹雪となって舞い上っていた。

野嶋は黙々と海岸を歩き続けた。

前方に、海に突き出した巨大な岩山が見えた。横殴りの吹雪に白く霞《かす》んだ岩影が、立ち並ぶ人影のように映った。

――これと似た岩影をどこかで見た気がする……。

野嶋は岩山にむかって歩きながら呟いた。

野嶋の耳の底で笑い声が聞こえた。

「おい、あれを見てみろ」

若い男の南部訛《なま》りのスペイン語だった。男の声を耳にして、麻薬の密売で初めてモンセラットの山へ行った時のことがよみがえってきた。

麻里子が巡礼の旅へ出て金蔓《かねづる》を失った野嶋は、遊び仲間からの誘いで荷の受け渡しの仕事を引き受けた。その仕事は表沙汰《おもてざた》にできない類《たぐ》いのものだとわかっていたが、背に腹はかえられなかった。

その日、モンセラットの山には深い霧がかかっていた。東側の登り口から車を走らせている時、密売人の若いジプシーの男がフロントガラスの先を指さして言った。

「あの岩は、ひとつひとつが人のかたちをしているだろう。あれはな、昔、この山の修道院から神に逆らって逃げ出した修道僧たちが、神の怒りに触れて、山を駆け降りてる時に石に化《か》えられちまった姿だというんだ。ヒィッヒヒヒ、見るからに間の抜けた格好をしてるだろう」

山を包んでいた霧が一瞬晴れて、奇妙な人の群れを思わせる岩が目に入った。

「だから、あの石になった修道僧たちは皆、修道院に背をむけているのさ。これから行く修道院は、あの岩場のむこうにあるんだが、カソリックの連中は、自分たちの神が何だってできると信じてやがる。まったく馬鹿《ばか》な奴等《やつら》だ。おまえはカソリックか?」

男の問いに、野嶋は首を横に振った。

「おまえたちは皆、ブッダを信じてるんだろう」

相手は、東洋人はすべて仏教徒だと思っているようだった……。

男は疫病神《やくびょうがみ》だった。あの日、取引が警察に察知されていることにいち早く気付いた野嶋たちは、すぐに別の山径《やまみち》からそれぞれ逃亡した。なのにあの男は山径で検問を受けた時に、薬を打ち過ぎてラリっていたのだ。野嶋は皆から遅れて山径を降り、警察の検問に引っかかった。が、上手《うま》く切り抜けられそうだった。ところが、あの男が野嶋を指さして大声を上げた。あの男より先に山径を降りていれば、捕まることはなかった。今でもどうして少女を助けに戻ったのか、野嶋は悔んだ。……

野嶋は浜を歩きながら、嫌なことを思い出したと思った。

岩の麓《ふもと》に来ると、そこから人ひとりが登れるほどの狭い階段が岩の上へ続いていた。

野嶋は岩の上から海が見たくなった。

岩の上に出てみると海風が凄《すさ》まじい勢いで吹きつけて来た。野嶋は左手にある松の木蔭《こかげ》に身を寄せ、荒れ狂う海を見つめた。

女の悲鳴に似た風音が響いていた。低く垂れ込めた濃灰色の雲と、渦巻く吹雪にまぎれて、水平線は見えなかった。岩壁に打ち寄せる波が白い塔のようになって眼前に立ち昇ってきた。波の打ち寄せる度に岩が揺れた。

野嶋は風と波の音を聞きながら、冷たい冬の海を眺めていた。かすかに女の声が聞こえてきた。

——あなたにこそ神が必要だわ。あなたの中には神が在るのよ。

麻里子の声だった。

濃灰色の海景に麻里子の死顔が浮かんだ。あの時、バルセロナの病院の遺体安置室に麻里子は眠っていた。

「神に救われたと言っていたお前が、どうして死んだんだ。お前と巡礼の旅に発《た》ったジプシーの女は、マリコは一日も早く召されることを望んでいた、と俺に言った。それがお前の選択だったのか……」

野嶋は押し寄せる海原にむかって呟《つぶや》いた。

波間に揺れる麻里子の死顔に、姉の順子の死顔が重なった。

「神を信じ、救われると祈り続けた者が、どうして自ら死ななければならないんだ。おまえたちが生きている時に見たものは絶望でしかなかったんじゃないか。それ以外の答えがあるのなら、俺に答えてみろ」

野嶋の声は吹き荒《すさ》ぶ海風に千切《ちぎ》れた。彼は身じろぎもせず岩の上に立ちつくしていた。……

野嶋が海岸の散策を終えて昼前に宿に戻ると、主人が血相を変えてあらわれ、外の気配を窺《うかが》うようにして言った。

「お客さん、今、帰り道で車と出くわさなかったですか？」

「いや、俺は浜を歩いて来たから。どうかしたのか？」

野嶋の問いに主人は、野嶋が出てからほどなく、男が二人やって来ていきなり部屋に上り込み、女を連れ出したと言った。男たちは、主人に野嶋のことを訊《き》き、しばらく待っていたが、つい今しがた、この辺りを探して来るからと出て行った。行き際《ぎわ》に、野嶋が戻って来たら、すぐに車に電話をしろと脅《おど》していったと言う。

野嶋は主人の話を聞くなり、二階の部屋へ駆け上った。

部屋の中には、野嶋の原稿用紙と荷物が散乱していた。

野嶋は奥の襖《ふすま》を開け、押し入れの蒲団《ふとん》の下に隠しておいた金の在所《ありか》をまさぐった。金は無事だった。すぐに荷物を鞄《かばん》に詰め込み、階段を転がるように下りると、主人に宿代を渡して宿を飛び出した。

野嶋は海岸沿いの道を輪島《わじま》の方角に走った。海から吹きつける雪で視界はかすんでいた。背後から車のエンジン音が近づいてきた。野嶋はあわてて道路脇《わき》に身を寄せた。

ヘッドライトを点《つ》けたトラックがすぐ先の信号で停車した。幌《ほろ》の上には大量の雪が積もっている。

野嶋は道に飛び出し、トラックに駆け寄って運転席の窓を叩《たた》いた。初老の運転手が窓を開けて、怪訝《けげん》そうな顔で野嶋を見た。

「輪島まで乗せてくれ」

「バスの停留所はすぐ先にあるぞ……」

頭に手拭いを巻いた運転手が言った。

「いいから乗せろ」

野嶋は声を荒げ、素早く車の反対側に回ると、助手席のドアを強引に開けてトラックに乗り込んだ。運転手は驚いて野嶋を見つめていたが、諦《あきら》め顔で車を発進させた。

何か急な用かの？　おどおどと訊く運転手に野嶋は返答もせず、フロントガラスに吹きつける雪を見つめていた。

吹雪の中に、女のふてぶてしい表情が浮かんだ。

宿に踏み込んできたのは、女が働いていた娼家から送り込まれた連中に違いなかった。女が逃げ出したのがわかって行方を追っていたのだろうが、いくら男たちがその世界のプロと言っても、奥能登の、あの宿を簡単に探し当てられるはずはない。ということは、あの女が知らせたに違いなかった。おそらく女は薬欲しさに、野嶋に連れ出されたくらいの話をしたのだろう。

——畜生、あの女、俺を売りやがったな……。

野嶋はいまいましそうに呟き、舌打ちした。

声

い

白

雪の多い冬であった。

二月に入って、北陸地方は二度の大雪に見舞われた。低く垂れ込めた雲の下で、金沢の街は沈黙し、厳しい冬に耐えていた。

月の下旬になってようやく晴れ間が覗き、春の到来かと思われたが、晦日《みそか》の夜半からまた激しく雪が降りはじめた。

月が改まった三月一日の朝、牧野玲奈は雪の中を卒業式に出席するため家を出た。坂道を高尾のバス停まで下りながら、玲奈は濃灰色に染った金沢の街を見つめた。雪雲にまぎれて海岸線も水平線もおぼろだった。それでも、海の姿を探そうとする玲奈の目は、少し赤かった。

昨夜、遅くまで、玲奈はバルセロナのエリカに宛《あ》てて手紙を書いていた。日本に帰国してから五年余りの歳月が経《た》ち、玲奈のスペイン語は少しこころもとなくなっていた。辞書を引きながら書いたので、書き終えた時には夜半を過ぎていた。

親愛なるエリカへ

お手紙、嬉《うれ》しく読みました。結婚式の招待ありがとう。喜んで出席させてもらいます。あなたが結婚をするなんて、わたしにはまだ信じられません。本当におめでとう。でもあなたの喜びは私の喜びです。父に報告したら、目を丸くして驚いていました。父も喜んでいます。サンタ・ヘマ教会の、あの美しい祭壇に立ったあなたの花嫁姿は、さぞまぶしいことでしょう。幸福なあなたと素敵なご主人を見る日が今から楽しみです。どうぞそれまで、お転婆《てんば》は慎んで下さいね。ロッサーナと家族の方に宜《よろ》しく伝えてください。

あなたの姉の玲奈より

追伸　私もエリカにいろいろお話ししたいことがあるの。とても素晴らしい報告です。楽しみにしていて……。

去年の暮れにエリカから受け取ったクリスマス・カードに、年が明けてから御礼の手紙を出した。一ヵ月半後にまたエリカから美しい花模様の封筒が届いた。開封すると結婚式への招待状だった。

父の篤司にエリカが結婚することを話すと、父は驚いて玲奈を見つめた。

「エリカはもうそんな年頃だったかな」

「そうですよ。私と同じ歳《とし》ですもの、花嫁になってもおかしくないわ」

嬉しそうに頷《うなず》く玲奈を見て、篤司は複雑な表情をした。

「お父さん、エリカの結婚式に出席してもいいですよね」

玲奈が招待状を読み返しながら訊いた。

「しかし玲奈には……」

学校があるだろう、と篤司は言いかけて、口をつぐんだ。玲奈は先月、担任の教師と話し合い、金沢にある美術大学に進学するため、一年間、美術教室に通うことを決めていた。

「六月の花嫁はどんなに美しいかしら……」

招待状を胸に抱いて遠くを見つめている玲奈に、篤司はバルセロナ行きを反対することができなかった。

H学院の卒業式は降りしきる雪を窓に映す講堂で、厳《おごそ》かに行われた。

礼拝形式で執り行われるH学院の卒業式は、讃美歌《さんびか》ではじまった。

篤司と伯母の文子は、父兄席から玲奈の姿を見つめていた。途中、篤司は亡《な》くなった妻の要子の顔を思い浮かべ、バルセロナの事故や玲奈の病気のことがよみがえってきた。よく今日の卒業の日を迎えられたと、感無量になって涙が零《こぼ》れた。

やがて、下級生が歌う讃美歌に送られ、卒業生たちが講堂を出て行くと、篤司と文子は玲奈の待つ教室へむかった。

教室では、担任教師から生徒たちに祝いの言葉が伝えられた。父兄たちは担任教師にそれぞれが礼を述べ、解散した。

その夜は三人で食事に出かけることになっていたので、卯辰山《うだつやま》の工芸工房へ挨拶《あいさつ》に行く玲奈を残して、篤司たちはいったん家へ引き揚げた。

校庭を出ようとする玲奈に、数人の下級生が駆け寄って花束や手紙を渡した。下級生たちの中に涙ぐんでいる生徒を見つけた玲奈は、やさしく言葉を掛けた。

彼女たちに見守られて校門を出ると、玲奈は卯辰山にむかった。雪は相変わらず降りしきっていた。

玲奈は小立野通りから雪化粧をしている兼六園の木々を左手に見ながら、お堀通りを抜け、浅野川大橋を渡ろうとした。

途中、玲奈は橋の中央で立ち止まり、川の下流を眺めた。川沿いに並ぶ主計町《かずえまち》の家々の瓦《かわら》屋根は、真っ白に雪を被《かぶ》っていた。その瓦屋根の途切れたあたりに、朽《く》ちた大木が雪に染まって聳《そび》えている。その大木の前には、〃中の橋〃が雪の中にしんと浮き上っていた。橋の周囲に人影はなく、その橋だけが、別の世界に玲奈を誘《いざな》っているように見えた。

——あの人は今頃、どこで何をなさっているだろう……。

玲奈は胸の奥で呟いた。

聖夜から二ヵ月余り、慕う人の影を追い求めて金沢の街を歩いた。そして姿の似た男性を見かけると、その人影を追い、失望に肩を落とす日々が続いた。それでも、今日は街中で再会するのでは……、数分後にあの人が街角を曲ってあらわれるのでは……、と玲奈は慕う人を探し続けた。

「もう金沢の街にはいらっしゃらないのだろうか……」

そう呟いて、玲奈は自分の言葉を打ち消すように首を横に振った。

——もしあの橋が、あの人の下へ私を導いてくれる架け橋なら、すぐにでも駆けて行くのに……。

玲奈は川の瀬音を耳にしながら美しい橋を見つめていた。

野嶋は尾張町にあるアパートの一室でベッドに横たわり、天井を見つめていた。昨夜からの雪で、暖房のない部屋は冷え込んでいた。それでも野嶋はさして寒さを感じていなかった。

部屋の中は、重い空気で満ちていた。小説ははかどっていなかった。何度か書きすすめてみるのだが、同じ箇所を堂々めぐりして、いっこうに先へ進まない。

野嶋はあの朝、曾々木《そそぎ》海岸の宿を飛び出してから、通りかかったトラックに乗り込み、輪島へ行った。輪島の安宿で一泊し、翌日はバスに乗って門前《もんぜん》から富来《とぎ》へむかった。

富来から少し離れた岬にある村落が、野嶋の生まれ育った土地だった。二度と戻ることはないと思っていた土地に彼が足を踏み入れたのは、閉塞している小説を突破するきっかけを見つけるためだった。

海岸沿いの隧道《すいどう》を潜《くぐ》り、野嶋は急勾配《こうばい》の坂道を登って、岬の尾根づたいに海へ出た。そこに数軒の家屋が、雪から霙《みぞれ》に変わった冷たい雨の中にひっそりと佇《たたず》んでいた。一、二軒の家には、まだ人の住んでいる気配があったが、彼が十四歳まで暮した家は跡形もなく失《う》せていて、そこには雨に濡《ぬ》れた枯れ草が黒褐色に光っていた。

見覚えのある松の木が、三十年前と同じように強い海風に揺れていた。野嶋の家のあった場所から海辺へ降りる径《みち》は、途中で崩れ落ちていた。それは少年時代、野嶋が鮑《あわび》や海藻を捕りに行く時、通った径であった。崩れ落ちた径が、そのまま断絶した野嶋の過去の象徴に思えた。少年の無垢《むく》な笑いや純粋な希望のようなものが、あの径の先にはあった気がする。野嶋はこの土地を出て行く日に、過去を封印していた。それからの野嶋は、虚像を作り上げて生きて来たのかもしれない。しかし、それは自ら望んだことであり、憎悪《ぞうお》し続けた過去を断絶したことで、野嶋は新しい自己を実現できたと信じていた。

野嶋は、残された住人たちの生活の糧《かて》である、狭くて痩《や》せた畑を眺めた。冬の海風に白く凍りついたように光る畑は、寒々として見えた。

畑のむこうには、北西の風に荒れ狂う日本海が、幾重にも白波を立てて煙っていた。

「相変わらず陰鬱《いんうつ》な風景だ」

そう呟いた時、野嶋の右方で何かが動く気配がした。その方角に目をむけた野嶋は、ちいさな人影を見つけて目を剝《む》いた。

二十メートルほど先にある小屋の脇《わき》に老婆が一人、こちらを向いて立っている。しかし、黒い手拭《てぬぐ》いで頬被《ほおかむ》りをした老婆の目が、果たして野嶋を見ているのかどうかはわからなかった。老婆はじっと動かない。その姿に見覚えがあるような気もするのだが、どこの家の者なのか、三十年もの歳月が流れていて思い出せなかった。

——あの小屋はどこの家のものだったか？

野嶋は遠い記憶を辿《たど》ろうとしたが、何も思い出せなかった。

老婆は腰に手を当てて、ゆっくりと小屋の裏手に回り、そのまま野嶋の視界から消えた。

小屋の裏手には畑に降りる小径が続いているようだった。

それっきり老婆は姿を現わさなかった。

野嶋はぼんやりと元の小屋に視線を移した。

するとそこにまた一つ、人影が揺れていた。白い手拭いを頭に被り、背負子《しょいこ》を担《かつ》いだ若い娘だった。死んだ姉の順子のようだった。順子は無表情に黙って、野嶋を見据えていた。

野嶋は、思わず数歩前に踏み出した。姉の幻影に声を掛けようとすると、白い影は音もなく失せて、あとは周囲に海風だけが吹いていた。

野嶋は目を凝らして、もう一度小屋の周辺に目をやった。傾きかけたちいさな小屋が霙に濡れて黒い影を落としているだけだった。……

野嶋はベッドから手を伸ばし、床から煙草《たばこ》を拾うと、火を点《つ》けてゆっくりと吸い込んだ。吐き出した煙りが、窓の隙間《すきま》から忍び入る風に揺れて流されてゆく。流れる煙りの中に女の顔が現われた。

身体《からだ》を起こすと、煙草を持つ右手の甲にかすかな痛みが走った。それは先夜、あの女の頬を思い切り殴り付けた折にいためた傷のせいだった。

野嶋は能登《のと》から戻ると、アパートに閉じ籠《こも》り机に向かって小説を書き続けていたが、数日前から、あの女のことが思い出され、少しずつ怒りが込み上げてきた。

そしてついに昨夜、野嶋は我慢できずに西の廓《くるわ》に向かった。

女はいつもの場所で客を取っているはずだと思った。折り良く雪が降ってきたので、野嶋は傘で顔を隠すようにして西の廓の裏手の路地へ入っていった。

案の定、女が一人、軒下の暗がりにコートを着て傘を差して立っていた。コートの裾《すそ》から素足が覗《のぞ》いている。野嶋はわざと女を避けるように道の端を歩いて近づいた。

「ねぇ、ちょっと遊んで行きなよ」

女が声を掛けてきた。たしかにあの女の声だった。

「ちょっと、逃げなくったっていいじゃない。怖いことはしないから……」

野嶋は傘で顔を隠したまま女の脇で立ち止まった。女のピンク色のサンダルが野嶋の視界に入った。

「ねぇ、何を恥かしがってんのよ」

女が野嶋の傘の先を手で持ち上げようとした時、野嶋は自分の傘を放り投げ、左手で素早く女の手を摑《つか》むと、いきなり右手で女の顔を殴りつけた。

ヒイッ、と女が短い悲鳴を上げた。野嶋は手を放さず女の後ろ髪を摑み、顔を引き上げた。

「おい、よくも俺を売りやがったな」

野嶋は鼻先を女の顔に突きつけるようにして言った。

野嶋の顔を見て女は目を剝いた。女の驚いた表情を見て野嶋は口元に笑みを浮かべた。ふたたび女を殴り続けた。鮮血が雪の中に散った。

「いいか、俺を甘く見るとこうなるんだ」

野嶋に髪を摑まれたままぐったりとなった女は、割れた唇を半開きにして、膨れ上った瞼《まぶた》をかすかに開いて野嶋を見た。舌先を動かして女が何事かを言おうとした。

女のふてぶてしさに野嶋はまた怒りが込み上げてきた。腹を殴りつけた。女が呻《うめ》き声を上げた。雪の上に膝《ひざ》を屈し、女は吐血した。雪が赤く染まった。野嶋は女を蹴《け》り上げ、傘を拾って表通りに足早に去った。……

　煙草の煙りの中で雪の上に蹲《うずくま》る女の姿が揺れていた。

　——あの女、あそこまでやられて、まだ何か文句をつけようとしてたな……。尾を切られたくらいじゃ、平気ってことか。蜥蜴《とかげ》のような奴《やつ》だ。

　野嶋は女のことを忘れようと、目の前に漂う煙りを右手で扇《あお》いだ。

　その時、アパートの扉を激しく叩《たた》く音がした。

「おい、誰かいるのか。いるなら開けろ」

　野太い男の声がした。

　階段を駆け上る足音がして、兄貴、間違いない、ここだ、と言う若い男の声がした。

「おい。野嶋、いるなら開けろ。早くしねえと叩き壊すぞ」

　別の男の声がして、扉を蹴りつける音が続いた。

　野嶋はベッドから跳ね起きた。

　——表にいるのは誰だ？

　炊事場のガラス越しに、影が動いていた。昨夜の女の顔が浮かんだ。曾々木の宿に踏み込んできた連中だと思った。

――どうしてここがわかったんだ。

ガラス窓の割れる音がして、外から男の手が伸び、扉のノブを開けようとしている。

野嶋は部屋の窓を開けた。二階の角部屋にある野嶋の部屋は、隣家の屋根付き駐車場に続いていた。野嶋が窓の枠に足を乗せ、駐車場の屋根に飛び降りようとした時、左の方角からも声がした。

「兄貴、こっちだ。野郎、窓から逃げようとしてるぜ」

仲間の男が怒鳴り声を上げた。

背後で扉を蹴破る音がした。野嶋は駐車場の屋根に飛び移った。古いトタン屋根を右足が突き破った。野嶋は右足を引き抜くと、転がるように地面に落ちた。

「裏へ回り込め、逃がすな」

男の怒鳴り声を背後に聞いて、野嶋は走り出した。

牧野玲奈は卯辰山《うだつやま》にある工芸工房のアトリエで花瓶《かびん》の制作をしていた。

午後の三時を回ったところで、玲奈は制作を止《や》め、工房の仲間と主計町《かずえまち》にある画廊にむかった。その画廊で今日から、ガラス工芸の先生の個展が開催されることになっていた。

午後には、いったん止んでいた雪がまたちらちらと降りはじめていた。海からの風に雪は激しく舞っていた。天気予報では夕刻からまた大雪になるということだった。

途中、東山の花屋へ寄り、皆でお祝いの花を買った。

「牧野さんは東京の大学へ行くのをやめたんですってね」

同じ歳《とし》の女性が浅野川大橋を渡りながら訊《き》いた。玲奈はちいさく頷《うなず》いた。

「そうなの？ もったいないな。私だったら、東京へ行けるのならすぐにも行ってしまうけどな……」

銀行に勤めているふたつ歳上の女性が言った。

「私、この街が好きだから……」

玲奈は浅野川を見つめて言った。

「そうかな。三月になっても、こんなに雪が降る街のどこがいいんだろう。私は嫌だ。それに、何をするにしても親がうるさいし……。四月になったらこの街を出て行けると思うと嬉《うれ》しくって」

来月から、大阪の短期大学へ入学することが決っている同じ歳の女性が笑った。

「それって、街を出て行くというより、親の目から離れられるのが嬉しいんじゃないの」

仲間の声に、その女性が舌先を出して肩をすくめた。

浅野川大橋を渡り、川沿いの道を右に行って細い路地を左に折れると、その画廊はあった。

ガラス戸越しに、個展のオープニングに集まっている人影が見えた。

画廊の中に入り、先生に挨拶《あいさつ》をした。玲奈は出品されたパートドヴェールの作品を見た。どの作品も丹念に制作され、玲奈は自分も早くこんな作品を作れるようになりたいと思った。

「ガラスはいいですね。眺めていて飽きることがない」

背後から声がして、玲奈は振りむいた。

がっしりとした体軀《たいく》の、頭髪に白いものが目立つ初老の男が一人、玲奈の見つめていた花瓶に目をやりながら笑っていた。

「ええ、本当ですね……」

玲奈が頷いた。

「あなたも日比野《ひびの》先生の生徒さんなんですか？」

男が玲奈に訊いた。

「はい、卯辰山の工芸工房で先生に教わっています」

「そうですか。あなたの作られる作品も、さぞ美しいのでしょうね」

「いいえ、私の作品は先生の足元にもおよびません。まだはじめたばかりで……」

玲奈が首を横に振ると、工房の先生をしている日比野さとえが二人のそばにやって来た。

「楽しそうに何のお話ですか、宮村さん」

「あっ、日比野さん。どうも今日はおめでとうございます。こちらのお嬢さんも先生の生徒さんと聞いて、きっと美しい作品を作られるのだろうと話していたところです」

「私なんかとても……」

玲奈があわてて言うと、

「そうなんです。牧野さんは私の生徒の中でも優秀な方で、とてもエキゾチックな作品を作られるんです。やはりスペインにいらしたからでしょうね」

日比野は玲奈をまぶしそうに見つめた。

「ほうっ、スペインにいらしたんですか？　スペインはどちらの方に？」

宮村と呼ばれた男が玲奈を見返した。

「バルセロナです」

玲奈が返答すると、

「バルセロナですか。あそこは昔からガラス工芸の盛んな街ですよね。私も一度、モンジュイックの丘にある歴史博物館で、古代ガラスを見たことがあります」

と宮村が言った。

宮村の言葉に玲奈の目がかがやいた。

「バルセロナへ行かれたことがあるのですか？」

「ええ、去年の秋に……」

「牧野さん、ご紹介するわ。こちらは宮村吾朗さんとおっしゃって、以前から私の応援をして下さっている方です。宮村さん、牧野玲奈さんです。私の教室の生徒さんでH学院の、いや、今日、卒業をなさったのね。牧野さんは来春から美術大学でガラス工芸を学ばれるために、今年一年は準備のための勉強をなさるんですよ」

「ほうっ、それは羨《うらや》ましい。あなたの作品をぜひ見てみたいものです」

宮村が笑って言うと、玲奈は顔を赤らめてうつむいた。

「ちょっと失礼します。宮村さん、どうぞごゆっくり」

日比野は画廊に入って来た客を見て、立ち去った。

「牧野さん、私は以前、あなたとお逢《あ》いしたことがあるんですよ」

宮村の言葉に玲奈は相手の顔を見直した。

「どちらでお逢いしたのでしょうか？」

怪訝《けげん》そうな表情の玲奈に宮村が言った。

「いや失礼、あなたが覚えていないのは当然です。私が一方的にあなたを見ていたのですから……。去年のクリスマスに、卯辰山にあるレストラン〝サジロ〟で、ご家族と食事をなさっていたあなたをお見かけしたのです」

玲奈は、あの夜のことを思い出して言った。

「あの時、二階のフロアーにいらっしゃった方ですか」

「ほうっ、覚えていますか？」

「ええ、たしかお店のオーナーの方と二人で食事をなさっていた……」

宮村は玲奈の記憶力に感心した。

「それなら私があなたを見つめていた失礼にも気付いていらっしゃったんだ。いや、本当に失礼なことをした」

宮村が頭を下げた。

「いいえ。そんなふうには思いませんでした」

玲奈が宮村の目を真っ直《ます》ぐに見つめて言った。

宮村は玲奈の美しい瞳《ひとみ》に見つめられて、どぎまぎした。彼は動揺を隠そうと、話題をバルセロナの街の話に変えた。


主計町のギャラリーで玲奈と宮村がバルセロナの話をしている時刻、主計町のすぐ裏手にある尾張町の神社の暗がりで、野嶋郷一は五人の男から暴行を受けていた。

アパートの部屋を襲って来た男たちから逃れるために、野嶋は自室の二階の窓から隣家の駐車場の屋根へ飛び移り、路地裏から主計町の方へ一気に走り出した。しかしあらかじめ野嶋のアパートへ踏み込む前に、仲間の男たちを配していた廓《くるわ》の連中は、主計町の手前で野嶋を捕えた。

「おい、よくもうちの女に手を出してくれたな。あの女はもう使いもんにならない身体になっちまったぞ」

兄貴と呼ばれていた男が、野嶋の顔に鼻先をつけるようにして言った。野嶋の顔は先刻から男たちに休むことなく殴られて柘榴《ざくろ》のように膨れ上っていた。羽交締《はがいじ》めされた野嶋の鳩尾《みぞおち》に、男はまた拳《こぶし》を突き出した。野嶋の喉《のど》の奥から呻き声が洩《も》れ、半開きの口元から血とも胃液ともつかぬものが零《こぼ》れた。苦痛に歪《ゆが》んだ野嶋の顔を男は表情ひとつ変えずに見つめ、血にまみれた鼻を正面から殴りつけた。鈍い音がして、野嶋の鼻が捻《ね》じ曲った。とっくに鼻の骨は折れていた。

「野嶋、こんなもんはまだ序の口だぜ。女を足抜きさせやがった上に、昨晩のやりようだ。まったくおまえはたいした野郎だ。あの女の痛めつけかたは素人《しろうと》とは思えねえな。俺たちが今からおまえをどうするか、素人じゃなきゃわかってるんだろう？」

男は野嶋の顔を見据えてから、足元に転がっていたブロックの欠片《かけら》を拾うと、野嶋を羽交締めしている片割れの男に目くばせした。男は野嶋の左手首を摑《つか》み、野嶋の左腕を兄貴格の男の前へ出した。兄貴格の男は野嶋の肘《ひじ》を鷲摑《わしづか》みにし、手にしたコンクリートを二の腕に叩きつけた。

野嶋が大きな悲鳴を上げた。

「わめくんじゃねえ」

野太い声が響いた。男は二度、三度と野嶋の二の腕にコンクリートを摑んだ拳を振り下ろした。骨が砕ける不気味な音がした。

「た、助けて、くれ」

「何だと？　よく聞こえないな」

「た、頼む。助けてくれ。な、なんでもするから……」

野嶋は膨れ上った瞼《まぶた》の隙間《すきま》から相手を見て、絞り出すような声で言った。

「何をしてくれるって言うんだよ」

男が笑いながら訊いた。

「な、なんでも、す、するから……」

「ほう、おまえたち聞いたかよ。野嶋さんは何でもしてくれるそうだ」

兄貴格の男の声に、羽交締めした男のせせら笑いが背後から聞こえた。

野嶋は二の腕の痛みをこらえながら言った。

「金なら、いくらでも払う」

「ほうっ、いくらでもときたか」

大袈裟《おおげさ》に目を開いた男の顔を見ながら、野嶋は相手が自分を殺すようなことはないと確信していた。しかし、これ以上痛めつけられると、野嶋はこの状況を切り抜けられないと思った。

——こいつらは最後には金を欲しがる。

野嶋は相手が何を望んで、自分をいたぶっているかを知っていた。

「ああ、いくらでも払うから、かんべんしてくれ」

野嶋の声に男が目くばせし、背後の男が手を放した。野嶋はその場に崩れ落ちた。

「何を悠長に寝てやがる」

野嶋はシャツの襟首を摑まれ、吊《つ》り上げられた。

「ま、待ってくれ。金は、金はあるから」

野嶋は、身体《からだ》をよじって相手の手を振りほどき、四《よ》つん這《ば》いになろうとしたが、雪が積った地面に左腕が力なく滑った。

「右腕もこわしてやろうか」

頭上でわめく声に、野嶋は首を大きく横に振って言った。

「やめてくれ。す、すぐ金を用意する」

「じゃそうして貰《もら》おうか。一千万円だ」

男の声に野嶋は二度、三度と頷いた。

——一千万円だと、ふっかけやがって。

野嶋は目の前にある男の靴を見ながら呟《つぶや》いた。靴のそばにコンクリートの欠片が転がっているのが見えた。

「じゃ、その金のあるところへ連れてって貰おうか。あのぼろアパートか?」

男のしゃがみこむ気配がした。その時、野嶋は右手で素早くコンクリートの欠片を摑み、覗《のぞ》き込んだ相手の顔に打ちつけた。悲鳴が路地に響いた。野嶋は起き上りざまに、この野郎、と怒鳴り声を上げた背後の男の顔を払い上げ、そのまま走り出した。稲荷《いなり》の脇《わき》にある石段を駆け下りようとした時、肩を背後から摑まれた。左足に痛みが走り、もう一人の男の手に光るものが見えた。

「助けてくれ」

野嶋は大声を上げて石段を転げ落ちた。自転車のブレーキ音がして背後で人がぶつかる気配がした。

「何をしとるんだ？」

男の声の後に路地を走り出す足音がした。

野嶋はかまわず主計町の表通りにむかって駆け抜けようとしたが、雪に足が滑り、よろけながら紅殻格子《べんがらごうし》を摑んだ。家の灯りが苦痛に顔を歪める野嶋を浮かび上らせた。格子のむこうはガラス張りになっており、店の中で大勢の人たちがパーティーをしていた。血だらけの顔が中を覗き込んでいるのを見つけ、店の中から悲鳴が聞こえた。野嶋はかまわず表通りへむかおうとして、径《みち》の端にあった溝に足先を取られ、もんどり打って転んだ。その拍子に店のガラス戸が割れ、音を立てて崩れた。ふたたび悲鳴が続いた。野嶋は起き上り、堤沿いの道へ這うようにして出た。

玲奈は父と伯母と約束した食事の時間になったので、楽しげにバルセロナの話をする宮村に告げた。

「せっかくのお話の時に悪いのですが、私、約束があるので、そろそろ失礼します」

「そうですか。またどこかでゆっくり話ができるといいですね。ひさしぶりに若い人と楽しく話ができて、とても嬉《うれ》しかった」

「私もです」

玲奈が宮村に微笑《ほほえ》んだ時、画廊の奥から女性の悲鳴が上った。皆が声のした方角を見ると、女性が青い顔をして外を指さしていた。見るとガラス越しに血だらけの男が浮かび上っていた。その男はよろけるようにして表通りへむかったが、ふいに崩れ落ちるようにして画廊のガラス戸に身体をぶつけた。大きな音を立ててガラスが崩れ落ちた。数人の悲鳴が重なった。画廊の中にガラスの破片が飛び散った。表に蹲《うずくま》っていた男はすぐに立ち上り、一瞬、中を睨《にら》んで、這うように消えた。

「あっ」

玲奈は思わず声を上げた。

血だらけになった顔であったが、玲奈には相手の目がはっきりと確認できた。

——あの人だ。

胸の奥で玲奈は叫ぶと、外の様子を見ていた宮村の背を押すようにして表へ飛び出した。

「君、牧野君！」

背後で宮村の声がした。画廊の従業員の、待て、逃がさんぞ、という声に足音が続いた。玲奈は人影を追って雪の中を走り出した。横殴りの雪が吹きつけていた。すぐに後から画廊の従業員が追いついた。

「あっちへ、大橋の方へ行きました」

玲奈は浅野川大橋の方角を指さして言った。従業員の若い男の後から、もう二人の男が駆けて行った。玲奈は彼等の姿が浅野川大橋の袂《たもと》で二手に分かれるのを確認すると、逆の方向へ走り出した。

人影が中の橋の中央で蹲っている。

降りしきる雪の中で見逃してしまいそうな人影だが、玲奈は橋を渡りはじめた男が橋の中央で倒れ込んだのを見ていた。

玲奈は橋の袂の階段を登り、中の橋を渡り出した。橋の中央で欄干《らんかん》を摑んで蹲っているのは先刻の男だった。玲奈は駆け寄り、男の肩に手を触れた。男は反射的に玲奈に摑みかかろうとしたが、その手には力がなかった。

「大丈夫です。私です」

玲奈ははっきりとした声で言った。

男は怯《おび》えたような目で玲奈の顔を見つめ、獣が牙《きば》を剝《む》いたように歯ぎしりをして何かを言おうとした。そうして頭を二度激しく横に振り、むこう岸に這って行こうとして、橋の上の雪を右手で搔《か》き寄せた。玲奈は男の上半身を抱きかかえて言った。

「もう大丈夫ですから、じっとしていて下さい」

玲奈の腕の中で男は仔犬《こいぬ》のように震えていた。逃れようとしてか、男は抗《あらが》うように身体をよじらせた。その身体を玲奈は力一杯に抱き上げ、

「私はあなたの味方です」

と泣きながら囁《ささや》いた。

男の身体から少しずつ力が失《う》せて行く。玲奈は雪に濡《ぬ》れた男の額を指先で拭《ぬぐ》い、血に染った顔に頬ずりをした。

「牧野さん、その男はあなたの知り合いの方ですか？」

背後で声がした。玲奈が顔を上げると、そこに宮村が立っていた。

玲奈は涙に濡れた顔で宮村に頷《うなず》いた。

「どんな事情があるかはわからないが、早く病院へ運んだ方がいい」

宮村は言って、玲奈の腕を解《ほど》き、身体を抱えようとした。宮村は、一度、男の顔をじっと見てから、玲奈の顔を見返した。

「大丈夫でしょうか？」

「命がどうこうということではないだろう。ともかく病院へ運ぼう」

宮村は男の事情を察してか、画廊の前を通るのを避けて、知人のいる彦三町《ひこそまち》の病院へ男を担《かつ》ぎ込んだ。

医師は男の傷の具合を診て、すぐに手術室へ運んだ。

「宮村さんのお知り合いですか？」

若い医師が訊《き》いた。

「いや、このお嬢さんの知り合いだが、私も顔だけは見知っている。たしか野嶋という名前の男だ」

玲奈は、探し続けていた男の名前を、去年の暮れにレストランで一度逢《あ》っただけの宮村が知っているのに驚いた。

「牧野さん。彼の名前は野嶋でしたよね？」

宮村が玲奈に訊いてきた。

「えっ?……は、はい。そうです」

玲奈は宮村の顔を見返し、あわてて頷いた。

その戸惑いぶりに、宮村は訝《いぶか》しそうに玲奈を見た。宮村の表情に気付いて玲奈が、

「宮村さん、実は私、この方を……」

と、本当のことを言いかけた時、手術室の扉が開いて背の高い白髪の医師があらわれた。

「まったく、ひどい怪我《けが》だ。いったいどんな事故に遭ったのかね。いや、誰に何をされたのか、と訊いた方が正確だろうな……。宮村さん、あの男は本当に君の知り合いなのかね?」

白髪の医師が宮村を探るような目付きで睨んだ。

「正直に言うと、院長さん。私もあの男とは、行きつけの酒場で何度か出逢っただけだ。このお嬢さんがよく知ってるらしいが……」

そう言って、玲奈のほうに目をむけながら、宮村は院長に訊き返した。

「院長さん、急に怪我人を運び込んで悪かったが、何かまずいことでもありましたか?」

「うん、まずいことがあるかどうか、はっきりはしないが、あの傷はどうも厄介事を孕《はら》んでいそうだな……」

院長は宮村から玲奈に視線を移した。

「私の友人のお嬢さんだよ」

宮村は玲奈を院長に紹介した。

「初めまして。牧野玲奈と申します。突然、ご厄介をお掛けして申し訳ありません。私も、あの方が怪我をされた事情はよくわかりませんけど、決して悪い人ではありません。それは私がよく知っています。本当です。どうか先生、あの方を助けてあげて下さい」

玲奈は縋《すが》るような目をして院長に訴えた。院長は玲奈の切羽詰った顔を見て言った。

「いや、牧野さん。別にあの患者の命に別条がある訳ではありません。骨折と裂傷に、あとは身体中にかなりの打撲傷があるだけのことですから……」

と、玲奈を安堵《あんど》させるように言った。

「そうか、それはよかった。治療もせずに放り出されるのかと心配していたよ」

宮村が安心したように院長に頭を下げた。

院長は迷惑そうに宮村を見返していたが、すぐに先刻の若い医師に患者の治療法の指示を出した。若い医師が看護婦を呼んだ。

心配そうに医師たちの動きを見つめている玲奈に、宮村は声を掛けた。

「大丈夫ですよ。ちゃんと治療をしてくれますから、心配しないで……」

院長は宮村に目くばせをして、廊下の傍らに誘った。廊下の隅で、二人は互いに顔を見合わせた。

「何かまずいことでもあるのか？」

宮村が訊いた。

「太腿《ふともも》の傷は刃物による刺し傷だ。あの手の怪我人が運ばれると、一応、警察に連絡することになっている。それに二の腕と鼻の骨折は、転んでできたものとは違う。明らかに人為的にやられたものだ」

「喧嘩《けんか》でもしたってことか？」

「そうかもしれんが、刺し傷の方は違う」

「誰かに制裁を受けたってことか？」

「そうだ、それも素人《しろうと》からじゃない」

「そこまでわかるのか」

感心して宮村が訊くと、

「父親の代から、ここにはその類《たぐい》の連中がよく担ぎ込まれてきた。少し前まで、ここらあたりはそういう揉《も》め事がしょっちゅう起こる街だった……。ところで、あの娘《こ》はいったい何なんだ？　まさか、おまえの……」

院長が窺《うかが》うように宮村の目を見た。

「おいおい。俺を何歳《いくつ》だと思ってる。そういう関係に間違えられるのは嬉しいが、あの娘さんに逢ったのは今日で二度目だ。一度、知り合いのレストランで見かけたことがあって、今日、また主計町《かずえまち》の画廊で偶然逢った。その画廊のガラス戸を、傷ついたあの男が壊して逃げたんだ。だからあの男と彼女の関係もよく知らんのだ」

「それだけのことで、俺の所へ運び込んだのか」

院長が意外そうな顔をして宮村を見返した。

「見過ごしてはおけなかった」

「あの娘さんを見過ごしておけなかったんだろう」

「いい加減にしろ」

「あの男は一体何者だ？」

「たしか小説家だと聞いていたが、俺が見た限りではまともに仕事をしている風には見えなかったな……」

「おいおい、そんな男の面倒をみて大丈夫なのか」

「何がだ？　あっ、治療費のことか。あの男の知り合いを一人知ってるから心配ない」

「ともかく入院させないと、出血もかなりあるしな」

「よろしく頼む」

手術室へ戻る院長の背中に宮村が軽く触れた。院長の肩越しに、看護婦と話をしている玲奈の姿が見えた。宮村は二人の方へ歩き出した。

「……名前も知らない方なんですか？」

年配の看護婦が呆《あき》れた顔で玲奈を見ていた。玲奈は困惑した表情で看護婦に頭を下げている。

「すみません。私が説明しましょう」

宮村は看護婦に声を掛けてから、玲奈に待合室に居るように言った。

彼は、院長と話し合ったことを看護婦に説明し終えると、心配そうに手術室の扉を見ている玲奈のところへ戻って脇《わき》に腰を下ろした。

「牧野さん、あの人は野嶋という姓だったね。名前の方は何と言ったかね？」

宮村の言葉に、玲奈は返答に詰まって目を伏せた。

「まさか君は、あの男の名前も……」

そう言いかけて宮村は口をつぐんだ。玲奈がかすかに頷いて、宮村を見上げた。

――この娘《こ》は、名前も知らない男を、あんなふうに介抱していたのか……。あの男は、この娘とどういう関係なんだ？

彼は中の橋の上で男を抱き上げて、頬ずりしていた玲奈の姿を思い浮かべた。もうそれ以上、玲奈に、何も訊こうとはしなかった。

宮村は立ち上ると、待合室の電話にむかい、上着のポケットから手帳を取り出した。佐伯啓子に連絡しようと思った。

彼が野嶋と出逢ったのは、啓子が経営する香林坊にあるバー〝舵《かじ》〟のカウンターでだった。野嶋を宮村に紹介したのは啓子だった。

二年近く前の冬、宮村は啓子を、金沢で設計事務所をしている友人から紹介され、彼女がオープンさせようとしていたレストランのことで便宜を図ってやった。その後、啓子の店へ足繁《あししげ》く通うようになった。美貌《びぼう》の上に聡明《そうめい》な啓子は、宮村の好みの女性だった。

宮村には啓子ほどの女性が独身でいるのが不思議でならなかった。その啓子から野嶋を紹介された時、宮村は二人の関係をすぐに察知した。二人とも、よそよそしく振る舞っていたが、啓子の様子がいつもと違っていることに気付いていた。

——やはり女だな。

宮村は気持ちの昂《たか》ぶりを隠せないでいる啓子を見て思った。

しかし正直なところ、野嶋という男の印象は良くなかった。カウンターで黙って酒を飲んでいる男の背後には、陰鬱《いんうつ》な影が漂っていた。どこか人を見下しているような相手の話し方も気に入らなかった。

——こういうタイプの男に、時折、女は溺《おぼ》れてしまうものだ……。

若い時、人並以上に遊んだ経験がある宮村には、野嶋に思い入れている啓子の様子に、危なげなものを感じていた。

宮村は一度、啓子に尋ねたことがあった。

「ママ、そういえば以前紹介して貰《もら》った野嶋という人だが、彼は何をしてる人だい？」

「あの方は小説家よ」

「ほうっ、小説家か。それはたいしたもんだね」

「そんなことないんじゃないですか。なんでも二十年以上も前、学生時代に書いた小説がベストセラーになったきりで、それからは一作も書いてないらしいですよ」

宮村は小説というものに興味がなかった。彼は周囲の者に野嶋のことを尋ねてみたが、誰一人知っている者はいなかった。……

宮村は啓子の自宅の電話番号を探しあてると、腕時計を見た。夜の七時を過ぎていた。もう啓子は家を出ている時刻だった。

――もう、あれから二時間以上も過ぎたのか……。

受話器を手に取ると、レストランで颯爽《さっそう》と立ち働いている啓子の姿が思い浮かんだ。

ダイヤルを押して呼び出し音を待つ宮村の視界に玲奈が映った。

玲奈は手術室の方をじっと見たまま身動《みじろ》ぎもしなかった。宮村は、今ここで啓子と玲奈が出逢うのはまずいと思った。

――私、約束があるので、そろそろ失礼します……。

画廊での玲奈の言葉がよみがえった。

宮村は呼び出し音が聞こえ出した受話器を置いて、玲奈の方へ歩き出した。……

玲奈が父の篤司と伯母の文子が待つ、片町のレストランに着いた時は、すでに七時半を過ぎていた。

青い顔をして店に入って来た娘を見て、篤司は立ち上り話し出した。

「どうしたんだ。何があったんだ、玲奈。もう約束の時間を二時間も過ぎているんだよ」

思わず口調が強くなった篤司を、隣の席の文子がなだめた。

テーブルの前で済まなそうに立っている玲奈にむかって、文子がやさしく言った。

「さあ、玲奈さん、席に着いて。篤司さんも座って下さい。今夜は玲奈さんの卒業のお祝いなんだから……」

文子の言葉に二人は席に着いた。

「お父さん、文子伯母さま、本当にごめんなさい」

玲奈が半コートを脱ぎながら頭を下げた。顔を上げた玲奈の目がうるんでいるのを見て、篤司は口ごもりながら言った。

「いったい、何をしていたんだね？　こんなことは、今まで一度もなかったことだよ。去年の暮れから、玲奈、君の様子はおかしいと思っていたんだ。進学のことだって、そうだ。今日ははっきり聞かせておくれ。なぜ今日はこんなに遅れたんだい？」

強い口調にならないように、声を抑えながら話す篤司に、

「実は、今日……」

玲奈が話そうとした時、店員がメニューを手にテーブルに近付いて来た。

「篤司さん、話は後でゆっくり聞くことにして、まずはお食事をしましょう。私、もうお腹《なか》の皮がくっつきそうなの」

文子が笑って皆の気持ちを食事に向けようとした。

篤司と玲奈は顔を見合わせると、メニューに目を落した。

食事がはじまってからも玲奈は、野嶋のことが気がかりで仕方がなかった。……

宮村にうながされて、父と伯母との約束を思い出した玲奈は、片町にあるレストランに急いだ。

病院を出る前に玲奈は、ひと目あの人に逢わせて欲しい、と宮村に頼んだ。宮村は看護婦に院長を呼んで貰い、手術が終っていた野嶋に玲奈を引き合わせた。野嶋は手術台の上で酸素吸入器をあてられ、目を閉じていた。顔半分が包帯で包まれている。グレーのシーツの間から覗《のぞ》いた右手の甲には、傷に塗られた消毒薬が赤く光って痛々しかった。

玲奈は思わず口元を押え、傷だらけの手に触れようとした。宮村が玲奈を制し、外へ連れ出した。

「牧野さん、立ち入ったことを訊くが、君はあの男とどういう関係なんだ？」

宮村の問いに、玲奈は口元を押えたまま何も答えなかった。

「答えたくなければ、これ以上は訊かないが、あの男は君が考えているような人間ではないかもしれないよ」

玲奈は顔を上げて宮村の目を見つめた。

「宮村さん、私、今夜、ここへ戻ってきてもかまいませんでしょうか」

「今夜はもうよした方がいいだろう。あのとおりの容態だから、医師にまかせた方がいい。君、早く行かないと、約束に遅れているんだろう」

……玲奈は食事を摂《と》りながら、宮村の言葉を思い出していた。

出された食事の半分も玲奈は食べられなかった。その様子を篤司と文子が心配そうに見ていた。デザートの注文を取りに来た店員に、玲奈は紅茶だけを頼んだ。

「お父さん、私、食事の後で行きたい所があるんですが、いいでしょうか」

玲奈はテーブルの上に飾られた花を見つめて言った。

「こんな時間からどこへ行くんだ？　いったい何があったのか、先に話してくれないか？」

篤司の口調がまた強くなった。文子がテーブルの上の篤司の手をなだめるように触れた。その手を払って篤司は、うつむく玲奈に言った。

「玲奈、君は私や伯母さんに、話すことができないような恥かしいことをしているのか？　亡《な》くなった母さん……、要子が悲しむようなことをしているんじゃないだろうね」

篤司の口から母の名前を聞いて、玲奈は顔を上げると真《ま》っ直《す》ぐ父の目を見つめた。

「私は疚《やま》しいことは何もしていません」

「それなら事情を話してみなさい」

「実は、私のお友だちが怪我《けが》をなさって、その人を病院に連れて行きました。大変な怪我で、心配で病院にいたのです。それで食事の約束に遅れてしまって……」

玲奈の言葉に、篤司と文子は顔を見合わせた。

「その人は学校の友だちなのか？　父さんが知っている人なのかい」

玲奈はちいさく首を横に振った。

「じゃ誰なんだい？　女の人か、それとも男か？」

「男の方です。野嶋さんという方です」

「野嶋？　どこの人なんだ？」

「去年の暮れに〝エスコラニア〟の聖歌隊のコンサートでお逢《あ》いした方です」

「どんな付き合いをしているんだ？」

性急に質問を続ける篤司に文子が言った。

「篤司さん、そんなふうに訊《き》くものではありません。それではまるで玲奈さんが悪いことをしているように聞こえます。玲奈さん、その方が怪我をなさったことと、あなたは何か係わりがあるの？」

「いいえ、今日の午後、主計町の画廊に、ガラス工房の先生の個展のお祝いに出かけて、その画廊のそばで偶然、怪我をなさって倒れていらっしゃるのを見つけたんです」

「それで怪我の具合は大変なの？」

やさしく語りかける文子に玲奈は頷《うなず》き、思わず大粒の涙を零《こぼ》した。

「それで怪我の様子を見に行きたいのね」

玲奈は涙をこらえて唇を嚙《か》み、また頷いた。

「そう、わかりました。ではこうしましょう。もう時間も遅いから、これから三人でその病院へ行き、容態をうかがってから引き揚げるのはどう？」

玲奈は文子の顔をじっと見たまま何も言おうとはしなかった。

「私と伯母さんが行くと困ることでもあるのか？」

篤司がまた強い口調で言った。玲奈は何もこたえなかった。

「いったい何者なんだ？　その男は！」

篤司の大きな声に、周囲の客が、一斉に玲奈たちのテーブルを見た。

牧野親子と伯母の文子は、片町のレストランを出ると通りでタクシーを拾い、彦三《ひこそ》町《まち》にある病院へむかった。

タクシーの中で三人は押し黙ったままだった。

雪は小降りになっていたものの、風は依然として強く吹いていた。

「ええーと、この先の病院ですよね……」

タクシーの運転手が彦三町の一方通行の路地を走りながら訊いた。

病院の看板の灯が見えると、篤司は運転手に少し待っていてくれるように告げた。

玲奈と文子が病院の中に入り、篤司は車の中で二人を待つことにした。

二人のうしろ姿が建物の中に消えると、篤司はタクシーの窓を開け、病院の名前をたしかめた。雪混りの風が首筋を撫《な》でた。篤司は窓を閉め、腕時計を見た。すでに夜の十一時を回っていた。

篤司はできることなら病院の中に入り、野嶋という男をこの目で見てみたかった。どんな男なのだろうか。玲奈と同じ歳《とし》くらいの若者なら、それほどの怪我をすれば親も駆け付けているはずである。そうだとしたら親に逢い、玲奈とどんな交際をしているのかをたしかめたい。

——篤司さん、病院の中へは私がちゃんと付いて行きますから、あなたは外で待っていて下さいね。それでいいわね、玲奈さん。

先刻のレストランで、文子が玲奈に言った言葉が思い出された。

篤司は玲奈が相手を自分に逢わせたくないような素振りを見せたことが、気になってしかたがなかった。

——ともかく、あとで文子さんに詳しいことを聞こう。

篤司は自分に言い聞かせるように呟《つぶや》いて、病院の建物をもう一度見上げた。

玲奈は薄暗いロビーの受付脇にある呼び出しブザーを鳴らした。二度、三度鳴らしたが、なかなか応答がなかった。しばらくして、やっと女性の声が返ってきた。

「はい、当直ですが。何でしょうか？」

「夜遅くに申し訳ありません。夕刻、入院なさった野嶋さんを訪ねてきた者ですが」

「えっ、野嶋さんですか」

女性の声の調子が急に変わった。

「ちょっと待っていて下さい。すぐにそちらへ行きますから……」

あわてたような女の声に、玲奈と文子は顔を見合わせた。すぐに階段を駆け下りて来る足音がして、看護婦が一人ロビーにあらわれた。

「野嶋さんを、訪ねてこられたんですか?」

看護婦は玲奈と文子の顔を交互に見て尋ねた。

「はい。私、夕刻、宮村さんと一緒に野嶋さんをこちらへお連れした者です」

「ご家族の方ですか?」

看護婦が訝《いぶか》しそうな目で玲奈を見た。

「違いますが、野嶋さんの具合はどうなんでしょうか?」

「どうなのですかっておっしゃっても……野嶋さん、病院から居なくなってしまったんです」

「えっ……」

玲奈は驚いて看護婦の顔を見返した。

「一時間ほど前に、私が病室を巡回に行ったら、ベッドが蛻《もぬけ》の殻になっていて、点滴も外してあって、……どこかへ行ってしまったんです。困るんですよね、こういうことされると……本当に。私、もう院長先生には叱《しか》られるし……」

看護婦が迷惑そうに顔を顰《しか》めた。

玲奈は呆然《ぼうぜん》と看護婦を見ていた。

「ところであなた方は野嶋さんとどういうご関係なんですか？　ひょっとして佐伯さんのお知り合い？」

「いいえ、その方は存じ上げませんが、野嶋さんに以前お世話になった者です。ところで、野嶋さんの怪我の具合はどうだったんでしょうか。手術は上手《うま》く行ったんでしょうか？」

「ええ、手術は上手く行ったそうですが……、けどあんな身体《からだ》で、よく起き出してどこかへ行けたと思うわ……。あっ、そうだ。あなた、野嶋さんの連絡先をご存知じゃありませんか？」

看護婦の言葉に、玲奈は首を横に振った。

「そう……、じゃ佐伯さんの連絡を待つしかないのね。しかし、野嶋さんって、小説家だって聞いたけど、非常識な方だわ……」

看護婦が呆《あき》れ顔で言った。玲奈は文子を振り返った。文子も当惑した表情で立っていた。

「すみません。その佐伯さんという方は野嶋さんのことをご存知なんですか？」

文子が看護婦に訊いた。

「さあ、私にはわからないわ。あなたたちは野嶋さんの知り合いなんでしょう。なら、私の方が訊きたいくらいよ。すみません、私、当直の仕事があるので、もう帰って貰《もら》えませんか」

看護婦が不快そうに言った。

玲奈は肩を落としたままうつむいていた。文子が玲奈の背中に手を触れ囁《ささや》いた。

「玲奈さん、今夜はともかく引き揚げましょう。野嶋さんはここにいらっしゃらないのだから」

二人が外へ向かって歩き出そうとすると、看護婦が声を掛けてきた。

「すみません。一応、お名前だけ伺っておきます。来訪者は日誌に付けておかなくてはいけませんから。それに面倒なことになると、私が困るんで……」

文子は看護婦が差し出した来訪者名簿に名前と連絡先を記した後、看護婦と一言《ひとこと》、二言《ふたこと》、言葉を交わすと、丁寧に頭を下げ、玲奈の肩を抱くようにして表へ出て行った。

「さあ、それが私にもよくわからないんです」

高尾の家の一階の居間で、文子は首をかしげながら篤司に言った。

「わからないって、義姉《ねえ》さん、その野嶋っていう男のことを看護婦さんに訊かなかったんですか？」

篤司が苛立《いらだ》たしそうに訊いた。

「だから篤司さん、その人がもう病院に居なかったのですから、何もわからないんです」

文子は先刻から何度も同じことを話しているので、疲れてきて大きなため息をついた。

「相手の年齢も、連絡先もわからないで、病院が入院をさせる訳がないでしょう。義姉さんは何か私に隠しているんじゃないんですか？」

「篤司さん、そういう言い方はしないで。私だって玲奈さんのことは心配してますよ。その玲奈さんが相手の方の連絡先も知らないのだから仕方ないでしょう。とにかく明日にでも玲奈さんと話してみるわ。今夜はもう私、疲れたから、休ませて貰います。ちょっと心配だから、玲奈さんの様子を覗《のぞ》いてくる」

文子はそう言い残すと、二階へ上っていった。

「玲奈さん、もう休んだかしら？」

玲奈の部屋のドアをノックして、文子が声を掛けた。

「いいえ、まだ休んでません」

玲奈の声が返ってきた。

「ちょっと入ってもいいかしら？」

文子が言うと、ドアが中から開いて、パジャマ姿の玲奈が顔を出し、うつむき加減に頷いた。

「あらっ、この部屋、ずいぶん寒いわね。暖房をつけていないの」

文子が両手で肩をさすりながら言った。玲奈は部屋の中央に立ちつくしていた。

「今夜は大変だったわね。……私も昔、どこの誰かもわからない人に恋をしたことがあったわ……」

文子は窓辺に立って独り言のように呟いた。文子の背中を玲奈がじっと見つめている。

「……その人とは、学校からの帰り道に偶然出逢ったの。その人は、私の好きだった欅《けやき》の木をじっと見上げていたの。歳もずいぶんと離れた人なんだけど、なぜだか、その人のことを好きになってしまって。その日から欅の木の下で、私はその人を待ったわ。父にも母にも、妹の要子にも話せなかった。私はまだ十四歳だったわ。ませていたのね、フフフッ……」

笑って文子は振りむいた。玲奈は目をしばたたかせて文子を見つめていた。

「その人が、いつか私を迎えに来てくれる気がして、ずっと木の下で待っていたの。友だちは、文子さん、何をしてるの、って聞いたけど、そんなこと誰にも話せなかった。でもロマンチックだったな……」

文子の目は、遠い日のことを懐《なつ》かしむように、窓の外を眺めていた。

「それで、その方とは再会できたんですか？」

玲奈が訊いた。

文子は首を横に振った。

「逢えなかったわ……。再会しても、その人とわからなかったかもしれない。だって顔もよく覚えていないんですもの。ただ、クリーム色のコートを着た大きな背中とやさしそうな横顔しか覚えていなかったんだから……。誰でも、女性は、若い時に、そういう経験をするのだと思うわ……。野嶋郷一さんっていったわよね、その人？」

文子の言葉に、玲奈は目を見開いた。

「伯母さま。あの方は郷一とおっしゃるんですか？」

玲奈が文子に歩み寄った。

「看護婦さんはそう言ってたわ。あなたは、その方のお名前も知らなかったの？」

文子の言葉に、玲奈は素直に頷《うなず》いた。

「あの看護婦さんは、その人のことを小説家と言ってたでしょう。私が知っている野嶋郷一という作家と同じかどうかと思って、さっき本棚を探してみたけど、古い小説だからどこかへ仕舞い込んでしまったみたい。明日にでももう一度探してみるわ」

「小説家？……」

玲奈がぽつりと呟いた。

「佐伯さんという方が病院を訪ねて来て、入院の費用は置いていったらしいわ。その人がそう言ってたと、看護婦さんから聞いたわ」

文子は病院を出る前に、野嶋の治療費を心配する振りをして、あの看護婦から野嶋の話を聞き出していた。

「玲奈さん、野嶋さんとは、本当はどこで出逢ったの？」

文子が玲奈の顔を正面から見て訊いた。

「………」

玲奈は顔を曇らせたままうつむいていた。

「そう、話したくないのなら、これ以上は訊かないわ。でも篤司さんがとても心配なさってるのよ。野嶋さんのことは、篤司さんには何も話していないから大丈夫よ。私から上手《うま》く話しておくから……。玲奈さん、野嶋さんに逢いに行くようなことがあったら、私にだけは教えてくれないかしら」

玲奈は唇を嚙《か》んだまま何も答えなかった。

「ともかく明日にでも、その本を探してみるわ。もしその本を書いた人が玲奈さんの知り合いだったら、読んでみたいと思う？」

「ええ」

その時だけ玲奈は、はっきりとした声で返事をした。

第三章 風の丘

五月の中旬、ゴールデン・ウィークが終って、観光客で賑《にぎ》わっていた金沢の街もようやく落着きを取り戻した日曜日の午後、内灘《うちなだ》の沖合いを、一艘《いっそう》の大型クルーザーが白波を立てて北にむかっていた。

デッキには数人の人影が見えた。その中に白いジャケットを風にふくらませて立つ佐伯啓子の姿があった。

啓子は、五月にしては強過ぎる陽差しに右手を翳《かざ》しながら、残雪が光る白山の峰々を眺めていた。白山の峰から左へ目を移すと、金沢の街がきらきらとかがやいている。啓子は、こうして海から金沢の街を見るのは初めてだった。

「ママ、やっぱり海は気持ちのいいもんですね。こうして見ると金沢の街も綺麗《きれい》に見えますね」

傍らから、啓子の経営するバー〝舵《かじ》〟のバーテンダーが声を掛けた。

「そうね。最近は夜の街ばかりを見ているから、昼間の街が新鮮に映るわね」

啓子はひさしぶりに触れる海風と汐《しお》の香りに、少しずつこころがなごんで行くのがわかった。

クルーザーのエンジン音が低くなり、宮村吾朗がデッキのクルーに声を掛けた。

「おーい、ここら辺りにしよう。アンカーを流せ」

啓子は、宮村の声に陸から目を逸《そ》らし、キャビンを見た。ハンドルを手にクルーたちに指示を与えている宮村と目が合った。

五月になって、三度も海へ出ているため宮村の顔は赤銅色《しゃくどういろ》に日焼けしていた。啓子を見て白い歯を覗《のぞ》かせた宮村の表情は、大好きな海へ出ているせいか、少年のようにかがやいていた。

毎年、この時期、啓子は店の従業員を伴って一泊の慰安旅行に出かけるのだが、今年は宮村の申し出もあり、レストランの従業員たちも、旅行よりクルージングの方を選んだので、一日海で遊ぶことになった。

船尾の方から従業員たちの笑い声が聞こえた。初めて経験する船釣りに、皆楽しそうに声を上げている。

エンジン音が止《や》み、船が停止すると、啓子の身体《からだ》はゆっくりと揺れた。

「皆楽しそうで良かった」

宮村がデッキに上がって来て言った。

「ええ、今日は本当にありがとうございます。大勢で甘えてしまって……」

啓子が礼を言うと、宮村は目を細めて啓子の顔を見返した。

「ママをこうして船の上で見ると、また違った趣があるな」

「あらっ、お世辞をおっしゃっても何も出ませんよ。でも久しぶりに海に出て、私も楽しいわ。父が海が好きだったから、子供の頃、何度か妹と三人で釣りへ行ったことがあったの。その頃のことを、今思い出していました」

「それは良かった。せっかくの旅行会を無理やり海へ連れ出して、悪かったかと思っていた。もっとも私の方は、海へ出る理由ができて有り難かったが……。それに私たちは昼間逢《あ》うことがないからね」

「そうね。こんな仕事をしていると、自分でも気付かないうちに、狭い世界に閉じ籠《こも》ってしまいますものね。海はいいわ」

啓子は両手をひろげて海の香りを吸い込んだ。

「最近、ママは少し元気がなかったからね……」

「あらっ、そうかしら？」

「私は意外と勘が良くてね。特に美人が落ち込んでいる時には勘が良く働く」

船尾から啓子を呼ぶ声がした。

「ママも一緒に釣りをしましょうよ」

レストランのコックが、釣り竿《ざお》を振って啓子を手招いていた。

「私はいいわ。釣れた魚の料理をいただくことにするわ」

「だめですよ。釣りが得意だと言ったのは、ママですよ。早く来て下さい」

啓子は宮村の顔を見て、仕方なさそうに船尾へ移った。

宮村はジャケットを脱ぐ啓子のうしろ姿を見ながら、二ヵ月ほど前の雪の夜、病院に担《かつ》ぎ込んだ野嶋という男のことを思い出していた。

院長の話では、あの夜、野嶋は病院のベッドを抜け出し、そのまま姿を晦《くら》ましたということだった。宮村は、牧野玲奈が病院を出た後、啓子に野嶋のことを電話で報《しら》せた。啓子はすぐに病院にやって来た。啓子に後を託し、宮村は病院を出た。後日、啓子から、あの夜のことで丁寧な礼状を受け取った。簡素な文面であったが、それで啓子が野嶋との関係を事実上認めたことになった。

四月の中旬になって、レストラン〝サジロ〟へ行くと、宮村は啓子から特上のワインとキャビアをご馳走《ちそう》になった。

「ママ、気を遣わないでくれ」

「そうじゃないわ。宮村さんのお蔭《かげ》で、私にも踏ん切りがついたから……」

啓子は笑って言った。

啓子の言う、踏ん切りとは、おそらく野嶋との別離を意味しているのだと思った。

宮村はその時、よほど玲奈のことを話そうと思ったが、妙なためらいが胸の隅に蟠《わだかま》り、話をするのをやめた。

宮村は、四月の初旬の或《あ》る日、玲奈の訪問を受けていた。

玲奈は宮村にあの夜の礼を言い、野嶋の居処《いどころ》を知っているのなら教えて欲しいと言った。宮村が知らない、と答えると、あの夜、野嶋を病院に訪ねてきた佐伯という人を知らないかと尋ねた。宮村はそれも知らないと言った。玲奈は落胆して引き揚げて行った。

宮村は玲奈の沈んだ表情を思い浮かべながら、船尾で釣り竿を手にして笑っている啓子を見ていた。

卯辰山《うだつやま》の中腹にあるレストラン〝サジロ〟が、休暇を終えて営業をはじめた日の午後、佐伯啓子はいつもより早く店へ出て、初夏のメニューの相談をシェフとしていた。

「そうなの……。オマール海老《えび》が不漁なの？」

「ええ、今年の冬の寒波がひどかったらしく、アメリカ、カナダの東海岸はまだ天候が安定していないんですよ。海水の温度が例年より低くて、オマールの出漁が遅れているようです。市場価格も三割方上がってます。だからオマールではなく地元産のガス海老を使おうと思っています」

「ガス海老……」

「はい。金沢の甘海老は有名ですが、ガス海老は知る人ぞ知る味です」

「わかったわ。それとパンの方はどうなったのかしら？」

「はい。新しいパン屋から入れてみたものが、これです」

シェフの差し出した皿に載ったパンを啓子はつまみ、バターを塗って試食した。

「うん、これならいいんじゃないの」

「そうですか。若い夫婦ではじめたばかりの店ですから、これから条件を詰めます」

シェフが話していると、啓子を呼ぶ女性従業員の声が表の方から聞こえた。

「じゃ、シェフ、お願いね」

啓子はそう言い残して、店の表へ出た。

二人の従業員が店の入り口に立って、軒に張った夏季用の布の庇《ひさし》を見上げていた。

「これでいいですかね？」

「いいわね。あとは二階の左端の、海側の窓のカーテンを替えておいてね」

啓子が窓を指さして言うと、いけない、忘れてた、と若い女性従業員が舌を出した。

〝サジロ〟では初夏に入ると、店の模様替えをし、カーテンやテーブルクロスなどを明るい色彩のものにする。今のレストランは、女性客が店の選択権を握っている。テレビや雑誌を通して入って来る彼女たちの情報は、啓子の想像以上に豊かである。味が良いだけでは彼女たちを繋《つな》ぎ止められない。味覚の好みがうつろい易《やす》い時代になっている。特に若い女性は、目新しいものに気持ちがむいてしまう。流行しはじめたり、話題になった途端に、それはもう古くなっている。だから今のレストランは、経営者の時代に対する感覚が店の良し悪《あ》しを決定する。

啓子は店の中をチェックしながら、窓辺に立った。五月の陽差しに卯辰山の木々が緑に萌《も》えていた。新緑に照り返された陽光は、肌に痛いほどだ。

――もうすぐ夏になるのね。

啓子は松任《まっとう》の方角から空にむかって盛り上る積乱雲を眺めて呟《つぶや》いた。

海と空が霞《かす》んで重なる辺りを眺めながら、啓子は昨夜、自宅に掛かって来た片岡直也からの電話を思い出していた。

「ご無沙汰《ぶさた》していています。佐伯さんにご連絡しようかどうか迷ったのですが、やはりお伝えしておくべきだと思いまして……」

受話器のむこうから片岡直也の躊躇《ためら》うような声がした。

「何でしょうか？　野嶋のことでしたら、私はもう関係ありませんから」

「いや、佐伯さんが野嶋さんのことで気分を害していらっしゃることは、百も承知しています。それでも、あなたに野嶋さんのことをお伝えしておくのが礼儀だと思いまして」

「それはご親切ね。でも私はもう野嶋のことを知りたくもないわ。じゃ、失礼します」

啓子が電話を切ろうとすると、片岡があわてて言葉を続けた。

「ちょ、ちょっと待って下さい。野嶋さんは怪我《けが》も恢復《かいふく》して、今は京都の知り合いの別荘で小説を書いていらっしゃいます。だから……」

話を続けようとする片岡の電話を、啓子は強引に切った。……

啓子は海を見ながら、片岡の言葉を反芻《はんすう》していた。

——怪我も恢復して、小説を書いていらっしゃいます、か……。

啓子の脳裡《のうり》に、あの吹雪の夜のことがよみがえってきた。宮村吾朗から野嶋が大怪我をして病院に運び込まれた、と連絡を受けた。宮村がどこで自分と野嶋の関係を知ったのかはわからなかったが、啓子は急いで病院へ駆けつけた。病室のベッドの上で、腕にギプスをはめられ包帯だらけの顔で眠っている野嶋を見て、自業自得《じごうじとく》だと思った。しかしあれほどの怪我をして、よく病院を抜け出せたものだ。逃げ出さなくてはならない、よほどの事情があったのだろう。

野嶋が病院を抜け出したことは、その夜遅くに戻った自宅の留守番電話で知った。翌日、啓子は病院へ行き、院長に迷惑を掛けたことを詫《わ》び、治療代の精算をして引き揚げた。さして大きくもない病院だから、患者が逃げたことは看護婦も事務員も知っていたのだろう。彼女たちの奇異なものでも見るような視線に、啓子は耐えられなかった。その時、これで野嶋と縁が切れるという気持ちになった。なのに、昨夜から啓子の耳の底には、片岡の電話の声が何度となくよみがえってきた。それが啓子には腹立たしかった。

――どうして、あんな男のことが気になってしまうのだろう？　あの男の匂《にお》いが、私の身体に染《し》み込んでいるとでもいうのだろうか……。

啓子は両肩を抱くようにして、吐息を洩《も》らした。

「社長、表に面会の方がいらしてますけど」

女性従業員の声に、啓子は入り口の方を振りむいた。

入り口に、水色のワンピースに白いカーディガンを羽織った若い女性が立っている。啓子が相手の方に目をやると、女性は丁寧に頭を下げた。

——誰だったかしら……。

啓子は相手の方へゆっくりと歩み寄った。

玲奈であった。去年の聖夜に逢って以来だったが、美しい瞳《ひとみ》ですぐに彼女だとわかった。五ヵ月ほど見ない内に、玲奈はずいぶんと大人びていた。

「こんにちは。突然、お伺いしてすみません。私、以前、この店へ……」

「牧野玲奈さんよね。覚えているわ。お元気だった？」

「はい、実は伺いたいことがあって、お邪魔したのですが……」

玲奈の深刻そうな表情を見て、啓子は奥のテーブルに彼女を誘い、従業員にお茶を持ってくるように言いつけた。

「聞きたいことって何かしら？」

啓子は微笑を浮かべて玲奈を見た。

「野嶋郷一さんのことなんですが……」

玲奈の言葉に、啓子の顔から笑みが消えた。

「野嶋を、いいえ、野嶋さんをあなたは知っているの？」

玲奈は啓子の目を真《ま》っ直《す》ぐに見つめて頷《うなず》いた。

京都・洛東《らくとう》、東山連峰《ひがしやまれんぽう》の麓《ふもと》を北へむかう白川《しらかわ》通りを、一台のタクシーが走っていた。

「運転手さん、今日はひどく暑いね」

車窓から差し込む陽差しに、うっすらと額に汗をにじませた片岡直也が声を掛けた。

「ほんまに今日は暑いですわ。けど京都の五月は、お客さん、こんなんですわ。もうすぐ葵祭《あおい》だっしゃろう。この時期、いっぺん夏みたいな日が続くんですわ。……お客さん、東京からですか?」

運転手がバックミラー越しに片岡の顔を覗いた。

「ああ、そうだ。今朝の東京は肌寒かったけどなあ」

「そうですか。ここは盆地やさかい、しゃあないですわ。夏は蒸すほど暑いし、冬はさぶいし……」

片岡は運転手が独り言のように話すのを聞きながら、右方の峰を見上げた。

東山の峰々が新緑にかがやいている。目にしみるようなあざやかさである。片岡は膝《ひざ》の上に置いた手土産の鮨折《すしおり》の包みに指で触れた。

京都へ着く前に、彼は新幹線の中から野嶋へ連絡を入れた。

「片岡です。今、新幹線で、米原《まいばら》を少し過ぎたあたりです。昼少し過ぎには、そちらに着けると思いますが、昼食はどうなさいますか？　どこかに食べに行きましょうか」

「いや、何か適当に買って来てくれ」

「わかりました」

電話の声の様子で、野嶋が、あの家に籠《こも》ってちゃんと仕事をしているのがわかった。

――やっと、野嶋さんがやる気になってくれた……。

片岡はそれだけで嬉《うれ》しかった。

考えてみれば、長い間、この日が来るのを待ち続けた。嫌なことや辛《つら》いこともあったが、こうして原稿を執筆している野嶋の元へむかっていると、今までのことが嘘《うそ》のように思えてくる。ゴールデン・ウィークの最中に一度訪ねた時も、野嶋は懸命に机にむかっていた。

「野嶋さん、家の中に閉じ籠り続けていては身体《からだ》に悪いですから、休憩がてら少し街へ出てみませんか」

片岡が声を掛けても、野嶋はただ頷くだけで外出しようとはしなかった。そんな野嶋を見るのは初めてのことだった。

――やはり時間が必要だったのだろう。遠回りをした分だけ、野嶋さんの中にしっかりとしたものが固まってきたような気がする……。

金沢でいったい何があったのかはわからないが、ひどい怪我をした野嶋と京都・八条の安ホテルで落ち合った折、柘榴《ざくろ》のようになった顔で野嶋が開口一番に言った。

「どこか仕事ができる場所を探してくれ。どんなところでも、机がひとつあれば、それでいい。済まないが、すぐに用意をしてくれ」

野嶋の目が異様に光っていた。

済まないが、と野嶋は言った。そんな言葉を野嶋の口から耳にしたのは初めてだった。

片岡はすぐに、野嶋が執筆できる適当な場所がないかと考えた。思いあたらなかった。

ひと昔前と違って、京都に在住する作家は少なかった。何人かの作家が京都に居るが、野嶋のことを知っている作家は見当たらなかった。それに編集部の中で窓際《まどぎわ》に追いやられている片岡は、彼らと親交がない。

――二十年前なら……。

そう思った時、今年の一月の初めに、鎌倉の老作家を訪れたことを思い出した。

その老作家は、野嶋がデビューした時、彼の作品を強力に支持し、それ以降も何かと野嶋のことを目にかけてくれていた。数年前から病床に伏せっているものの、老作家は依然、文壇に隠然たる力を持っていた。すでに忘れられた存在だった野嶋の小説を、出版することを会社に承諾させるためには、老作家の推薦状が必要だった。

片岡は老作家の病状が重いことを知っていた。しかし後妻に入った由利江《ゆりえ》という女性は、老作家の本当の病状を決して表には出さなかった。片岡だけが、時折、鎌倉の家を訪ねることを許されていた。それは由利江と野嶋が肉体関係を持っていたことを、片岡だけが知っていたからだった。

片岡は鎌倉を訪ねた折、由利江が洩らした言葉を思い出していた。

「そうなの。やっと野嶋さん、小説を書く気になったの……。そうでしょうね。あの人、それ以外に何もできる人じゃないもの。私には作家の胸の中が見えるのよ」

由利江はいつも傲慢《ごうまん》な口のきき方をした。小説がわかる女ではなかったが、老作家は異様に由利江を寵愛《ちょうあい》していたから、各社の編集者たちは彼女に逆らうことができなかった。十年近く前、老作家がひさしぶりに執筆した原稿を、由利江が勝手に改竄《かいざん》したことがあった。それを、一人のベテラン編集者が見抜いて由利江に注意した。由利江は逆上したが、それ以上に老作家が憤激し、その編集者は出入り禁止となった。それ以後、編集者たちは、老作家の元を訪ねることがなくなった。

推薦状は由利江が老作家の口述を筆記したということで、片岡に手渡された。

「どうも奥様、ありがとうございました。この推薦状を見れば、当社はもちろん、野嶋さんご本人も、さぞ喜ばれることでしょう」

片岡は丁寧に頭を下げた。

「そう、それは良かったわ。野嶋さんにも宜《よろ》しく伝えておいて。私の方も毎日が大変なのよ。主人があんな状態だから、暮していくにも苦労ばかりよ。ねぇ、片岡さん、あなた、誰か京都に知り合いはいない？　実は京都の一乗寺の別宅、借りていた人が出て行ったのよ。家賃が高過ぎるって、生意気なことを言い出してね。だからあの別宅を売りたいと思ってるんだけど、上手《うま》く行かないの。早く売ってしまわないと、相続税が大変なのよ……」

由利江は、老作家が床に伏している奥の部屋をちらりと見て言った。……

片岡は、その時の会話を思い出して、すぐに由利江に連絡を入れ、野嶋のために別宅をしばらく貸してもらえないか、と頼み込んだ。由利江は快く承諾し、別宅の管理会社の連絡先を教えてくれた。……

「〝一乗寺の下《さが》り松《まつ》〟言うたら、ここらあたりどしたかね……」

タクシーの運転手が白川通りを右に折れて、すぐ先の交差点を覗いた。

「その交差点の先でいいよ」

片岡はタクシーを降りると、交差点を左折し、ゆるやかな坂道を登りはじめた。周囲には閑静な住宅が並んでいる。片岡が初めて先輩編集者に連れられて、この坂道を登った二十数年前は、このあたりにはまだ竹藪《たけやぶ》が残っており、瓜生山《うりゆうやま》の沢が目と鼻の先まで迫っていた。江戸時代、文人たちの山荘が集っていただけに、当時の一乗寺には風情《ふぜい》があった。

坂道の途中から右折しながらうねうねと続く小径《こみち》に入り、やがて径の突き当ったところに庵《いおり》を思わせるちいさな門が見えた。

片岡は門の木戸を押し開いて中へ入った。

戦前は京都画壇の重鎮の家であった作家の別宅は、中へ一歩足を踏み入れると、表通りの騒音も届かず、閑寂としていた。

片岡は、野嶋の仕事場がある東の庭の離れへむかった。去年まで住んでいた借り主が出て行き、半年近く庭の手入れをしていないということだったが、明治期、名のある庭師がこしらえた庭は、あちこちの木々に新しい葉が出揃《でそろ》い、静寂の中にも雅《みや》びさが感じられた。

「野嶋さん、片岡です」

片岡は数奇屋《すきや》造りになった離れの入口から声を掛けたが、返答はなかった。

どこかへ行ったのだろうか、と片岡が母屋《おもや》の方角に目をやると、広い濡《ぬ》れ縁の北端に蹲《うずくま》っている人の背中が見えた。夢中で何かを覗き込んでいるのか、丸まった野嶋の背中はじっと動かなかった。片岡は野嶋のいる北の庭へ歩き出した。途中、片岡は百日紅《さるすべり》の木の下で足を止めた。そこにはちいさな池があった。

野嶋はじっと水の涸《か》れている池を見つめている。その横顔が片岡にはひどく寂しげに映った。寂寥感《せきりょうかん》が野嶋を包んでいた。片岡はこんな孤独な影を落した野嶋を見たことがなかった。このまま放っておけば野嶋が消えてしまいそうな気がした。

「野嶋さん、どうしたんですか？」

片岡が声を掛けると、野嶋はゆっくりと顔を上げた。

「あの石を見ていたんだ」

野嶋が池の縁にある石を指さした。

「どれですか？」

「あの燈籠《とうろう》の右下にある傾いた石だよ」

「ああ、あれですか。古い石ですね」

池の縁に立つ燈籠の下に、苔《こけ》が半分覆《おお》った細長い石があった。

「あの石がどうかしたんですか？」

「下のほうに剣が交差したような紋様が見えないか？」

「本当ですね。鉤《かぎ》十字に似てますね。何なんでしょうか？」

「十字架だよ。あれと同じものをバルセロナの考古学博物館でも見たことがある」

「えっ、そうなんですか」

「たぶん、そうだろう。隠れキリシタンのものじゃないか。人間には神が必要だからな……」

片岡は、野嶋の口から零《こぼ》れた意外な言葉に、野嶋を見返した。

——隠れキリシタンのものじゃないか。

その言葉から、野嶋はあきらかに今書きすすめようとしている小説にこころを奪われているのが、片岡にはわかった。

その証拠に、野嶋の目は前方の石を見ているわけではなかった。彼にとって、その石に刻まれた紋様は十字架には見えなかった。片岡の目には、それが本物であれ贋物《にせもの》であれ、どうでもよかった。片岡には今、目の前で虚空《こくう》を見つめている野嶋の存在の方が大切だった。

――この目だ。この虚空をさまようような目を、私は待っていたのだ。

片岡は、これと同じ目をした野嶋を以前、見たことがあった。

それはバルセロナの拘置所に面会に行った時のことだった。麻薬犯罪に関してスペインの野嶋は警察の連夜に及ぶ取調べで憔悴《しょうすい》し切っていた。野嶋は、旧市街で逢《あ》った見知らぬ男に頼まれて車の運転をしていただけで、麻薬のことはいっさい知らなかった、と白《しら》を切り通していた。刑法は厳しく、警察の取調べは容赦のないものだった。

眼窩《がんか》の落ち窪《くぼ》んだ野嶋を気づかって片岡は言った。

「野嶋さん、取調べがかなりきつそうですが、大丈夫ですか」

「ともかくここから出してくれ。俺は、小説を書かなくちゃならないんだ。やっと探していたものが見つかったんだから……」

空《くう》をさまよっていた野嶋の虚《うつ》ろな目を見て、片岡は今、野嶋を拘置所から出してやれば、彼はすぐにでも小説を書きはじめるだろうと思った。

「やれるだけのことはやってみますから、野嶋さん、今、ここで思い浮かんだことを何でもいいですから書いておいてください」

野嶋は片岡の言葉に二度、三度と頷《うなず》いた。

片岡は野嶋の口から次回作の話を何度となく聞いていた。しかし小説の構想は、その都度、内容が違っていた。ベストセラーになった処女作『闇《やみ》の塔』より優れた小説を書かねばならない、という重圧が野嶋に伸《の》し掛かり、それが執筆を延々と遅らせた。一人、二人と編集者たちが野嶋の元を去り、片岡一人が残ったのには理由があった。片岡は、処女作を乗り越えて初めて野嶋の小説がはじまる、と信じていたからだった。

小説『闇の塔』は、修道院に捨てられた私生児が、修道僧たちに育てられて青年に成長し、神学生となる。己の出生の秘密を知り、孤独の中で恋に陥ち、愛する者の自死に遭遇する。絶望の中で主人公は神と対峙《たいじ》し、冒瀆《ぼうとく》と背信にむかう。反逆することで自己を解放しようとする主人公は、修道院と教会を燃やし、母と初恋の女性を姦淫《かんいん》した修道僧を殺害し、闇の中で神と闘い、やがて黙示の塔とめぐり逢う。小説の終焉《しゅうえん》は、絶望の闇へ突き進んで行く青年のうしろ姿の描写で結ばれていた。

当時の若者は、主人公を自分に見立て、教会を重圧的な現代社会に置きかえてこの小説を読んだ。主人公の反逆精神に共感を抱いた人々は、こぞって野嶋の小説を手にした。そして野嶋は時代の寵児《ちょうじ》となった。

片岡も当時の若者と同様に、この作品に感動した。野嶋の担当編集者となり、次回作の打ち合せをする度に、彼は『闇の塔』を何度となく読み返した。読み返して行くうちに、片岡は作品の中で解決されていないものに気付きはじめた。

主人公が初めて恋情を抱く女性のモデルが、教会の鐘楼の中で自殺した野嶋の実姉だということは、彼の作品に批判的だった週刊誌の暴露記事で知った。事の真偽は別として、そんなことで野嶋の作品の価値は揺るがなかった。

内容はセンセーショナルであったし、現役の学生が書いた作品としては極めて質が高かったことから、作家も評論家もこぞって絶賛した。

若気の至りではあったが、野嶋もマスコミに踊らされ、安易に次回作のことを口にしすぎた。それが野嶋自身を苦しめる結果となった。

デビューから五年ほど過ぎた頃、片岡は野嶋と次回作について話し合う機会を得た。

その時、野嶋の口からぽつりと出た言葉が、片岡を今日まで引きずってきた。

「俺は絶望の闇の先にあるものを探してるのかな……」

その言葉が何を意味するのか、片岡にはわからなかった。

片岡は野嶋にしか見えないものがあるのだと信じた。

野嶋が佐伯麻里子と出逢い、二人でヨーロッパへ旅立ち、スペインに住居を借りて落ち着いた頃、片岡の元に野嶋から一通の手紙が届いた。その手紙には、カソリック王国のスペインで神の何たるかを暴《あば》いてやる、と記されていた。

拘置所へ面会に行った時、麻里子が死んだことを、片岡は野嶋の口から初めて聞いた。

仲睦《なかむつ》まじかった頃の二人しか知らない片岡は、野嶋を慰めた。野嶋は片岡の慰めの言葉も耳に入らない様子で、早く釈放されて小説を書きたいと訴えた。

片岡は野嶋を見ていて、やっと小説を書ける時期が来たのだと思った。安穏とした生活の中で小説を書く作家もいるが、野嶋は自らがテーマの中に身を置かなくては書けないタイプだと、片岡は確信していた。

しかし日本に帰国してから五年経《た》っても、野嶋はいっこうに小説に取りかかろうとはしなかった。

——バルセロナでのあの言葉は、釈放されたいがための出まかせだったのか……。

片岡は野嶋を疑うことが何度かあった。だが、今さら野嶋を放り出すことは、自分の編集者としての二十数年の歳月を否定することに他ならなかった。何が何でも野嶋に小説を書かせようと思った。

一月初旬、能登《のと》の宿からの連絡で、執筆にかかりはじめたことを報《しら》され、次に三月二日の夜明け方の電話で、片岡は京都に駆け付けた。無残な姿の野嶋を見た。

「どこか仕事の出来る場所を探してくれ」

その言葉を口走った野嶋の表情を見て、片岡は内心胸を躍《おど》らせた。……

野嶋は濡れ縁の端にじっと佇《たたず》んだままだった。

頬はこけていても精悍《せいかん》そうに映るのは、やはり仕事をしているからだろうか。

「野嶋さん、お腹《なか》が空《す》いたでしょう。昼食にしましょうか。東京を出る前に買って来た鮨《すし》があります」

片岡の言葉が耳に入らないのか、野嶋はずっと前方を見つめたままだった。

片岡は野嶋の肩に触れた。野嶋はゆっくりと顔を上げて片岡を見た。

「君はピレネー山脈を知っているか？」

野嶋が静かな口調で訊《き》いた。

「ピレネー山脈と言うと、あのフランスとスペインの国境に連なる山脈のことですか」

「ああ、そうだ。俺はスペインにいた時、一度、冬のピレネー山脈へ行ったことがある。あの山脈があったことで、スペインはイタリア・ルネッサンスを受け入れるのが、他のヨーロッパの国より一世紀近く遅れた。それだけじゃない。フランス市民革命の影響も、産業革命の恩恵も受けなかった。そのかわりに宗教改革の嵐《あらし》を受けずに済んだ。それが、スペインをヨーロッパの西のカソリック王国として君臨させることにもなったんだ」

「スペインがカソリック王国なのは、そういう地理的な理由があったんですか……」

「ある冬、そのピレネー山脈を車で越えたことがあった。吹雪に出遭って、俺たちの車はスリップしてしまい、峠径《とうげみち》の大木にぶつかり、スペイン人のドライバーが怪我《けが》をした。車は動かなくなって、他の車がやって来るのを仲間と待っているうちに日が暮れた。車はいっこうにあらわれない。怪我をしたドライバーは、腹部を打って内出血しているかもしれなかった。俺ともう一人のスペイン人でドライバーを担《かつ》いで、峠を下りはじめたんだが、しばらくすると吹雪で径さえ判別できなくなった。冬山は動かずにいるのが助かる術《すべ》とは知っていたが、怪我人は一刻を争う状態だった。途方に暮れていた時、もう一人のスペイン人が、その場にしゃがみ込んで祈りはじめた。怪我をした男も同様に祈っていた。俺には、彼等の姿がひどく滑稽《こっけい》に映った。そんなことをしている暇があったら峠を下ろう、と俺は怒鳴った。だが二人は祈りを止《や》めなかった。呆《あき》れ返っていると、やがて二人が同じ方角を見つめ、指を差したんだ。何を見たのかは知らんが、彼等の指し示す方角の沢を俺たちは下って行った。そこに山小屋があった……」

「そんなことがあったんですか……」

片岡は初めて聞く話に興味深げな顔をして、野嶋を見ていた。

「山小屋で車を出して貰《もら》って近くの街の病院へ行き、ドライバーは助かった。俺は、その街で彼らと別れ、二度とつき合うことはなかった。俺が一番軽蔑《けいべつ》していることを、彼らが目の前でしたことが許せなかったからだ。連中は〝ピレネーのマリア〟を見たと言っていた……」

「〝ピレネーのマリア〟ですか？」

「君はそういう話を信じるか」

「私にはわかりませんね。ただ、遭難した人たちがよくそういうものを目にするとは、聞いてはいますが」

「じゃ、信じているのか」

「い、いや、信じてはいません」

片岡は野嶋が神の存在を肯定することを忌《い》み嫌うのをよく知っていたから、あわてて否定した。

野嶋は片岡のそんな反応に目もくれずに言った。

「愚かな者たちが目にする幻覚だよ。麻里子も同じような話をしていた。神の教義に都合がいいような幻覚を見るんだろう。しかし、……それが人の命を救うこともあるのかもしれない……」

そう言って立ち上がった野嶋の眉間《みけん》には、深い皺《しわ》が刻まれていた。

——何が、野嶋さんにあったというんだ？　まさか、神を、マリアを見たというんじゃないだろうな。そんなはずは……。

片岡は胸の中で呟《つぶや》いて、池を離れて歩きはじめた野嶋のうしろ姿を見直した。

二人で昼食を摂《と》った後、片岡は、少し仮眠をするという野嶋を休ませた。

片岡は庭へ出て、母屋《おもや》の濡れ縁に腰を下ろした。

——野嶋さんの中の何かが変わろうとしている……。

それが何なのかはわからなかったが、片岡が待ち望んでいる小説にとっては良い兆《きざ》しのように思えた。

左方から鳥の鳴き声がした。見ると庭先にあざやかな青灰色の長い尾をした鶺鴒《せきれい》が二羽、築山《つきやま》のてっぺんで餌《えさ》を啄《ついば》んでいた。

美しい声で、二羽の鳥は鳴いている。

こうして静かに鳥の声を聞くのはひさしぶりだった。

――野嶋さんの仕事が上ったら、これで編集の仕事を終りにしよう。

片岡は以前から考えていた早期退職のことに思いをやった。十年程前から会社は早期退職者を募っていた。野嶋から無下《むげ》にされる度に、片岡は編集の仕事を退《や》めてしまいたいと思った。それでも今、こうしてようやく執筆に取りかかった野嶋の姿を見ていると、ここまで踏ん張ってきた甲斐《かい》があったと思う。

――きっと、いい作品が上るに違いない……。

片岡は気分が昂揚《こうよう》しているのがわかった。

鳥の鳴き声が止んだ。どこかへ飛んで行ったのかと目を凝らした。その時、背後で電話の呼び出し音が響いた。

主のいない家に電話が鳴るはずはない。片岡は耳を欹《そばだ》てた。呼び出し音は母屋の方角から聞こえていた。

片岡は濡れ縁に上り、半開きになった雨戸を開けた。呼び出し音が止んだ。間違い電話だったのかと思い、雨戸を閉め直した。するとまた呼び出し音が響いた。彼は障《しょう》子《じ》戸を開けて、薄暗い居間に入り、受話器を取った。

「もしもし、どなた？　野嶋さん？」

女性の声だった。

「いいえ、片岡と申します」

「なんだ、片岡さん。……あなた見えてたの。私よ、由利江。やっと通じたわ。野嶋さんは？」

「ああ、どうも。失礼しました。野嶋さんは今、お休みです」

「そうなの。じゃ、しっかり執筆中ってことね。それは良かったわ」

「はい。これも奥さまのお蔭《かげ》です。今回のことは本当に有難うございます。何と御礼を言っていいか……」

「何を水臭いことを言ってるの。それより、私、今、熱海なの。さっき鎌倉へ電話を入れたら付き添いの人が、主人の容態は相変らずだって言うから、これからそっちへ様子を見に行こうかと思って、連絡したの」

「あっ、熱海にいらっしゃるんですか。いや、こちらの方は、野嶋さんもようやく筆を執られたところでして、これからが大事なところでして……」

片岡は由利江が京都に来ることを断りたくて、遠回しに野嶋の状況を話した。

「そうでしょう。だから陣中見舞いに行こうと思って電話をしたのよ。三日前から電話をし続けてるのに、ちっとも出ないものだから、心配してたのよ」

片岡は野嶋が離れで仕事をしていることを由利江に告げ、今夜から二人して小説の取材で出かけると話した。

「何年も待ったんでしょう。取材なんて一日ぐらい遅らせたっていいでしょう」

「は、はい。そうなんですが、すみません、奥さま。野嶋さんを呼んで来ますので、もう一度電話をして下さいませんか」

片岡は電話を切ると、離れへ駆け出した。ようやく仕事をはじめた野嶋に由利江を逢《あ》わせたら、どうなってしまうか。片岡はひどく狼狽《ろうばい》した。野嶋に由利江が来ることを伝えてよいものかどうか思いあぐねた。

離れの前で立ちつくしていると、障子戸が開いて野嶋が顔を出した。

「どうしたんだ？」

「い、いや。……実は、鎌倉の由利江さんから今連絡があって、こちらに陣中見舞いに伺いたいと……。野嶋さんはようやく仕事に取りかかられたところです、と遠回しに断ったのですが」

「見舞いなんか必要ないって言え。そんな暇はない」

野嶋は無愛想に言った。

しかし無下に断って由利江を怒らせ、野嶋の小説の推薦文を反故《ほご》にされては元も子もなくなる。

「何だ？　妙な顔をして」

「いや、実は……」

片岡は野嶋に事情を話し出した。……


佐伯啓子は、テーブルのむかいに座った牧野玲奈の顔をまじまじと見つめていた。啓子より二十歳も歳下《としした》の女性が、自分とつき合っていた男性の居場所を教えて欲しい、と訪ねて来たのだ。

相手は啓子をじっと見つめたまま目を逸《そ》らそうとしない。思い詰めた玲奈の表情を見て、啓子は野嶋と彼女の間に何があったのかと問い質《ただ》した。だが、同じ返答しか来なかった。

「以前、バルセロナでお逢いして、とてもお世話になりました。その時の御礼が一言《ひとこと》申し上げたいんです」

野嶋がバルセロナに住んでいたのは、六年も前のことである。その時、玲奈はまだ十二歳のはずだ。去年の暮れに教会で見かけ、卯辰山《うだつやま》の店へ来てくれた折も、清楚《せいそ》で美しい娘だ、と玲奈が気になってはいた。あんな暮しをしていた野嶋が、十二歳の彼女とバルセロナで出逢い、彼女に親切にしたとは思えなかった。

「私はあなたより、少しばかり人生を経験しているつもりよ。それに私は、野嶋という男がどんな人間かも知っているわ。野嶋とあなたとの間に何があったのかは知らないけど、私からあなたにあの男の話をする気にはなれないわ」

啓子が言うと、玲奈は唇を嚙《か》んでいたが、

「あの方は私にとって大切な人です。去年の聖夜に、ミサ・コンサートで思いがけず再会しました。その夜以来、私はずっとあの方を探していました。今年の三月の雪の日、〝中の橋〟の上で怪我をなさっているあの方にお逢いしました。病院へお連れして、その夜遅くお見舞いにうかがったのですが、あの方はもういらっしゃいませんでした。あれほどの怪我をなさって、どこへ行ってしまわれたのだろうと……」

そこまで言って、玲奈はちいさく吐息《といき》を零《こぼ》した。

——あの夜、そんなことがあったの……。

啓子は、病室のベッドに横たわっていた野嶋の姿を思い返した。

「それから行方を探したのですが、手立てがなくて……。病院の方に野嶋さんの連絡先を訊《き》いても、教えて貰えませんでした。それで、宮村さんにも野嶋さんのことをお尋ねしたのですが、わからないということでした。どうしたら野嶋さんにお逢いできるかと考えていた時、病院の看護婦さんが、佐伯さんのお名前を口にしたことを思い出して、……その方はもしかして宮村さんと逢った夜、ご一緒にいらした、あなたではないかと思ってうかがったのです」

「宮村さんって、宮村吾朗さんのこと？」

「はい、そうです」

頷《うなず》いた玲奈の顔を見ながら、啓子は、どうして宮村はあの夜、玲奈が一緒にいたことを自分に話さなかったのかと思った。

——宮村さんはこの娘《こ》の存在を私に気を遣って話さなかったのか……。

「佐伯さん、野嶋さんのご家族の方の連絡先でもいいですから、教えてくださいませんか？」

玲奈の言葉に、啓子が目を見開いた。

——野嶋の家族？　この娘は野嶋のことを何も知らないのだ。いったい野嶋とはどういう関係なの……。

「牧野さん、あなたもしかして、野嶋のことを何も知らないんじゃないの？」

玲奈が当惑した表情を浮かべた。

「野嶋さんのお書きになった小説は読みました」

「あなたは野嶋の小説のファンなの？」

「勿論《もちろん》、小説にも感動しましたが、私は野嶋さんにお逢いして、バルセロナでのお礼を言いたいんです」

玲奈の口振りから啓子は、二人が男と女の関係には至っていないと確信した。

——そうよね。いくら野嶋が悪《ワル》で、どうしようもない男だといっても、こんな若い娘にまで手を出すことはないはずだわ……。

胸の中で呟きながら、啓子は玲奈を見直した。水色のワンピースの胸元から覗《のぞ》いている肌が、透き通るように白かった。慣れないことをしているせいで興奮しているのか、その肌がうっすらと赤みをおびている。伏し目がちにした瞳《ひとみ》と整った面立ちは、啓子が初めて彼女を見た時に持った印象どおり、極めて美しかった。胸元は以前よりふくらんで見える。

——この娘はもう、一人前の女性なんだわ……。

そう思った途端、啓子の脳裡《のうり》に全裸の野嶋と玲奈が、薄闇《うすやみ》の中で絡《から》み合っている姿態が浮かんだ。白い肌と赤銅色《しゃくどういろ》の肌が縺《もつ》れ合って、艶《つや》やかな光を放っている……。

啓子はかすかな眩暈《めまい》を感じて、思わず目を閉じた。そうして呼吸を整え、ゆっくりと目を開くと、玲奈の大きな瞳が啓子の顔を覗き込んでいた。啓子は玲奈の表情を見て、急に耳元が熱くなった。

　啓子は自分が興奮しているのがわかった。目の前に楚々として座っている玲奈が憎らしく思えた。

「あなたは野嶋郷一がどんな男なのか、何ひとつ知らないんでしょう。何年も前に書いた小説を読んだだけじゃないの。野嶋がどんなに非情な男かわかっているの？」

「野嶋さんはやさしい方です」

　玲奈が啓子の目を見つめて答えた。

「やさしい？　あの男が？……。あなたは誰かと野嶋を取り違えてるんだわ。そうでなかったら、あなたは騙《だま》されているのよ」

「そんなことありません」

　玲奈が強い声で言い切った。

　啓子は、自分を睨《にら》み付けている玲奈の目を見て、決心したように頷いた。

「わかったわ。なら野嶋のことをあなたに話して上げましょうか。あの男がどんなに冷酷で、非情な悪人かを……。私には麻里子という名前の二つ歳下の妹がいたの。野嶋郷一はその妹を死に追いやったのよ……」

　啓子の言葉を聞いて、玲奈の頬が一瞬、引き攣《つ》った。啓子は青ざめた玲奈の顔を見ながら話を続けた。

「妹は野嶋と十数年前に出逢って恋に陥《お》ち、同棲《どうせい》するようになったの。そして二人はヨーロッパへ旅に出て、スペインで暮らしはじめた。最初のうちは仲睦《なかむつ》まじかったようね。だって、野嶋は妹のお金を目当てに暮らしていたようですからね。でも、すぐにあの男は女をこしらえ、妹を放り出したの。女も一人や二人じゃなかったようね。お金が失《な》くなれば妹の所へ行き、妹を弄《もてあそ》んでは金をせしめていた。やがて妹は耐えられなくなり、麻薬に手を出し、ぼろぼろの身体《からだ》になって自殺したの。報《しら》せを聞いてバルセロナに行った私に、野嶋は一言の悔やみも口にせず、こう言ったわ。『あんたの妹は最後まで俺を恨んで死んだよ。俺はひどく迷惑をかけられた』ってね。その言葉を聞いて、私は逆上したわ。妹の遺品の中に彼女の日記があったの。その日記には野嶋がどんな仕打ちをしたかが克明に綴《つづ》ってあった。あなたは六年前に、バルセロナで野嶋に逢ったと言ったわね。そんなはずはないわ。野嶋はその頃、麻薬の密売で捕まり、バルセロナの牢獄《ろうごく》へ入っていたんですもの。金沢へ戻って来てからも、野嶋は次から次に女を弄んで、ヒモのような暮しをしてきた男なのよ。あの雪の日の怪我《けが》も、きっと性質《たち》の悪い女を騙したのがばれたか、つまらないトラブルを起こして制裁を受けたに違いないわ。自業自得《じごうじとく》なのよ……。これで少しは野嶋のことがわかって、牧野さん」

啓子は話し終えると、大きな吐息をついた。

これほど野嶋のことを憎しみをもって話した自分に、啓子は少し驚いていた。玲奈を見ると、大きな瞳がうるんで、今にも涙が溢《あふ》れ出しそうだった。その表情を見て彼女は、自分でも大人げないと思ったが、胸の底から抑え切れない憎しみが湧《わ》き上っていた。こらえ切れないように大粒の涙が玲奈の頬を伝って流れ落ちた。

啓子は玲奈から目を逸らして言った。

「あなたたちに何があったかは知らないけれど、あなたのような純粋な人が、あの男に近づくのはやめた方がいいわ。そうやって涙を流しているだけでは済まなくなるわよ」

啓子は隣りのテーブルの花瓶に目をやった。青い一輪ざしのガラス瓶に赤いバラが陽差しを受けて揺れている。可憐《かれん》な花弁を支える茎にはちいさな刺《とげ》が見えた。

――少しきつく言い過ぎたかもしれない……。でも、これでいいのだ。

啓子は胸の奥で呟《つぶや》いた。

「それが野嶋さんのすべてではないと思います。そういうふうに人を見るのは間違っています。私の知っている野嶋さんは、そんなひどい人ではありません。私は野嶋さんを……」

そこまで言って玲奈は口ごもった。

「あなたは野嶋をどう思っていると言うの？」

「私は、私は野嶋さんを信じています」

玲奈は真《ま》っ直《す》ぐに啓子を見つめていた。

「そう、わかったわ。あなたのことを心配している私の方がおかしいのかもね。それほどまでに言うのなら、野嶋の居場所を知っている人の連絡先を教えて上げるわ」

啓子はハンドバッグから青い手帳を取り出すと、頁《ページ》を一枚破って、そこに連絡先を書き写した。

「この片岡直也という人がたぶん野嶋の居場所を知っていると思うわ。野嶋の担当編集者よ」

片岡の勤める出版社名と電話番号を記した紙片を、啓子は玲奈に差し出した。

玲奈はそれを受け取ると、かすれた声で言った。

「ありがとうございます。失礼なことを言ってすみませんでした」

「お礼はいいわ。さあ、お店の営業がはじまるので、これでいいかしら」

啓子は腕時計を見て、椅子《いす》から立ち上った。

玲奈は頬を拭《ぬぐ》って立ち上り、啓子に丁寧に頭を下げた。啓子も軽く会釈《えしやく》して厨房《ちゆうぼう》へむかって歩き出した。厨房のドアの前で啓子は立ち止まり、玲奈の方を振りむいて言った。

「牧野さん。あなたはさっき、私の話したことが野嶋のすべてではないと言ったわね。私もそう思うわ。あなたが野嶋のすべてを知ったら、きっと私の話したことより、もっと邪悪なものを見ることになると思うわ。これは大人としての忠告ではなくて、同性としての忠告よ。みすみす不幸になる人を放っておくのは、キリストの教えに背くことでしょう」

啓子は玲奈の顔をじっと見て、厨房のドアの奥に消えた。


同じ日の午後、東京・大手町にあるS商事本社ビルの会議室で、牧野篤司は窓辺に立って眼下にひろがる東京の街並みを眺めていた。

二十二階にある会議室の南の窓からは、東京湾が一望できた。丸の内、銀座のビル群のむこうに、東京湾に掛かるレインボー・ブリッジが見え、橋の彼方《かなた》に五月の陽差しにかがやく東京湾がひろがっていた。君津《きみつ》・木更津《きさらづ》の工業地帯は青く霞《かす》んで、その上空に積乱雲が光っている。

——もう季節は夏にむかっているんだ……。

篤司は、きらめく雲と海を見つめながら呟いた。

この二ヵ月間、彼は季節の移ろいにさえ目がむいていなかったことに気が付いた。

——あの三月の雪の夜から、瞬《また》く間に二ヵ月が過ぎてしまった……。

篤司は、卒業祝いの食事の席に、玲奈が二時間も遅れて来たあの夜のことを思い浮かべていた。

篤司が遅れて来た理由を問い質《ただ》しても、玲奈は黙ったまま返答をしようとしなかった。物事を隠し立てする娘ではない。篤司の執拗《しつよう》な問いに、玲奈は、はっきりと答えた。

「男の方です。野嶋さんという方です」

男の方という言葉が、胸を抉《えぐ》った。その瞬間、彼は動揺し身体中が熱くなった。野嶋という男の名前も、火照《ほて》った耳の底にはおぼろにしか聞こえなかった。

その夜、篤司は一睡もできなかった。

——とうとう怖れていたことがやって来たのか……。

彼は玲奈がものごころついてから、バルセロナの日本人の間だけではなく、乳母のロッサーナたちスペイン人の間でも美しいと評判が立ちはじめた時、娘に男をいっさい近づけないように、ロッサーナと彼女の夫に厳しく言いつけた。バルセロナでは子供の誘拐事件が頻繁に起っていたことも理由のひとつであったが、もっと根底には、玲奈の純粋過ぎる性格と妙な霊感を抱く資質のために、篤司の想像を越えた厄介事が娘に起るのでは、という漠とした不安があったからだった。

男五人兄弟の三男に生まれた篤司は、幼い頃から母と祖母以外に接する女性はいなかった。滋賀の彦根《ひこね》の生家近くに、代々旧藩の家老だった家があり、そこに街でも評判の美しい娘がいて、その娘が若い僧と恋に陥ち、琵琶湖《びわこ》で心中を図った。その現場を、彼は少年時代に見たことがある。坊主《ぼうず》の遺体は傷だらけだったが、娘の死顔は生きているかのように美しかった。その美しさゆえに、娘の死顔は一層無惨《むざん》に見えた。

「人並み外れて美しいいうことは、平凡に生きられへんいうことですやろなあ……」

その時、ぽつりと言った祖母の言葉が、彼にはいつまでも忘れられなかった。美しさは、その背後に悲惨を背負っている、という観念が、篤司の記憶の底にはあった。だから、玲奈が成長するに連れ、彼の胸の隅には言いようのない不安がひろがっていった。モンセラットでの事故も、その後の病いも、娘が背負わされている何かではないかと思った。彼は出世の道を捨て、日本へ帰国したい旨《むね》を会社に申し出た。

でき得る限り玲奈の身辺に起こることに注意を払っていたのに、こんな事件が起きてしまった。

——玲奈を不幸にするようなことは、何であろうと阻止しなくては……。

篤司は玲奈が見舞った野嶋という男のことを文子に訊《き》いた。

「それが、相手の人はもう病院を出ていたんですよ。家族の人が連れて帰ったのではないでしょうか。詳しいことは病院では教えてくれませんでしたから……」

文子の返答では要領を得なかった。

その不可解な出来事は、彼の頭から離れなかった。

金沢に戻った日、文子も玲奈も外出している午後、娘への裏切り行為とは思ったが、とうとう玲奈の部屋へ入った。そこで彼は娘の机の抽出《ひきだ》しの中から、栞《しおり》のはさんである一冊の古書を発見した。

『闇《やみ》の塔』、野嶋郷一著。色褪《いろあ》せた表紙に印刷された小説の題名と作者名を見て、彼は昔、この本がベストセラーになったのを思い出した。読んだことはなかったが、娘の言う野嶋と、この作者の野嶋郷一は同一人物なのだろうか、と疑念を抱いた。本の奥付けを開き、発刊された年月日を見ると、二十年以上前に出版されたものだった。

——こんなに歳《とし》の離れた相手と、娘がつき合っているはずがない……。

しかしこんなに昔の小説をわざわざ玲奈が大切に仕舞っている所を見ると、この野嶋郷一と玲奈が見舞おうとした相手との間には、何らかの関係があるに違いないと思った。

篤司は東京へ戻ると、すぐに神田の古書街へ行き、野嶋郷一の著書を探した。野嶋郷一は、『闇の塔』一冊しか小説は執筆しておらず、すぐには入手できなかった。何軒目かの古書店で、主人が探しておきましょうと約束してくれた。

しばらくして、見つかったという報せが古書店から届いた。篤司は『闇の塔』を早速買い求め、その夜、東京のマンションで読みはじめた。彼はその内容に驚愕《きょうがく》した。『闇の塔』は、キリストを全否定する主人公の物語だった。敬虔《けいけん》なカソリック信者である篤司には、読むに堪えないものだった。

——こんな本を玲奈は読んでいたのか？……

篤司は動転した。玲奈にこの小説が読み進められるとは、とても思えなかった。

〝絶望の中で磔刑《たっけい》にかけられて死んだ男におまえたちは翻弄《ほんろう》され、その男の闇に引き込まれようとしている……。〟

なんと悍《おぞま》しいことを書いているのか。小説の一節を思い返しながら、篤司は会議室の窓に映る東京湾に目をやっていた。

背後で電話が鳴った。

彼は振りむくと、受話器を取った。

「牧野取締役、外線が入っております……」

交換手の声に続いて、女の声がした。義姉《あね》の文子であった。

「仕事中に電話をしてごめんなさい。篤司さん、今夜の最終便で金沢へ戻られるのよね？」

「いや、今夜は帰れないけど……」

「あらっ、月初めにそうおっしゃっていらしたでしょう。そのつもりで、私はもう上京してますけど……」

「義姉《ねえ》さんは今、東京にいるんですか。玲奈も一緒ですか？」

「何を言ってるの、私、一人ですよ。S女子大の総会があって……」

篤司は文子の声を聞きながら、金沢に一人でいる玲奈のことを思い、急に不安になった。

篤司は、今夜、どうしても抜けられない会合があるので、金沢へ戻れないことを玲奈に伝えてくれるようにと文子に告げ、電話を切った。

間もなく、会議室のドアをノックする音がして、数人の社員が書類を手に入って来た。

「取締役、お待たせしてすみません。スペインからの連絡が、さっきようやく届きました」

がっしりした体軀《たいく》の部長の風間《かざま》が、額の汗を拭いながら言った。

「大丈夫だよ、風間君。ひさしぶりに東京の街をゆっくり眺めさせて貰《もら》った。こうやって見ると、東京湾もずいぶんと狭くなったな。街の変わりように感心していたところだ」

篤司は笑いながら部下たちを見回した。

「これが下半期のスペインとの取引額です。そしてこちらがヨーロッパ全体の……」

篤司は差し出された書類を見ながら風間の報告を聞いていたが、頭からは玲奈のことが離れなかった。

小一時間ほど報告を聞き、篤司は部下たちに今後のことを指示し、打ち合わせを終えた。風間たちが会議室を出て行った。

篤司は胸のポケットから手帳を取り出し、中に仕舞っておいた一葉の写真を眺めた。

そこには亡《な》くなった妻の要子と玲奈が写っていた。篤司は写真の下に記された年月日を見た。

――もう九年も前になるのか……。

元気だった要子と少女の玲奈が寄り添うようにして微笑《ほほえ》んでいる。妻が亡くなる一年前、親子三人で〃セマーナ・サンタ〃の祭りを見物に行った折に撮ったものだ。二人の背後には花で飾られた聖母マリアの像が見える。

〃セマーナ・サンタ〃は、キリストがエルサレムに入城してから、ゴルゴタの丘で十字架に掛けられて処刑され、やがて復活するまでの一週間をたどり、キリストを厳粛に祝う祭りだった。その頂点となる復活祭《パスクア》は陰暦によって行なわれるため、毎年、祭りのはじまる日は一定していなかったが、春分の日直後の満月の夜の次にくる日曜日に行なわれる、バルセロナ最大の祭りだった。

――こんな時に君がいてくれたら、玲奈をやさしく導いてくれただろうに……。男の私には正直、どうしていいのかわからない。ただ戸惑うばかりだ。

篤司は妻の写真に話しかけた。

篤司は玲奈が恋をしているのではないかと懸念《けねん》した。しかし玲奈の相手が、あんな小説を書いた男であるなら決して許せない、と思った。

――要子、君もそう思うだろう？

篤司は、妻ならどうしただろうかと考えた。

すると、病床で要子が言った言葉がよみがえって来た。それは死を直前にした妻が、娘のことで篤司に訴えた言葉だった。

「あなたに、玲奈のことでお願いしておきたいことがあります」

要子があらたまった口調で言った。

「玲奈がどうかしたのかい？」

篤司は笑って妻の顔を見た。要子は真剣な目付きで篤司を見返した。

「これから先、玲奈を育てていただく時に、あの子が何かをしたいと言い出したら、玲奈のことを信じてやって頂きたいのです。あの子の意志を尊重して、どんなことも受け入れてやって欲しいのです」

「勿論《もちろん》、今も玲奈の意志は尊重しているし、あの子を信じているつもりだよ」

篤司は怪訝《けげん》そうな顔で妻を見た。

「それはわかっています。私があなたにお願いしているのは、この先、あの子が大人になり、一人の女性として歩みはじめた時、玲奈が選ぶことをすべて受け入れて欲しいということです。たとえば玲奈が信じてついて行こうと決めた男性があらわれて、その相手が、あなたの目から見ても、世間の人から見ても、どうしようもない人間に映っても、あの子が信じた相手を、あなたも信じてやって欲しいのです」

妻の言葉に篤司は目を見張った。

「その相手の人が、世の中から否定されているような人間でも、あの子はきっと、世間の人の目には見えない何かを見つけていると思うんです。石を投げられたイエスさまに手を差しのべた人々のように……」

要子はどこか遠くを見つめながら話していた。

「どうか私の願いを聞いて下さると約束して下さい」

「……………」

篤司は黙って妻の顔を見つめた。

「あなたが心配をなさるのはわかります。けれど、あの子は真実だけを見つめる力を授かっている気がします。だからあの子の信じるものを、あなたも信じてやって欲しいのです」

妻は訴えるような目付きで細い手を差し出した。

「わかった。約束しよう」

篤司は妻の手を握って言った。

——まさか、妻はあの時、今日の事態を予期していたというのだろうか。そんなことはあるまい……。

あの小説を書いた野嶋郷一と、玲奈が名前を口にしていた野嶋が同一人物かどうか確証があるわけではなかったが、もし同じ人物なら、篤司は娘に、キリストを侮辱する小説を書いた男と接触するのはやめるべきだと話そうと思っていた。そのことを玲奈に直接逢《あ》って話したかった。

篤司は時計を見た。夕刻の五時を少し回ったところだった。

この四月から、玲奈は美術大学への進学を目指して、金曜日の夜、天神町にある美術教室へ通っていた。帰宅するのは、たいてい夜十時を過ぎていた。

篤司は、今夜、小野との会食が終ったら、真っ直《まっす》ぐ一番町のマンションに戻り、高尾の家へ電話を入れてみようと思った。

彼は机の上に置いた写真をもう一度手に取り、妻に語りかけた。

「君も、あの小説を読めば、きっと反対をするはずだ。玲奈は真実を見つめる力を授かっていると言ったけど、あの小説のどこに真実があると言うんだ」

篤司は写真を手帳に仕舞い、会議室を後にした。

卯辰山《うだつやま》のレストラン〝サジロ〟を出た玲奈は、坂道を下り天神橋を渡ってお堀通りを抜け、百万石通りをカソリック教会へむかって歩いていた。

玲奈は教会へ入ると、誰もいない聖堂へ行き、イエス像の前に跪《ひざまず》いた。彼女は目を閉じて、祈った。祈りの言葉を口にしても、先刻、佐伯啓子の言った言葉が、頭の中から離れなかった。

――わかったわ。なら野嶋のことをあなたに話して上げましょうか。あの男がどんなに冷酷で、非情な悪人かを……。野嶋郷一は私の妹を死に追いやった男なのよ。

啓子の野嶋に対する憎々しげな表情が目に浮かんだ。

「何かの間違いだわ……」

玲奈は呟《つぶや》いてイエス像を見上げた。

生まれてこのかた何度も見つめて来た磔刑台上のイエスの顔が、今日は余計にせつなく映った。

――あの方が、そんなことをなさるはずがない。佐伯さんの妹さんが、そんな仕打ちを受けたように見えたのは、きっと他に理由があったんだわ……。

「イエスさま、真実はきっと違いますよね」

イエス像は何もこたえずに、玲奈を見つめていた。

受難に耐えている主の顔が、あの夜、〝中の橋〟の上で自分に手を差し出して来た野嶋の表情に重なった。

玲奈が橋の中央に蹲《うずくま》っている野嶋に駆け寄った時、彼は小羊のように怯《おび》えていた。手を触れた肩先が小刻みに震え、血だらけの顔が玲奈を見上げた。その時、自分を見つめる野嶋の顔は驚きの表情に変わり、救いを求めるような瞳《ひとみ》で玲奈を見つめた。何かを訴え掛けるような野嶋の目は、穢《けが》れない美しいものに玲奈には映った。

「大丈夫ですよ。大丈夫ですから……」

玲奈は言って、野嶋を両手で抱いた。玲奈の胸にしがみついて来た野嶋の手の感触が、左の乳房に今もはっきりと残っている。玲奈は胸の中で震える野嶋の上半身を強く抱き寄せた。吹雪の中であったが、野嶋の体温はたしかに伝わって来た。……

玲奈の合掌する手には、野嶋の肩や背中の感触が今もたしかに残っている。

――もう一度、あの人を抱き寄せたい。あの人が今受けている苦しみを、私の手でやわらげ、取りのぞいてさしあげたい……。モンセラットの岩蔭《いわかげ》で、私に手を差しのべてくれた、あの人が今、踠《もが》き苦しんでいる。今度は私があの人を救わなくてはいけない。それが私に課せられた使命なんだわ……。

「そうですよね、イエスさま」

玲奈はイエス像にむかって言った。

野嶋の小説を読みはじめた時、最初はかなり戸惑ったが、読みすすんで行くうちに、どうしてこんな物語を野嶋が書かなくてはいけなかったのか、玲奈にはわかるような気がした。

それはバルセロナで親しくしていた或《あ》る修道女が言った言葉だった。

「信仰を疑う人や、奇蹟《きせき》を信じない人がいてもおかしなことではないのです。真の信仰が、その人の中に宿るためには、信仰そのものもまた山や谷をさまよう風のように、さまざまなものにぶつかり、試されるのです。邪悪な行為をしたからと言って、その人のすべてが悪なのではありません。イエスさまがゴルゴタの丘で、主を詰り石を投《な》げた人々をお許しになったのは、そのことを知っていらしたからです。本当の信仰は、受難を背負ってこそ生まれるものなのです」

――邪悪な行為をしたからと言って、その人のすべてが悪なのではありません。

玲奈には、修道女の言った言葉の意味が、今になって理解できる気がした。

――本当の信仰は受難を背負うものなのです。

『闇の塔』には、主を疑い、否定し、受難へ立ちむかう主人公の姿が描かれていた。野嶋が何を探し求めているのかが、その邪悪な道へすすむ主人公の物語を読めば読むほどわかる気がした。

主人公が神を否定すればするほど、主人公の中にたしかに神が宿っていることを玲奈は感じた。主人公は野嶋の分身ではないかと玲奈は思った。

——あの人は今、どうしていらっしゃるのだろうか……。

玲奈は胸の中で呟いた。

彦三町《ひこそまち》の病院のベッドに横たわっていた野嶋の姿がよみがえってきた。

——怪我《けが》は恢復《かいふく》なさったのだろうか。せめてそのことだけでも知りたい。

玲奈はバッグの中から、啓子に渡されたメモを取り出した。

片岡直也という名前と、勤務先の出版社名と電話番号が記してある。玲奈はそのメモをじっと見つめ、やがて決心したように立ち上ると、聖堂を出て教会事務所の隅にある公衆電話の前に立った。

片岡には、野嶋と由利江が電話でどんな話をしたのかわからなかった。

無愛想に応じていた電話を野嶋が切った時、

「どうしましたか？」

片岡が不安そうに野嶋を見つめた。

「勝手にさせておけ」

野嶋は面倒臭そうに言った。

「由利江さんはこちらに見えるんですか?」

片岡が訊《き》いても、野嶋は不機嫌な表情で睨《にら》み付け、何も説明しなかった。

一乗寺の別宅に由利江が姿をあらわしたのは、暮れなずむ夕日が古都を染める頃であった。

片岡は両手に荷物をかかえて木戸の前に立つ由利江の姿を見た時、口の奥に苦いものがひろがった。

由利江は片岡を見て、言った。

「ひさしぶりに来てみたけど、ここはここで風情《ふぜい》があるものね。売ってしまうのが惜しいわね。ねぇ、ちょっと片岡さん、荷物を持ってよ。あなたたちのために熱海で買って来たものなんだから……」

片岡はあわてて由利江に駆け寄ると荷物をかかえた。

「野嶋さんはどこ?」

「は、はい。あちらの離れで仕事をしていらっしゃいます。ひょっとしてお休みかもしれませんから、覗《のぞ》いて来ましょう」

「あっ、いいわよ。私がそっと行ってびっくりさせてやるから……」

そう言うと、片岡の胸を押すようにして由利江は離れにむかった。由利江の去ったあとに香水の甘い匂《にお》いが残った。一月に鎌倉を訪れた時には、由利江の身体《からだ》からそんな匂いはしなかった。鼻の奥に残った匂いが、片岡の気持ちをいっそう不安にさせた。由利江の残り香が山風に吹かれて消えると、手にした荷物から干物の生臭い匂いが漂ってきた。

片岡は両手に荷物を持ったまま、野嶋の居る離れに小走りでむかう由利江のうしろ姿を茫然《ぼうぜん》と見つめていた。

彼は由利江の姿が離れの中に消えて行くのを見ながら、ようやく小説とむかい合うようになった野嶋の時間を、彼女が台無しにしてしまうのではないかと不安にかられた。

離れでの二人の様子を見届けに行かなくては、と思ったが、片岡にはその勇気がなかった。

――昔の野嶋さんとは違う。すぐに由利江さんを追い返すはずだ……。

片岡は自分にそう言い聞かせて、由利江の荷物を母屋《おもや》へ運んだ。

母屋に上ると、片岡は生臭い匂いのする干物を冷蔵庫に仕舞い、由利江の鞄《かばん》を居間に置いた。手が汗ばんでいた。台所で手を洗ってタオルで拭《ぬぐ》うと、指先が震えていた。

――私は何をおそれているんだ。大丈夫だ。野嶋さんを信じよう……。

そう思い直し、母屋を出て離れにむかった。

離れへの小径《こみち》を歩きながら、片岡は目の前の風景が揺れているような感覚に襲われた。これと同じような光景を以前、見たような気がした。

――ともかく由利江さんに、今が一番野嶋さんにとって大切な時だということを話そう。

楓《かえで》の木を潜り抜けるようにして離れへ近づいた時、鳥の囀《さえず》りに似た声が一瞬、片岡の耳に届いた。妙な声だ、と思い、片岡は薄闇《うすやみ》がひろがろうとしていた周囲の木々に目をやった。しかし、続いて聞こえてきた尾を引くような声に、それは鳥の声ではなく、由利江の艶声《えんせい》だと気付いた。

片岡は思わず、その場に立ち止まった。足元から震えが膝《ひざ》に伝わり、半開きの口の奥で歯がかたかたと音を立てた。視界に映る木戸がゆっくりと歪《ゆが》んだ。

片岡の狼狽《ろうばい》を嘲笑《あざわら》うかのように、由利江の艶声は次第に大きくなり、周囲に響いていった。

「け、け、獣《けだもの》め……」

片岡は呻《うめ》いて、両の拳《こぶし》を握りしめた。立ちつくす片岡の影を、迫りくる古都の黄昏《たそがれ》がゆっくりと包んだ。

「少し痩《や》せたか、……牧野？」

新橋にある料亭の一室で、ニューヨークから帰国したばかりの小野が、牧野篤司に銚子《ちょうし》を差し出して訊いた。小野は篤司と同期でS商事に入社し、今回の帰国が次期社長への就任のためと噂《うわさ》されていた。

「そうかもしれんな。独り暮しだと、どうも食が細くなってしまうからな……」

篤司は血色の良い小野の顔を見返し、受けた酒盃《しゅはい》に軽く口を付けると、小野の手から銚子を取り、差し出した。

「牧野さんは我々がゴルフにお誘いしても、なかなかご一緒して貰《もら》えません。この機会に小野さんから少しお誘い頂けませんか」

二人を上座に据えて両側に居並んだ部長たちの中から、風間が笑いながら声を掛けた。

「そうか……。それなら、来月にでもさっそくラウンドしようか。東京ではまだ独り暮しなのか？」

「ああ、けど月末は金沢へ戻って娘とゆっくり過ごしている」

「娘さんは元気か？ 身体の方はもう大丈夫なのか？ そろそろ大学じゃなかったかな？」

「その節はいろいろ心配してくれて有難う。お蔭《かげ》で元気にしてるよ。今春から東京の大学へ進学させようと思っていたのだが、金沢の街のほうがいいらしい……」

篤司は小野に、六年前、玲奈の病気を何かと心配してくれたことへの礼を述べた。

「こっちが思うほど、子供は親の気持ちを察してはいないからな。私の娘などカナダで相手を見つけて、許可もなしに勝手に結婚してしまった。女房は娘たちと居る方が楽しいらしく、暇があれば娘の住むカナダへ行ってるよ。ここ半年、ニューヨークの私はほとんどやもめ暮しだ」

「小野さんは、二月にお孫さんがお生まれになったんですよね」

風間が小野の盃に酒を注ぎながら言った。小野は嬉《うれ》しそうに笑って頷《うなず》いた。

「そうなのか。それはお祝いも言わないで失礼した」

「祝いなんぞ、かんべんして貰いたい。まだ爺《じい》さんとは呼ばせないことにしている。これからが私の正念場だからな」

社長就任を意識しての小野の言葉に頷いている風間たちを見ながら篤司は、自分もいつか玲奈の子供を目にすることがあるのだろうか、と思った。すると急に金沢の玲奈のことが気になって、そっと腕時計を見た。九時を少し回っていた。

篤司の背後から店の女性の声がした。その声に部長たちが腰を上げた。襖《ふすま》の開く気配に、まだ誰か同席者があるのかと、篤司は後ろを振りむいた。

そこには経理と総務担当の重役が二人立っていた。

「どうもお帰りなさいませ」

二人の重役が小野に挨拶《あいさつ》し、篤司にも頭を下げた。

「忙しい時にわざわざ済まないな」

「いいえ、とんでもありません。帰国されるのを心待ちにしておりました……」

篤司は彼等の席の準備をしている仲居に、トイレの場所を尋ねて立ち上った。付いて来ようとする風間を制して、篤司はひとりでトイレにむかった。庭を囲む廊下で擦れ違った仲居に電話のある場所を尋ねた。

案内されて電話のある場所へ行くと、篤司は高尾の家の番号を押した。玲奈が美術教室から自宅へ戻っているかどうか、ぎりぎりの時刻だった。

数回の呼び出し音の後に、玲奈の声が返って来て、篤司は安堵《あんど》した。

「戻っていたのか？」

「はい。今日は教室の方をお休みさせて貰いました」

「どうかしたのか？ 体調でも悪いのかい」

「いいえ、文子伯母さまもお出かけだし、一人なので早く家に戻ろうと思って……」

「そうか……」

玲奈の言葉に、篤司の胸から先刻までの不安が消えて行った。

「明日は早く帰るからね。ひさしぶりに二人で食事をしよう」

「お父さま、ゆっくり戻られてかまいませんよ。今夜はお仕事で遅くなられると、伯母さまから聞いていますから……」

「いや、大丈夫だ」

「本当にかまいません。今夜はゆっくりと休まれて、午後の便で帰ってきて下さい」

「ともかく明日また連絡を入れるよ」

電話を切った篤司の口元には安堵の笑みが浮かんでいた。義姉《あね》もちゃんと玲奈のことを心配してくれているのだ、と安心した。

廊下を戻りながら二人の重役の顔を思い浮かべ、会食の後、小野には悪いが早々に引き揚げようと篤司は思った。

庭の鹿威《ししおど》しが乾いた音を立てた。見ると池に月が映っている。篤司は立ち止まって五月の月を見上げ、静かに歩き出した。

その頃、金沢の空に皓々《こうこう》とかがやいている月を、玲奈は自室の山側の窓から眺めていた。

夜風にたわむ竹林の上方で、月は赤みをおびた光を放っていた。

玲奈の肩越しに差す月の光が、机の上に置かれた一冊の古書の色褪《いろあ》せた表紙を浮かび上らせている。野嶋郷一の『闇の塔』だった。本の脇《わき》には、先日、図書館の資料室で調べ、東京の新聞社から取り寄せた古い新聞記事と雑誌のコピーが置かれていた。二十年以上も前の野嶋郷一の関連記事である。

玲奈は野嶋の何もかもを知りたかった。

もう何度となく『闇の塔』を読み返していた。読み返すうちに、この小説で野嶋が何を書きたかったのか、玲奈にはわかる気がして来た。一読した時には、主人公の青年は神を冒瀆《ぼうとく》し、否定しているようにしか読めなかったが、決してそうではないことが判《わか》ってきた。

――あの方の中には、神がしっかりと存在している。

玲奈には、そう確信できた。

神が人間にとって都合の良いものでも、表面だけで捉《とら》え得るものでもないことを、主人公はちゃんとわかっているのだ。だから、上辺だけでの信仰で神のことを語る者へ復讐《ふくしゅう》をしたのだ。野嶋は、信仰には苦悩が伴うことをわかっているからこそ、神の存在を問うているのだ。

今日の午後、佐伯啓子を訪ねた時に、啓子の口から発せられた言葉を、玲奈は信じてはいなかった。

「ともかくあの方に逢《あ》いに行こう。逢って話をすればすべてが明らかになるはずだわ……」

玲奈は海へむかって行く月明りを見ながら呟《つぶや》いた。

その時、夕刻、教会から掛けた電話のことを思い出した。

玲奈は、野嶋の居場所を知っているはずだと啓子から教えられた出版社の担当に、電話を掛けてみた。

「文芸出版部です。……片岡ですか？　片岡は今、出張に出かけておりますが……」

電話に出たのは女性であった。

「いつ、お戻りでしょうか?」

「来週一杯、戻って来ませんね」

「片岡さんのご連絡先を教えていただけませんでしょうか?」

「失礼ですが、そちら様はどなたですか?」

「作家の野嶋郷一さんのことでお尋ねしたいことがあったものですから……」

「少々、お待ち下さい」

しばらく待たされてから、甲高い男の声がした。相手は玲奈の名前と素姓を尋ね、野嶋郷一の何を片岡に尋ねたいのか、と訊《き》いた。玲奈は、自分が野嶋郷一の小説のファンであり、『闇の塔』のことで質問したいことがあったので、担当編集者の片岡に連絡を入れた旨《むね》を告げた。相手はつかの間、沈黙した後、片岡の出張先の電話番号を教えてくれた。

玲奈は番号をメモした。その局番で片岡は京都に居ることがわかった。

玲奈は野嶋も京都に居るような気がした。京都なら金沢から電車で二時間もあれば行くことができる。

月を眺めているうちに、玲奈は野嶋が京都に居ることに確信を持ちはじめた。

「一目《ひとめ》でいいから、あの方に逢いたい……」

玲奈は身動《みじろ》ぎもせず月を見つめていた。

夜の十時を過ぎて、由利江は母屋へ戻って来た。

「ひさしぶりに野嶋さんと話ができたわ。推薦文のことを話したら、一度、鎌倉へ挨拶に行きたいって言ってたわ……」

耳先のほつれ毛を指で直す由利江を見て、片岡は黙っていた。

「お腹《なか》が空《す》いたでしょう。片岡さん、これから食事の仕度をするのも大変だから、今夜は表に何か食べに行きましょう」

「弁当でしたら買ってきてあります」

「何を言ってんのよ、大出版社の人が、またベストセラーを書いて貰う人に弁当だなんて。主人も仕事の前は、よく食べてよく遊んでたわ。もう何年も編集者をやってるんだから、それくらいのことはわかってるでしょうに……。私にまかせといて。主人が世話になったお茶屋へ連絡してあげるから」

「由利江さん。野嶋さんの都合も聞いてみませんと……」

片岡があわてて言うと、由利江は急に強い口調で言った。

「片岡さん、あなた、今日の昼間も私にそんな言い方をしなかった？　あなた何か勘違いをしてるんじゃないの。野嶋さんは私がこの家を提供したり、こうして陣中見舞いに来たことを喜んでいるのよ。一月の初めに鎌倉へ来て、やっと野嶋さんが小説を書きはじめたので力を貸して欲しいと言ったのは誰なの？」

「は、はい。それは勿論《もちろん》、感謝しています。先生と奥さまの力で野嶋さんがこうして執筆できていることは、本当に有難く思っています……」

「それなら素直に喜んでよ。私と野嶋さんとあなたは、特別の仲なんだから……ねえ」

由利江は鼻先に皺《しわ》を寄せて、猫撫《ねこな》で声で言った。

「は、はい」

「なら表で車を拾って来て下さる」

由利江の言葉に、片岡は表へ飛び出していった。

白川通りへ出てタクシーを拾うと、片岡は運転手の隣りに同乗し、一乗寺の奥へむかってゆっくりと車を走らせた。身を寄せ合うようにして歩いて来る野嶋と由利江の姿が、ヘッドライトに照らし出された。

片岡はまぶしそうにタクシーのライトを睨《にら》んだ野嶋の表情を見て、大きく吐息を洩《も》らした。

翌朝、八時前に目を覚ました片岡は、母屋の奥の寝所で寝ているはずの由利江の様子を窺《うかが》った。人の気配はしなかった。

――やはり……。

祇園《ぎおん》から一乗寺の別宅に戻ってしばらくして、由利江の寝所の辺りから庭先を離れへむかう足音を耳にしていた。

昨夜、あの時刻から祇園にある茶屋を三人で訪れた。由利江は昔馴染《なじ》みの茶屋の女将《おかみ》に言いつけ、芸妓《げいこ》を呼んで夜遅くまで宴《うたげ》が続いた。

由利江は老作家の話をする女将の前で、平気な顔で野嶋にしなだれかかったりしていた。

野嶋は不機嫌そうにしていたが、酒を禁じていた暮しが続いていたせいか、いったん酒を口にしはじめると驚くほど早いピッチで飲み出した。

「野嶋さん、あまりお飲みになると……」

野嶋の酒量を心配して片岡が声を掛けても、野嶋は無視して酒盃を傾けた。

――一晩くらいは仕方がないか……。

片岡は諦《あきら》め顔で、野嶋の様子を見ていた。

女将や芸妓がお愛想で声を掛けても、野嶋は言葉を返さなかった。野嶋の無愛想な態度だけが片岡の救いだった。

そうこうするうち由利江が酒に酔い、女将や芸妓に悪態をつきはじめた。

野嶋が急に立ち上り、宴は終りになった。

帰りのタクシーの後部席で、茶屋の女将の悪態をついていた由利江に、野嶋が平手打ちを喰わせた。それっきり由利江は黙り込んだ。帰るとすぐに野嶋は離れに引き籠《こも》った。

——やっぱり、小説のことで頭が一杯なんだ……。

片岡は野嶋の態度に救われた気がした。

しかし夜半、離れへ忍び込んだ由利江を野嶋は追い返してはいなかった。男と女のことになると、野嶋と由利江がどうなっているのか、片岡には想像もつかなかった。

片岡はそれまで休んでいたソファーを整え、洗面所で顔を洗った。由利江につき合って飲まされた酒がまだ残っていた。片岡はグラスに水を注ぎ、喉《のど》を鳴らして飲んだ。

——ともかくあの女を野嶋さんから引き離さなくてはいけない。

片岡はもう一度グラスに水を注いで飲み干すと、口元を拭《ぬぐ》った。

——離れへ行って声を掛けてみようか……。

片岡が縁側へむかって歩き出そうとした時、居間から電話の呼出し音が聞こえた。

——こんな朝早く誰からの電話だ？

片岡は居間へ行き受話器を取った。

「もしもし、そちらに片岡直也さんという方はいらっしゃいませんでしょうか？」

受話器のむこうから若い女性の声が自分の名前を呼んだ。

「はい、私が片岡ですが……」

「突然、電話を差し上げて申し訳ありません。私、牧野玲奈と申します。そちらに片岡さんがいらっしゃると、昨日、会社の方から教えていただきましたので……」

「はあ……。もう一度、お名前を」

「牧野玲奈と申します。実は野嶋郷一さんに連絡を取りたくて電話を差し上げたんです」

「野嶋さんに？　あなたは野嶋さんのお知り合いなんですか？」

「はい。バルセロナで野嶋さんに大変にお世話になりました。そのお礼が申し上げたくて野嶋さんを探していました」

——バルセロナで、野嶋さんに世話になった女性などいたのか……。

片岡は一方的に野嶋の怪我《けが》の具合いを訊いている女性の声を聞きながら、バルセロナという言葉に佐伯麻里子の顔を思い浮かべていた。

しかし、受話器のむこうから聞こえる女性の声は若そうだし、言葉遣いも丁寧だった。

「片岡さん、野嶋さんは今、ご一緒にいらっしゃるんでしょうか?」

「えっ、はあ……。すみません。もう少し詳しく伺いたいのですが……」

片岡は牧野玲奈と名乗る女性の話を聞いていて、野嶋がバルセロナの拘置所でぽつりと洩《も》らした、天使のような女を見た、という言葉はこの女性のことを言っていたのかと思った。

「失礼ですが、あなたは野嶋さんの小説を読まれたことはありますか?」

片岡は妙な勘が働いて、相手に質問した。

「はい。『闇《やみ》の塔』は何度も読ませて頂きました」

若い女性の声はそう言った。そして、受話器のむこうから片岡に、野嶋に逢いたい旨を告げた。落着いた口調だった。

「失礼ですが、あなたは今おいくつですか」

片岡は相手の話し振りから三十歳前後の女性を想像していた。

「十八歳です」

——じゅ、十八⁉……。

齢《とし》の若さに驚いて、思わず片岡は口ごもった。

「そ、そうですか。あなたが、牧野さんが、バルセロナで野嶋さんと逢われたのは、何時《いつ》のことですか？」

「六年前です。六年前の夏に、モンセラットの山径《やまみち》で……」

六年前の夏といえば、野嶋が警察に捕まった時である。たしか、野嶋が検問に引っかかって逮捕された場所が、モンセラットの山麓《さんろく》だった。

片岡は拘置所の野嶋に面会に行った時、彼の口から出た、

——山径で天使のような少女に出逢った……。

野嶋の譫言《うわごと》のような言葉が耳に残っていた。あの折、野嶋の瞳《ひとみ》がとても澄んでいたことをよく憶《おぼ》えている。

片岡の胸の隅で妙なざわめきが起った。それは長い間、編集に携わってきた者の勘のようなものだった。由利江によってかき乱されている状況を、この娘《こ》が救ってくれるのではないか、という予感がした。

「そんなに野嶋さんにお逢いになりたいですか？」

「はい」

相手の声からしっかりとした意志が伝わってきた。

「野嶋さんは今、ここで小説の執筆に取りかかっていて、とても人に逢えるような状況ではありませんが、ほんの少しの時間なら、私から野嶋さんにお願いしてみても良いですよ。牧野さんは、金沢にいらっしゃるんですよね。京都までは、特急に乗れば二時間と少しでこられるでしょう。今日の午後にでも、こちらにお見えになりませんか？」

「えっ、今日、これからですか……」

「今日は土曜日だし、学校も休みでしょう」

「私、学校へは行っていませんが、これからだと……」

躊躇《ためら》っている声に、片岡はたたみかけるように言った。

「ともかく、お見えになったらどうです？　こちらで一目お逢いになって、それから戻られても、金沢には夕刻までに戻れるでしょう」

「は、はい。でも、野嶋さんの仕事のお邪魔にならないでしょうか？」

「きっと大丈夫ですよ。では、こちらの住所を申し上げますから……」

片岡は玲奈に一乗寺の住所を告げ、京都に着く電車の時間を教えて電話を切った。

「片岡さん、どなたかこちらに見えるの？」

背後で由利江の甲高い声がした。

「あっ、おはようございます。ええ、編集部の者が今日、別件で京都へ来ることになっておりまして……。彼に頼んでいたものがあるので、こちらの住所を教えていたところです」

あわてて返答する片岡を、由利江はちらりと見て言った。

「野嶋さんは執筆のためにここに入っているんだから、余計な人を呼んでは駄目よ。片岡さん、お風呂《ふろ》を入れて頂戴《ちょうだい》。熱いお湯をたっぷり張ってあげてね……。あの人、やる気になってるから、まずは湯の中で汗を掻《か》いて貰《もら》って、疲れを取らせなきゃ。私が朝食の支度をするから、風呂の湯を出しはじめたら、買物に行ってきて下さらない」

片岡は頷《うなず》いてからちいさく吐息をつき、風呂場の方へ歩き出した。

「片岡さん、私の言ったこと、わかったの？」

由利江の刺《とげ》のある言葉が後ろから飛んで来た。

「は、はい」

廊下を歩きながら片岡は、

——野嶋さんを疲れさせているのはあんたじゃないか。あんたが余計なんだよ。

胸の中で吐き捨てるように言った。

玲奈は居間で電話を切ると、二階の自室に戻り、壁に掛けたちいさな祭壇の前に跪《ひざまず》き、マリア像を見上げた。祈りの言葉を口にしながら玲奈は、野嶋に逢《あ》うことがついに叶《かな》って、昂揚《こうよう》している自分の感情を抑えなければと思った。

祈りを終えると、玲奈はバスルームへ行きシャワーを浴び、外出の支度をはじめた。

父の顔が浮かんだ。東京のマンションに電話を入れようかと思ったが、また心配をかけてしまうのではと、思い止《とど》まった。片岡に言われたように、昼前の「サンダーバード」に乗り、野嶋に一目逢ってから戻ってくれば、夕刻には金沢に着けるはずだ。メモを残しておくことにした。

家を出てバス停にむかって歩き出すと、目の前に五月の海が陽光にきらめいているのが見えた。玲奈はまぶしさに目を細めて、光る海を見渡した。まだ少し濡《ぬ》れている髪を、海からの風が揺らした。

これまで何度となく見つめてきた海が、今日は特に美しく見えた。彼女はバルセロナでも、今日と同じような気持ちで丘の径を歩いたことがあったことを思い出した。バス停に立つと、すぐにバスがやって来た。

金沢駅に着き、京都行の特急券を買って、ホームへ上った。

——あの人に逢ったら、最初に何と言ったらいいのだろう……。まず、六年前のモンセラットで助けていただいたお礼を言わなくては……。

玲奈はあれこれと思いをめぐらせながら、野嶋の顔を思い浮かべていた。

電車がホームに入って来た。玲奈は自由席の車輌《しゃりょう》に乗り込み、窓側に腰を下ろした。すぐに電車は動きはじめた。

——一分たつ毎《ごと》に、野嶋さんにむかって近づいて行くのだ……。

そう考えただけで玲奈は胸の奥が熱くなった。

片岡は買い物を終え、朝食の準備ができるまで濡れ縁に腰を下ろして庭を眺めていた。

今しがた離れから風呂に入りに来た野嶋は、片岡の顔を見ようともしなかった。由利江は、その野嶋の手を引くように風呂場へ向かった。はしゃぐような由利江の声が風呂場の方から聞こえてきた。片岡はいたたまれなくなって縁側に出て来たのだ。

——またあの時のように、二人はとんでもないことをしでかすのではないだろうか……。

片岡は青草の茂った庭を眺めながら、十五年前に野嶋と由利江が関係を持ち、密会を続けていたことを思い出していた。

由利江は夫を裏切り、野嶋は恩人である大先輩の作家に対して背信行為をした。二人の関係が発覚すれば、野嶋が文壇から追放されることはあきらかだった。

「野嶋さん、あなたは何てことをしているのですか。ご自分がなさってることがわからないのですか」

二人の関係を知った時、さすがに片岡は野嶋を諌《いさ》めた。

しかし、野嶋は平気だった。老作家の下に出入りする編集者の間で、二人の関係が囁《ささや》かれはじめていた。そんな時に佐伯麻里子があらわれた。

片岡には麻里子が救世主のように思えた。その時の麻里子の役割を、先刻の少女に期待した訳ではなかった。しかし、ほんの少しでも野嶋の目が由利江から離れてくれたらと、片岡はあわい望みを抱いていた。

――十八歳の若い娘だものな。いくら野嶋さんでも、それはないだろう。

片岡がそう思った時、背後で電話の呼び出し音が鳴った。あの牧野という娘からかもしれない。片岡は立ち上り、急いで居間へ向った。

居間に入ると、由利江が受話器を取ったところだった。しまった、と片岡は由利江の傍らで立ち止まった。

「ええ、私よ。えっ、何ですって、もう一度言って……」

由利江の顔がたちどころに青ざめ、声がうわずって行く。

「それで息を引き取ったのは何時なの？　あっそう。いいこと、まだ誰にも亡《な》くなったことを話しては駄目よ。私、これからすぐにそっちへ戻るから……。えっ、T書房のSさんが近くに……、なぜあの人が来てるのよ。昨日、見えたの……。ともかくすぐに戻るから、それまでは誰も家に上げては駄目よ。Sさんもそう。わかったわね……」

そう言って電話を切ると、由利江はふらふらと数歩よろけ、前に立っている片岡の方に目をむけた。

「どうかしましたか？」

片岡が尋ねても、由利江は茫然《ぼうぜん》と片岡の顔を見ているだけだった。唇がかすかに震えている。

「由利江さん、誰が亡くなられたんですか？」

「……さっき、主人が死んだわ」

ようやく由利江は口を開いた。

「えっ、先生が……」

由利江の目から大粒の涙が溢《あふ》れた。

その時、風呂場の方から足音が近づいて、浴衣《ゆかた》姿の野嶋が居間に入って来た。

「野嶋さん、大変です。今しがたO先生が亡くなられたそうです」

片岡の言葉に、野嶋は一瞬眉《まゆ》を顰《ひそ》めると、立ちつくしている由利江に目を遣《や》った。

由利江は喉《のど》の奥から絞り出すような呻《うめ》き声を上げて、その場に泣き崩れた。

野嶋は由利江の姿を一瞥《いちべつ》し、居間を出て行こうとした。

「野嶋さん、主人が死んでしまったのよ」

由利江が野嶋にむかって振り絞るように声を上げた。野嶋は立ち止まり、由利江を冷たく見下した。

「こうなることは、とっくの昔にわかっていたことだろう。おまえはそれを望んでいたんじゃないのか。その涙はいったい何なんだ？　今頃になって貞淑な妻を装《よそお》おうっていうのか。くだらないことをするな」

吐き捨てるように言うと、野嶋は縁側から庭へ下りた。

由利江と片岡が慌《あわ》てふためいて鎌倉にむかって出て行った後、野嶋は母屋《おもや》の濡れ縁に佇《たたず》んでいた。

「私は由利江さんを連れて、すぐに鎌倉に戻ります。むこうに着いたらすぐに連絡を入れますから、ここを離れないで下さいね。野嶋さん、お願いですよ。それと葬儀の日取りが決ったら、私がお迎えに来ますから、必ず出席して下さい」

片岡は、そう言い残して出て行った。

先輩作家の死に対して、野嶋の中には何の感情も湧《わ》いてこなかった。

野嶋は、離れで自分の肉体を貪《むさぼ》り、いつまでも快楽に浸ろうとしていた由利江の姿を思い浮かべていた。その汗に塗《まみ》れた裸身に、居間で泣き崩れた由利江の姿が重なった。

そのどちらが由利江の本当の姿なのか、そんなことは野嶋にとってどうでもよかった。

――所詮《しょせん》、人間の中身は穢《けが》れているんだ……。

野嶋は、風に揺れる庭の青草のむこうに、これまで目にして来た、人間の穢れた姿を見つめていた。

東山の峰から吹き下ろす風音の中に、かすかに人の声が聞こえた。

――郷ちゃん、イエスさまはいつもあなたを見守って下さっているから、頑張って勉強をしなくてはいけないわよ。どこに居ても、ちゃんとお祈りだけは続けてね。

それは姉の順子の、若く張りのある、みずみずしい声だった。

母親が亡くなった冬、まだ中学生だった郷一は能登《のと》の寒村を出て、先に上京していた姉のところへ身を寄せた。

姉は、昼間は縫製工場に勤め、夜は食堂の洗い場で働いて、二人の生計を立てていた。仕事を終えた姉と郷一が待ち合わせするのは、いつも四谷の教会だった。その近くにある教会の別棟の一角に二人は住んでいた。中学を卒業して東京に働きに出てから、順子は教会に通っていた。その教会の神父が、順子たち姉弟の身の上を知り、住いを提供してくれた。郷一は転校した中学校で友だちもなく、いつも一人で過ごしていた。大学を出て立派な人間になることが、昼も夜も働きづめに働いている姉の希望だと、神父から聞かされていた郷一は、懸命に勉学に励んだ。

仕事に疲れて帰って来る姉を見るのは辛《つら》かった。それでも姉はいつも明るく振舞っていた。夜の教会で二人して祈りを捧《ささ》げ、住いまでお濠端《ほりばた》の小径《こみち》を姉と歩くのが、郷一のたったひとつの楽しみだった。能登の家では見たことがない、陽気な姉の姿を見ていて郷一は、こうしていつまでも二人で暮らすことが出来たらと願った。

努力の甲斐《かい》あって郷一は、神学系の高校に奨学金を受けて通えるようになった。入学式に出席した時、姉はまぶしいものでも見るように郷一を見つめた。郷一はその高校をトップの成績で卒業し、同じ神学系の大学へ進んだ。

郷一が大学生になった春、その男は姉弟の前にあらわれた。教会の事務方の仕事をしているYという男は、何かと二人の面倒を見てくれた。イタリアに留学していたというYは会話も巧《たく》みで、休日の日は三人して出かけるようになった。姉はYの話によく笑っていた。しかし郷一は、姉を見つめるYの視線に冷たいものを感じていた。姉とYが深い仲になったことは、郷一にはすぐにわかった。姉が幸せになれるのなら、と郷一は思った。その年の冬の初めあたりから、沈み込む姉を目にするようになった。あの男のせいだと思った。郷一はYと姉が言い争っているのを何度か見たことがあった。

或《あ》る夜、アルバイト先で遅くなった郷一は、むかいの棟の前に聳《そび》える杉の木の下に、寄り添う二人の人影を見た。修道僧たちは戒律の厳しい生活をしていたから、夜半にそのあたりで人影を見かけることはなかった。目を凝らすと、姉の順子だとわかった。相手は誰かと見ると、郷一たちに住いを提供してくれていた神父だった。神父は姉の肩に手をかけ、姉は泣いているふうに映った。二人の影が鐘楼の方へ移り、中へ消えた。郷一は足を忍ばせて、鐘楼の扉に近寄った。そこで彼は立ち止まった。中から聞こえて来たのは男と女の交情の声だった。

その年の聖夜、姉は鐘楼の中で首を吊《つ》って死んだ。

姉は妊娠していた。姉の死の真相を知ろうとして、郷一は日頃、目をかけてくれていた教会の司教に、神父とYのことを訴えた。

根も葉もないことを口にしてはいけない。神父もYも、神に背くようなことは決してしない。司教は郷一を厳しく叱《しか》り、姉弟がここまで暮してこれたのは教会のお蔭《かげ》ではないか、と激怒した。ほどなく姉が身体《からだ》を売っていたという噂《うわさ》が、同じ棟に寄宿する神学生の間から伝わってきた。

郷一は姉と鐘楼にいた神父に逢いに行き、自殺の理由を追及した。狼狽《ろうばい》した神父は、罪を認め、Yから、順子が男に身体を与えることを喜ぶ女だと教えられたと、郷一に泣きながら訴えた。

Yにも逢って詰問《きつもん》すると、

「君の姉さんから堕胎の相談を受けたんだよ。私が姉さんを死に追いやるはずがないじゃないか。神に背いていたのは、君の姉さんなんだよ」

と冷酷に突き放された。

「お前が姉さんを売ったんだろう。許さん」

郷一は男に殴りかかって、大怪我《おおけが》をさせた。傷害事件となり、郷一は教会を追われた。

郷一が教会を去った夜、鐘楼が火事になり、焼け跡から神父の焼死体が発見された。放火の疑いがかけられ、郷一は警察に参考人として呼ばれた。当夜、郷一にはアリバイがあり、嫌疑を逃れることができた。

一ヵ月後、Yが放火殺人の罪で逮捕された。マスコミは教会内部の醜聞を面白可笑《おもしろおか》しく報道し、順子の名前も書き立てられた。

郷一が『闇の塔』を執筆したのは、事件から二年後のことだった。

——姉はいったい何が原因で、あんな悲惨な最期《さいご》を迎えたのか？

郷一は自問し続け、その答えを見つけた。

〝姉は、神という名の偽善に葬《ほうむ》られたのだ〟

……野嶋は濡《ぬ》れ縁に佇み、揺れる青草を見ていた。

東山連峰の沢を伝って、瓜生山《うりゅうやま》から吹き下ろす風が少しずつ強くなっていた。雑木林の木々の葉音が耳に届いてはいるのだが、野嶋にはその葉音が、遠い記憶を呼び起こす、海鳴りのざわめきとしか聞き取れなかった。

大学一年の冬、野嶋は姉の順子の遺骨を故郷の能登半島のちいさな寒村へ埋葬するために、七年振りに帰省した。

帰省と言っても、両親が亡くなった後は縁者の待つ土地ではなかった。野嶋家の墓所へ姉の骨を納めることだけが目的だった。生前の姉の希望を、彼は憶《おぼ》えていた。

それは上京したばかりの中学生の郷一が、休日の午後、姉と二人で教会の裏手にある墓地の清掃をしている時に、姉が口にした言葉だった。

「姉さん、僕たちは死んだら、どこのお墓に入るの？」

郷一は目の前の墓を見ながら訊《き》いた。不安げな表情で墓を見つめる郷一に、姉は笑って答えた。

「郷一、そんなことを考えてたの？　心配しなくていいわよ。あなたは素敵なお嫁さんを貰《もら》って、沢山子供を作って生きて行くのよ。そうしたらあなたの奥さんになる人や子供たちがちゃんと面倒を見てくれるから……」

「じゃあ、姉さんもそうするの？」

「私？　私の墓は……そうね。やっぱり能登に帰して欲しいわ。母さんが一人っきりでは淋《さび》しいと思うから……。半分は母さんのそばがいいわ」

姉は自分に言い聞かせるように言うと、頷《うなず》いた。その顔は、死への恐怖心などまるでないふうに明るかった。

「半分って……どういうこと？　あとの半分はどうするの」

郷一は心配そうに訊き返した。

「こんなことを口にしてはいけないんだけど、イエスさまの御力で、私も復活できると信じているの。そうしたら、あとの半分は、海を渡ってぜひ行きたいところがあるから、海へ流して欲しいの」

「行きたいところってどこなの？」

「聖ヤコブさまがいらっしゃる場所よ」

郷一も姉に教えられて、十二使徒の一人であるヨハネの兄弟のヤコブのことはよく知っていた。

「聖ヤコブさまのいらっしゃる場所ってどこ？」

「スペインの北西、ユーラシア大陸の果てにあるサンティアゴ・デ・コンポステーラという街……」

姉は掃除の手を止めて、流れて行く浮雲を見つめていた。その美しい瞳《ひとみ》が濡れているように見えたのを、今でも郷一はよく憶えている。

郷一は姉の骨の半分を、土葬された母の墓の土の中に埋め、残りの半分を北西の風が吹きすさぶ浜へ下りて、冬の日本海へ撒《ま》いた。

その時すでに、郷一は神の存在を否定し、憎悪《ぞうお》すら覚えていた。

彼は浜から岬に戻ると、廃屋になった生家を見つめた。苦しい記憶しかなかった生家が、腐乱した屍《しかばね》のように傾いている。北西の風が悲鳴のように響いていた。彼は、その廃屋に踏み込み、居間の戸板を打ち壊した。そこは代々隠れキリシタンであった野嶋家の者が、祈りに使う聖なる隠し部屋だった。そこにあったはずのマリア像が失《う》せていた。彼は周囲の壁を叩《たた》いて回り、革靴で床を踏み破った。床下から布でくるまれたマリア像が出てきた。彼は布を剝《は》がして像を手にすると、表へ駆け出した。岬の突端に立ち、それを海にむかって投げ棄《す》てた。

——こんな偶像のために、母も姉も、悲惨な生き方をしなくてはならなかったのだ……。

その日を境に、郷一は神だけではなく、すべてのものを否定するようになった。

——人も、野に晒《さら》されている礫《いしころ》と、変わりはないのだ。理性という欺瞞《ぎまん》を、道徳という偽善を、信仰という虚偽を振りかざして、愚行をくり返しているだけだ。清廉《せいれん》で慈悲深いと言われている者たちの肉体を切り裂いてみろ。そこには醜い欲望に満ちた臓器が、異臭を放っているはずだ……。

郷一は小説を執筆するにあたって、キリスト教に反逆する、アンチキリストの二千年にわたる歴史を記した書物を徹底的に読み漁《あさ》った。そして彼は、神に対抗するものこそ究極の絶対悪だ、と確信した。

小説『闇の塔』は、野嶋の神への宣戦布告の書でもあった。しかし、彼の思惑とは別に、『闇の塔』は当時の若者たちの反逆的風潮に支持され、ベストセラーとなり、野嶋は〝マスコミの寵児《ちょうじ》〟〝反逆する若者の旗手〟と祭り上げられた。それまで、まともに小説など読んでいなかった野嶋にとって、それが災いした。己が見たものを、読み漁った書物の論理を借りて、怨念《おんねん》を込めて一気に書き上げた作品であっただけに、次回作で行き詰った。

評論家や若者たちとの討論の場へ押し出されることで、野嶋は少しずつ虚を実にする術《すべ》を身に付けていった。野嶋が身に付けた装具は強靱《きょうじん》になった。しかしその装具も歳月とともに綻《ほころ》び、剝ぎ取られてしまった。佐伯麻里子でさえ野嶋から離れ、神の下に去っていった。

彼の小説のモデルには、愚かな対象者が必要だった。それは、あの教会の神父であり、姉を死に追いやったYという男であった。麻里子であり、娼婦《しょうふ》たちであり、啓子と、そして西の廓《くるわ》のあの女であった……。その愚かな対象者を観察し、彼等、彼女たちを小説の世界で踊らせることで、次回作の行方を探り続けた。

——俺にはもう、書くべき何ものもないのか？

京都へ来てから、野嶋は自問し続けた。

そこへ格好の愚者である由利江があらわれた。だが、すでに由利江は魅力のある対象ではなくなっていた。欲望にしがみついている無様な肉体にすぎなかった。夫の死を報《しら》された時に、泣き崩れたのが何よりの証拠であった。

野嶋はちいさく吐息を洩《も》らした。

彼は膝《ひざ》の上に置いた己の手を見た。若い頃の肌の艶《つや》はすでに失われていた。所々に痣《あざ》ともシミともつかぬものが浮かんでいる。

「野嶋君、見てみたまえ。私のこの手を……。すでに新しい生命力が宿る肉体ではないのだよ。私の小説はとっくの昔に終っているんだ。これからは君たちの時代だ。肉体が萎《な》えるまで書き続けるんだよ」

そう言って力なく机の上に右手を置いた老作家の言葉がよみがえった。

見つめていた手に冷たいものが零《こぼ》れ落ちた。空を仰ぐと、いつの間にか雨雲が低く垂れ込めて、ぽつぽつと雨が降りはじめている。

滴《しずく》の冷たさが、追憶の中に浸っていた野嶋の意識を目覚めさせた。

——いや、何も残っていないわけではない。あの瞳の、若い女がいる。この手でたしかに触れた弾力のある乳房の感触は、夢なんかではなかった……。

三月の吹雪の夕暮れ、野嶋は男たちから制裁を受けて逃亡する途中、傷つき倒れた自分を抱きかかえてくれた女の瞳と、乳房の感触を、あれから何度となく思い起こしていた。

——あの女を探しに金沢へ戻りたい。

そう思う夜が何度もあった。

しかし、野嶋には漠然とした不安があった。同類のものがあるとすれば、あの〝ピレネーのマリア〟のようなものかもしれなかった。

かつてスペインで、冬のピレネー山脈を仲間と車で越えようとした時、スリップ事故に遭い、怪我人が出た。その男を助けるために吹雪の山径を歩いていた折、方向感覚を失った仲間が見たと話したのが〝ピレネーのマリア〟だった。

野嶋は別に、そのマリアを見たわけではなかった。しかし、カソリック王国・スペインに暮らしはじめて、野嶋は、否《いや》が応でもマリア像やキリスト像を目にする機会が多くなった。麻里子が好んで待ち合わせ場所に使ったサンタ・マリア・デル・マル教会のマリア像もそうだが、バルセロナで目にしたマリア像には共通した美しさがあった。それが教会の意図であるのはわかっていても、マリア像の瞳には魅《ひ》かれるものがある。

その瞳と、あの時の女の瞳のかがやきが似ているのだ。去年の聖夜に、金沢の観光会館で行なわれた〝エスコラニア〟のミサ・コンサートで出逢《であ》った女の瞳。そしてモンセラットの山径で危うく轢《ひ》き落してしまいそうになった時、視界の中でたしかに自分を見た少女の瞳。引き返して崖《がけ》から助け上げた時に、腕の中で一瞬瞼《まぶた》を開いた少女の瞳……。それらの瞳に、野嶋は身体の芯《しん》まで覗《のぞ》き見られたような気がした。

「何をガキのようなことを考えてるんだ」

野嶋は声に出して自分を叱責《しっせき》した。庭先に浮遊していた瞳の幻を、首を大きく横に振って掻《か》き消した。

雨が濡れ縁を黒く染めはじめている。

新幹線が静岡を過ぎるあたりで、片岡直也は、傍らに眠っている由利江をちらりと見て、トイレに立った。

トイレには先客があって、彼はデッキで待った。デッキのドアのガラス窓に水滴が流れている。

「仮通夜《つや》は雨になるな……」

片岡はそう呟《つぶや》きながら、雨に煙る富士の裾《すそ》野の街を眺めた。

――片岡さん、わかっているでしょうが、私が京都で野嶋さんに逢っていたなんて、誰にも話しては駄目よ。私は一乗寺の別宅の掃除に出かけたということにしておいてよ。

先刻の由利江の言葉が耳の奥によみがえった。

――よく言うよな。病気の亭主を放っぽらかして、男と密会していた女が……。

片岡は置き去りにしてきた野嶋のことが気になった。

――野嶋さんはあの家にずっと留まっていてくれるだろうか？

片岡は食事の手配をしてこなかった自分を悔んだ。誰か賄《まかな》いの女でも雇っておけばよかった、と思った。

そう思った途端、片岡は電話をしてきた牧野玲奈という若い女性が、今日の午後、あの家を訪ねて来ることを思い出した。片岡は腕時計を見た。すでに午後の一時前であった。

「あっ、いけない。彼女に連絡しなくては……」

しかし、片岡は彼女の連絡先を聞いていなかった。おそらくもう京都へむかう電車に乗っているはずだった。片岡は彼女に連絡する手立てを考えたが、何も思いつかなかった。

——まあ、いいか……。どうせファンの一人だろうし、十八歳と言っていたから、すぐにあきらめて引き揚げるだろう。

片岡はそう思ってトイレに入り、用を済ませて席に戻った。

由利江は目を覚ましていた。

「お目覚めですか。もう少し休んでいて下さい。新横浜に着く前に起こしますから……」

片岡が言っても、由利江は何か考え事でもしているのか返事がなかった。

片岡が横に座ると、由利江は急に口を開いた。

「片岡さん、主人の葬儀はどこの出版社が取り仕切って下さるのかしら？」

「それは当然、我社でさせて頂きます」

「あっ、そう。なら好都合ね……」

「何がですか？」

「ほらっ、T書房のSさんが鎌倉の家のそばで待機してるって、付添いの女が言ってたでしょう。あなたが一緒なら追い返して貰えるわ。私、あの人嫌いなのよ。私のことを馬鹿《ばか》にしてるのがわかるのよ」

「でもSさんは先生が若い時からの担当編集者ですし、私の大先輩ですから追い返すというわけには……」

「編集者じゃないのよ、大切なのは……。会社の貢献度なのよ。Sさんって、もう二度も会社を移ってるんでしょう。信用がおけないわ」

「T書房は業界でも老舗《しにせ》のいい会社ですよ。先生の初期の作品も多く出版してますし……」

「片岡さん、T書房の去年のお歳暮って何だったか知ってるの？　何が老舗よ」

由利江が吐き捨てるように言った。

「はあ……」

片岡は当惑しながら頷いた。

「作家が亡《な》くなると、しばらくは本が売れるんでしょう。私、遺作の出版とか、全集の刊行はすべて片岡さんの会社にまかせるから、お願いね」

「は、はい。どうもありがとうございます」

片岡は当惑を隠すように、あわてて車窓に目をやった。雨雲に隠れて富士山の頂は見えなかった。

金沢から京都へむかう特急電車は、武生《たけふ》を過ぎたあたりで雨に包まれた。

牧野玲奈は天気予報も調べないで、あわてて家を出た自分を悔んだ。

日帰りの予定で出て来たけれど、雨の中を歩くには夏用の麻のワンピースは少し軽装すぎたと思った。おまけに白の布製の靴である。

――京都に着いたら傘を買おう。

玲奈は、そう呟いてから、ハンドバッグからハンカチを取り出し、額にうっすらと滲《にじ》んだ汗を拭《ぬぐ》った。

電車が雨の中を走りはじめると、車内が急に蒸し暑く感じられてきた。

肌が汗ばむのは、車内の温度のせいだけではなかった。電車が刻一刻と京都へ近づくにつれ、玲奈は気分が昂揚《こうよう》して行くのがわかった。

気持ちを落ち着かせようとして、昨日、家に届いたエリカからの手紙を開けて読み返した。

来月、結婚式を挙げるエリカの手紙の前半は、新しい生活への夢と希望が綴《つづ》ってあったが、それとは逆に、後半はフィアンセの物の考え方に対しての不満も書かれていた。

彼ったら真面目《まじめ》過ぎて、私がハネムーンに夏の休みの半分を使いたいと提案しても、会社の昇進試験を受ける準備があるので、夏休みは勉強に専念したいと言うの。ねェ、玲奈、ハネムーンは一生に一度しかないのと違うかしら？　式に来た時に、親友のあなたからもぜひそのことを説明してあげて。それから、私が昔のボーイフレンドたちと逢うのは絶対に駄目だって言い張るの。あの魚市場のカルロスを覚えているでしょう。彼の、あの魚臭い車で家に送って貰《もら》うのさえ許さないのよ。玲奈、あなたが前の手紙で少し話してくれた彼だけど、嫉妬《しっと》深い男性でないことを祈ってるわ。

玲奈はエリカの手紙を読み返し苦笑して、怒った時に鼻の先をつんと立てるエリカの表情を思い出した。

〝嫉妬深い男性でないことを祈ってるわ〟

玲奈はその文字をもう一度目で追って独白した。

——本当はどんな人なのか、私にもよくわかってはいないの……。

電車が敦賀《つるが》の駅を過ぎて、車窓に雨に煙る山間《やまあい》の家々が映った。所々に霧が立ちこめている。

雨で新緑は濃さを増していた。みずみずしい風景に、玲奈は今の季節のバルセロナの並木径《みち》を思い浮かべた。

溢《あふ》れる緑が、モンセラットの山の美しい緑と重なった。五月から六月にかけて、カタルーニャ地方は短い雨のシーズンを迎える。そんな時、モンセラットの山は、中腹をドーナツの形の山雲につつまれる。それはまるで山が白い夏帽子を被《かぶ》っているかのようだった。頂に雲とも霧ともつかぬ白い帯がかかり、神聖な山をさらに神秘的に変えた。

——あの霧の中で、私は初めて、あの人と出逢ったのだわ……。

玲奈はモンセラットの岩場に倒れていた自分を救い出し、そっと草叢《くさむら》に休ませてくれた野嶋のやさしい瞳《ひとみ》を思い出していた。

——あれから六年の歳月が流れた。そしてとうとう今日、あの人に逢える……。

玲奈は胸がまた高鳴るのを感じた。どこか胸の隅に痛みが走るような感覚をおぼえた。

——これが、エリカの話していた、恋の痛みというものかしら……。

やがて車窓に琵琶湖《びわこ》が見えはじめた。

湖岸を走り抜けて、トンネルを抜ければ京都である。

電車が京都駅のホームに入った。

雨足はさらに強くなり、ホームに立つ人影が車窓に揺らいで映った。

牧野玲奈は電車を降りると、改札口を出て公衆電話を探し、片岡直也に教えられた番号に電話を掛けた。

十回余り呼び出したが、応答はなかった。

玲奈はいったん電話を切って、もう一度、番号を確認し、掛け直してみた。やはり応答はなかった。

——どこかへ出かけられたのかしら？……。

腕時計を見ると、二時を少し回っている。昼食にでも出ているのかもしれないと思い、玲奈は駅ビルの中にあるショッピング街に傘を買いに行った。買物を終えて公衆電話の所に戻り、もう一度、電話を掛けてみたが、やはり応答はなかった。

周囲を見回すと、正面の壁に京都市内の大きな地図の載った案内板が目に止まった。

左京区小谷町××番地——。玲奈は片岡が教えてくれた住所を見直し、その町名を調べたが、すぐには見つからなかった。玲奈はメモの隅に、一乗寺と記してあるのに気がついた。

「タクシーに乗って、一乗寺へ行って欲しい、と言えばわかりますから……」

たしか片岡は電話でそう言っていた。

案内板の中に一乗寺という地名を探すと、すぐに見つかった。一乗寺は東山連峰の山裾にあり、銀閣寺のさらに北に位置していた。

京都には、中学生の時に旅行で訪れ、高校生になってからも伯母の文子と二度遊びに来ていたので、おおまかな土地勘はあった。

玲奈はすぐそばを通りかかった若い女の子に、一乗寺へ行きたいのだけど、どう行けばよいのか、と尋ねた。彼女は案内板を見上げ、市バスの5番に乗って、一乗寺下《さが》り松《まつ》町で降りればいい、と教えてくれた。

玲奈は礼を言い、バスの停留所にむかって歩き出した。

駅ビルを出ると、あたり一面、煙るような雨が降り続いていた。バスの停留所とは逆方向にタクシー乗り場があるのが目に入った。玲奈はすでに足元が雨の跳ねで濡《ぬ》れているのに気付いて、タクシー乗り場に向きを変えた。

タクシーに乗り込むと、運転手に住所を告げた。

「小谷町言うと、一乗寺下り松町を東へ行ったらよろしゅおすな？」

運転手がバックミラー越しに訊《き》いた。

「すみません。初めて行く場所なので、私にはよくわからないんです」

「そうですか。小谷町の何番地でしたか……。はい、わかりました。ともかく近くまで行ってみましょう。けどえらい天気になってしまいましたな」

運転手が車を走らせながら言った。車は鴨川《かもがわ》の川端通りを北へむかって走っている。川沿いの家々が降りしきる雨に濃灰色に沈んでいた。

「なんや今年は、週末になると雨になりますわ」

玲奈は運転手の言葉をうわの空で聞いていた。

片岡は、京都に着いたら一度連絡をしてくれと言っていた。それをいきなり訪ねて行けば、小説の執筆中だという野嶋にも失礼になる気がした。

「運転手さん、一乗寺に着く前にどこか公衆電話がありましたら停めて貰えませんか。先方に連絡をしたいものですから……」

「わかりました。今出川《いまでがわ》通りに入ったら、どこかに電話ボックスがありますやろ」

運転手は出町柳《でまちやなぎ》を右折し、今出川通り沿いに電話ボックスを見つけて停車した。

電話をしたが、応答はなかった。

——どうしたらいいのだろう……。

玲奈は電話ボックスの中で思いあぐねていた。

突然訪問するのは失礼だとわかっているが、野嶋の顔を一目《ひとめ》だけでも見てから帰りたかった。

——ともかく近くまで行って、そこからもう一度電話をしてみよう。

「連絡はつきましたか？」

車に戻ると運転手が訊いてきた。

「いいえ……。でも一乗寺まで行って下さい」

タクシーは白川通りにむかって左折し、しばらく走って一乗寺下り松町で停車した。

「どないしはります。この雨ですから、小谷町まで入ってみましょうか。詩仙堂のそばまで行ったら電話もあると思います」

「ではそうして下さい」

タクシーは詩仙堂の手前で停った。

玲奈は運転手に礼を言い、タクシーを降りた。少し戻った所にちいさな喫茶店の看板が見えた。玲奈はその店へ入った。

窓際《まどぎわ》のテーブルに座り、紅茶を注文した。

客は玲奈一人だった。店の公衆電話から片岡に連絡したが、呼び出し音がむなしく返ってくるだけだった。

——何か用事ができて、片岡さんも野嶋さんも出かけたのだろうか。

玲奈はその店で一時間ほど待った。三度電話を掛けてみたが、応答はなかった。

そんな玲奈の様子を店の女性がカウンターの奥から見ていた。

「すみません。長い時間居てしまって」

玲奈は店の女性に詫《わ》びた。

「いいのよ。ゆっくりして下さい」

女性がやさしい笑みを浮かべて言った。玲奈は椅子《いす》から立ち上ってカウンターに行った。

「あの……、恐れ入りますが、小谷町の××番地というのは、この近くでしょうか？」

「××番地……。何というお宅かしら？」

「……それが、名前がわからないんです」

玲奈が気まずそうに言うと、女性は番地をもう一度訊き返し、棚の上から、地図帳を取り出して調べてくれた。

「××番地というと、Oさんのお屋敷になるわね。たしか有名な作家の方の別宅だと思うわ」

作家という言葉に玲奈は身を乗り出した。

「今、そのお屋敷にどなたか住んでいらっしゃいますか？」

「たしか二ヵ月くらい前から、男の人が出入りしてはるみたいやけど……」

「その方はどんな人ですか？」

玲奈は思わず大きな声で訊いた。店の女性は驚いたように玲奈を見返した。

「うしろ姿をちらっと見ただけで、よくわからないけど、四十歳前後の背が高くて痩《や》せた人だったわ」

――野嶋さんだ。

玲奈は、女性が見た男性は野嶋に違いないと思った。

「そのお屋敷は近いんでしょうか？」

「ええ、ここを出て、ひとつ目の角を左折して、坂を少し登って行くと竹藪《たけやぶ》があるの。その竹藪の間がお屋敷の入り口になってるわ」

野嶋郷一は離れに戻って、しばらく机の前に座っていたが、原稿は少しも捗《はかど》らなかった。

ぼんやりと表から聞こえる雨音を聞いているうちに、彼は畳に座り込んだままうたた寝をしてしまった。

魘《うな》されて目を覚ました。ひどく寝汗を掻《か》いていた。野嶋は今しがたまで見ていた夢のことを思い返した。

それはバルセロナに居た時の夢だった。

野嶋は白い砂浜に腰を下ろして、青い地中海の水平線を眺めていた。視界には、波打ち際で小犬と遊んでいる麻里子が映っていた。

まだ若かった麻里子が、笑い声を上げながら小犬とじゃれ合っている。麻里子は砂浜に座る野嶋を振り返ると、大声で何かを言い、手招きした。野嶋も手を上げて、笑い返した。麻里子が口に手を添えて、大声で叫んでいる。しかし、その声は野嶋に届かない。野嶋は耳に手を当てて、麻里子に、何を言ってるんだ、と聞き返す仕種《しぐさ》をした。麻里子の表情が少しずつ青ざめて行く。それに気付いて、野嶋が浜を見回すと、そこには海は失《う》せていて、いつの間にか風の吹きすさぶ礫《こいし》と灌木《かんぼく》の曠野《こうや》がひろがっていた。左方から黒衣を纏《まと》った人の行列が、麻里子にむかって近づいて来る。野嶋は思わず立ち上り、不気味な行列が近づいて来ていることを麻里子に告げた。しかし、野嶋の声が届かないのか、それとも麻里子が恐怖に震えて足が竦《すく》んでしまっているのか、彼女はその場に立ちつくしている。野嶋は麻里子にむかって駆け出した。だが足元の礫が砂のように崩れ出し、前へ進むどころか、足を誰かに摑《つか》まれたように麻里子から引き離されて行く。黒衣の群れが麻里子に交差すると、麻里子の白い影は絶叫とともに黒く染って失せた。……

その叫び声で野嶋は目を覚ました。

麻里子が死んでから、何度となく見た夢だった。黒衣の行列は、それ以前、野嶋が少年の時から夢に出てくる者たちだった。

最初に彼らが現われたのは、冬の能登の海であった。一晩中、絶えることのない北西の風の音を聞きながら眠っていた少年の夢の中に、彼らは現われた。海の上を一列に並んで、一家の住む岬へむかって進んで来る。或《あ》る時は母を、或る時は姉を、彼らは連れ去って行った。

その黒い群れは、幼い頃の恐怖の象徴だったのかもしれない。皆一様に足元まで届く長い黒衣を纏い、頭巾《ずきん》を目深《まぶか》に被《かぶ》っていた。杖《つえ》を手にした者もいれば、両手に袋を抱いた者もいた。母も、姉も、黒衣の群れに包まれた途端、白い影が闇《やみ》に染まるように姿を消した。

夜半、恐怖で叫び声を上げて目覚めることもあった。その恐怖が消えたのは、姉と二人で東京に暮らすようになり、心底神に祈ることを覚えてからだった。

しかし、無惨《むざん》な姉の自殺の半年後に、彼等はまた夢の中に現われるようになった。

だが、野嶋は恐怖に怯《おび》えた少年の時と違って、彼らに立ちむかった。群れの中に飛び込み、一人一人の頭巾を剝《は》がし、首を絞め上げ、殴りかかった。だが、いくら戦っても、野嶋の手の中に相手を打ちのめした感触は残らなかった。酒に溺《おぼ》れ、荒廃した暮しをくり返すうちに、野嶋は夢さえ見ることがなくなり、彼等のこともすっかり忘れていた。

それが、あの吹雪の夜から、時折、夢を見て魘されている自分に気付いた。

——どうしたというんだ……。

野嶋は部屋の壁を睨《にら》んで呟《つぶや》いた。

表ではまだ雨音が続いている。

野嶋は肌にべっとりと下着が張りついているのに気付いて、風呂《ふろ》で汗を流そうと、よろよろと立ち上がった。

木戸を開いて、表へ出た。

すでに夕暮れなのか、低く垂れ込めた雨雲のせいか、庭先は薄暗かった。

傘を差さずに母屋《おもや》へ続く石段を下った。野嶋はそのまま濡《ぬ》れ縁から母屋へ上がろうとして、立ち止まった。

竹林から続く玄関の脇《わき》に、白い影が揺れているのが見えた。

――まだ夢の続きを見ているのか？

野嶋は呟いて、目を瞬《まばた》いた。

白い影がじっとこちらを見ているような気がした。かすかに影が揺れている。揺れているのは傘だった。それは幻ではなく、傘を差した人が立っていたのだ。

彼は一、二歩前へ進んで、目を凝らした。

「すみません……」

雨音の中に声がした。女の声だった。

「すみません。突然にお邪魔して……」

野嶋は顔にかかる雨垂れを手で拭《ぬぐ》って、威嚇《いかく》するように声を出した。

「誰だ、何の用だ？」

野嶋の声に驚いたのか、相手は足元をよろけさせて後ずさった。

野嶋は女に近づいた。そして女の顔を見て目を見張った。

傘を両手で握りしめて、野嶋を見つめている女の瞳《ひとみ》は、あの女と瓜《うり》ふたつではないか……。

——ど、どうして、あの女がここに居るんだ？

野嶋はもう一度、手で顔を拭った。

相手は何かに怯えているかのように身動《みじろ》ぎもしない。しかし、大きな瞳は瞬きもせずに野嶋を見つめている。

——これは夢なのか？

野嶋が呟いた時、震えるような声が返ってきた。

「突然、お邪魔をして申し訳ありません。片岡さんから、野嶋さんがここにいらっしゃるとうかがって訪ねて参りました」

女の声は震えていた。

——片岡から聞いて？

野嶋には女の言っていることが、何のことかさっぱりわからなかった。

「お前は、……君は、誰だ？」

野嶋は苛立《いらだ》たし気に言った。

「牧野玲奈と申します。お逢《あ》いするのは今日で四度目です」

——この女はいったい何を言ってるんだ。

「俺は君と逢った覚えはない……」

野嶋は、そう言ってから、相手の瞳をもう一度見直し、

――やはりあの女だ……。

思わず声を出しそうになった。

「私はあなたのことをはっきりと覚えています。六年前にモンセラットの山の中で、あなたに助けていただきました。その次は去年の聖夜に金沢で、バルセロナの〝エスコラニア〟のミサ・コンサートの会場でお逢いしました」

女は一気に話し出した。

見ると、傘を持つ手が震えている。足元も雨でかなり濡れている。雨の中に立っている野嶋も同様だった。

「ちょっと待て。こんなところで話していてもしょうがない。ともかく家に入れ」

野嶋は女に言いながら、自分がうろたえているのを相手に気付かれぬよう、玄関に歩き出した。

彼は玄関の戸を開けると、女の方をちらりと振りむき、家に入るようにうながして、先に母屋へ上って行った。それから風呂場へ行くと、乾いたタオルを取って玄関に引き返した。

女は玄関に立っていた。

「そんなところにいないで上れ。そんなことをしていると風邪を引くぞ」

野嶋は無愛想に言って、女にタオルを差し出した。

白い手が伸びて、タオルを受け取った。女は、ありがとうございます、とちいさな声で言った。

「ともかく上りなさい」

野嶋の声に女は頷《うなず》いて、衣服をタオルで拭った。雨に濡れたまま玄関先に立っていたせいか、女の顔は青ざめている。

「そこでは身体《からだ》が冷えるばかりだろう。風呂場へ案内するから、そこで身体を拭《ふ》きなさい」

「いいえ、もう大丈夫です」

そう言ったものの、女の唇からは血の気が引いていた。身体も小刻みに震えている。

野嶋は女の態度がもどかしくなって、強い口調で言った。

「いいから言われたとおりにしろ。ここで倒れられたら、俺が迷惑する。さあ……」

野嶋の言葉に女は黙って靴を脱ぎ、家に上ると、野嶋の後について風呂場へ行き、詫びを言いながら中へ入った。

「俺は玄関の奥の部屋にいるから……」

野嶋はドア越しに女に声を掛けて立ち去った。

居間に入り、ソファーに腰を下ろしたが、女が突然現われたことに野嶋は戸惑っていた。

女は先刻、野嶋にモンセラットで逢ったと言っていた。それも山の中で助けられた、と……。

しかし野嶋が助けたのは少女であった。衣服を拭っていた女は、若いとは言え、成熟した大人の身体をしていた。六年の歳月が過ぎたと言っても、あの少女が、あれほど成熟するものなのだろうか。去年の冬に金沢のミサ・コンサートで再会したとも言っていたが、あの会場で声を掛けて来た女が彼女なのだろうか。あの時は暗がりの中で、相手の顔もよく見分けがつかなかった……。

――いったいどういうつもりで、あの女はここにやって来たんだ？

その時、居間で電話が鳴った。

この家に電話をしてくるのは、片岡か由利江しかいなかった。放っておこう、と思ったが、奥の女が片岡の名前を口にしたことを思い出し、彼は受話器を取った。

「どうも片岡です。先ほど鎌倉に着きました。どうやら上手《うま》く行きそうです……」

「そんなことより片岡、ここで女と逢う約束をしていたのか？」

片岡は野嶋の言葉に一瞬、沈黙し、思い出したように明るい声で話し出した。

「いや、そちらへ直接来ましたか？　その女《ひと》、野嶋さんの小説のファンらしいんですよ……。しかし、それは申し訳ありませんでした。私もばたばたしてしまって、すっかりその女のことを忘れていました。野嶋さんは、今、小説の執筆中で逢う時間はないと本人には伝えておいたんですが、まさか、そこにいきなり顔を出すなんて、たいした度胸だな。追い返してください。彼女、今、どこにいるんですか？　私が話しましょうか……」

「いや、もういいんだ……」

「あっ、引き返したんですね。それはそうだ……。ところで野嶋さん、O先生の葬儀の件ですが、今の予定だと……」

野嶋は片岡が話している途中で電話を切った。

――俺の小説を読んだのか……。

野嶋は胸の奥で呟きながら、二十数年前に自分に集って来た女たちのことを思い出した。誘蛾灯《ゆうがとう》に集まる蝶《ちょう》のように、彼女たちは独特の匂《にお》いを発散させながら野嶋に引き寄せられて行った。

佐伯麻里子もその一人だった。

野嶋は今しがたまで、あの女に抱いていた戸惑いが失せ、うろたえていた己を自嘲《じちよう》した。

クッ、ククク、と笑いがこみあげてきた。

その時、廊下から足音がして、女が部屋にむかってくる気配がした。開け放った障子戸から、濡《ぬ》れた髪を右手でおさえるようにして女がうつむき加減にあらわれた。

視線を落した女の顔をちらりと見た途端、野嶋の胸にまた妙な動揺が起こった。

「ご迷惑をかけて申し訳ありませんでした」

女は消え入りそうな声で言って、顔を上げた。

大きな瞳が野嶋を真《ま》っ直《す》ぐに見つめている。その視線を見て、野嶋はうろたえた。

――何なんだ、この女の視線は……。

野嶋は動揺を隠すようにぶっきら棒に言った。

「そんなところに突っ立ってないで、こっちに入って来い」

「はい」

女はちいさく頷いて、野嶋の正面のソファーに腰を下ろした。

あわてて雨に濡れた衣服を拭ったのか、女の上半身に濡れた衣服が密着し、胸のふくらみをあらわにしていた。それでも、先刻まで血色を失っていた女の白い肌は、赤みをおびて艶《つや》やかに光っている。

「俺と最後に、どこで逢ったって？」

野嶋の言葉に、女ははっきりと答えた。

「今年の三月に、浅野川の〝中の橋〟の上で、お逢いしました……」

――〝中の橋〟の上で？　この女は何を言ってるんだ？

野嶋の記憶にある〝中の橋〟の上で出逢った女は、玲奈のように若い女ではなかった。

彼は以前、自分の子供を妊娠したというファンの女性があらわれ、騒動になったことを思い出した。

野嶋は、相手の情緒が不安定なのかと見つめ返したが、野嶋を見つめる女の目に、そんな兆候はなかった。むしろ女は聡明《そうめい》に思えた。

「それは三月のいつ頃だ？」

野嶋が訊《き》くと、女は意外な言葉を耳にしたような表情をした。

「三月一日の夕刻です。ひどい吹雪の日でした。あなたはひどい怪我《けが》をなさって、主計町《かずえまち》を駆け抜けられ、〝中の橋〟の上で蹲《うずくま》っていらっしゃいました。私はあなたを偶然見かけて、橋の上へ行きました」

野嶋は女の説明に目を瞬かせた。

——あの時の……、そうか、あの時の女だったのか。

野嶋は、あの夕暮れの記憶を朧《おぼろ》に思い出した。ソファーの肘掛《ひじか》けに置いた野嶋の右手の指が動いた。

——この手に残っている女の胸の感触は、この女のものだったのか……。

「そうだったのか……。君が俺を病院へ運んでくれたのか？」

女がゆっくりと頷いてから言った。

「私一人ではありません。宮村さんという方と二人で病院にお連れしました」

野嶋は、その男のことは憶《おぼ》えていなかった。

「それは礼も言わずに悪かった。その節は世話になったな」

野嶋が頭を下げると、女ははにかんだように大きな瞳を瞬き、首を横に振った。

「いいえ。お礼を申し上げなくてはならないのは、私の方です。あなたのお蔭《かげ》で、私はこうしてここにいられるのですから……、私は……」

女の口調が、先刻の玄関先の時と同様に興奮して聞こえた。野嶋は何事かを話そうとする女の言葉を遮った。

「君、名前は何と言った？」

「牧野玲奈です」

「歳はいくつだ？」

「十八歳です」

玲奈は野嶋の目を見つめたまま言った。

――十八歳？　この女は、そんなに若いのか。まだほんの小娘じゃないか……。

こんなに歳《とし》の若い女に対してうろたえたことに野嶋は腹が立った。

「それで何の用でここに来たんだ？」

「ですから、モンセラットでのお礼を申し上げに来ました」

「何の礼だ？」

「あなたがモンセラットの山径《やまみち》で私を助けてくださったお礼です。本当に、あの時はありがとうございました」

深々と頭を下げようとしている玲奈を制するように、野嶋は言った。

「待て。君はさっきから何の話をしてるんだ。俺はたしかにバルセロナに居たことはあるが、モンセラットなどに行ったことはないし、君を助けたことはない。おかしな話をするんじゃない」

その言葉に玲奈は目を見開いて、野嶋の顔を見つめ直した。

「君は俺のことを誰かと間違えているんだ。変な言いがかりをつけるな」

「言いがかりなんかではありません。あなたは六年前の夏、あの山径から墜《お》ちた私を、たしかに助けて下さいました。あなたが私を抱き上げて下さったのを、私はしっかりと覚えています」

野嶋が呆《あき》れたように首を横に振ると、玲奈はソファーから身を乗り出して話し続けた。

「私はあなたにお礼が言いたくて、この六年間、あなたに逢えるようにとずっと祈って来ました。それが去年の聖夜にやっとあなたとめぐり逢えたんです。神さまは、私の願いを聞いて下さったのです」

神という言葉を耳にして、野嶋の顔色が変わった。

「あの夜から、私はずっと金沢の街を探し続けました。そうして三月にやっと……」

執拗《しつよう》に話し続ける玲奈の声は、野嶋の耳に届いていなかった。

「黙れ、黙るんだ。つまらない話をぐだぐだとするんじゃない。その山でおまえに何があったかは知らないが、仮に俺がおまえをそこで助けていたとしても、おまえも俺を〝中の橋〟で助けたのだから、それでお互いさまだ。俺には、これ以上、おまえの話を聞く気はない。とっとと失《う》せろ」

野嶋はそう言って立ち上った。

「私の話に気を悪くなさったのなら謝ります。ごめんなさい。私はただあなたに逢うことだけを望んでいました。そのことを神さまに祈り続けて来ました」

玲奈もソファーから立ち上って言った。

「黙れ。俺の前で、神という言葉を口にするな。二度と、その言葉を口にしたら許さないぞ。すぐにここを出て行くんだ」

「ごめんなさい。私はただお礼を言いたかっただけなのです。お仕事の邪魔をした上、あなたを怒らせてしまって……」

玲奈の目から大粒の涙が溢《あふ》れ出した。

「本当にすみませんでした……」

まだ何かを言いたげな玲奈から目を逸《そ》らして、野嶋は離れへむかう廊下側の障子戸を開けた。激しい雨音が濡《ぬ》れ縁の方角から聞こえて来た。濡れた女性の瞳《ひとみ》が雨に煙る廊下のむこうに浮かんだ。背後で女の足音がした。

「待て」

野嶋は玲奈に呼びかけた。

野嶋は、どうして相手を呼び止めたのか、自分でもわからなかった。

野嶋は玲奈を振り返って訊いた。

「おまえは俺に、ただ礼を言いに来ただけなのか？」

野嶋の言葉に玲奈は首を激しく横に振った。

「なら何をしに、ここへ来たんだ……」

玲奈は肩を震わせたまま、その場に立ちつくしていた。

野嶋はゆっくりと玲奈に近づいて行った。……


雨音だけが響いていた。

外はすでに陽が落ちて、濡れ縁から届いていた光は失せ、居間の隣りにある書院の間は薄闇《うすやみ》の中に沈んでいた。

かすかに居間の灯りが鴨居《かもい》の上の欄間《らんま》から零《こぼ》れ、透彫《すかしぼり》の四海波《しかいなみ》の紋様が襖《ふすま》に映っている。

その灯りが、野嶋の腕の中で目を閉じている玲奈の左頬を仄白《ほのじろ》く浮かび上らせていた。

強引に書院に連れ込み、剝《は》ぎ取った衣服の下に隠れていた玲奈の裸身は、薄闇の中でさえたしかにわかるほど、ゆたかであった。指先に触れた乳房のふくらみも、下腹部から腰骨のあたりの肌の弾力も、成熟した女のそれに、引けを取るものではなかった。

震える手を奪うように引き寄せ、書院に突き放した時も、衣服を乱暴に剥ぎ取ってからも、玲奈は抗《あらが》う素振りを見せなかった。

そのことが、今、こうして無抵抗で野嶋の身体の下に横たわる玲奈の肉体に、それ以上、彼を踏み込ませるのを躊躇《ためら》わせていた。

――俺は何を躊躇っているんだ？　この若い女が見せた純粋さにか？

そうではない。どんなに清楚《せいそ》に見える女でも、肌の下には醜い欲望が隠れているはずだ。

――この女の、これほど成熟した肉体は、すでに男を知っているのか？

それがどうしたというのだ。処女であろうが、なかろうが、この女は俺にそうされることを望んでいるんだ。その証拠に、女は先刻からひどく落着いていた。もし処女であるなら、たとえ性の欲求があったとしても、これほど冷静に俺がすることを待ち受けてはいないはずだ。

女の息遣いさえ伝わって来なかった。むしろ野嶋は自分の荒い息遣いをおさえているほどだった。

野嶋は、それがいまいましく思えた。

野嶋は女が隠しているはずの動揺をたしかめようと、玲奈の胸に手を置こうとして、玲奈が胸の上に置いていた手に触れた。

「その手をどけろ」

野嶋は低い声で言った。

「灯《つ》りを点けて下さい」

玲奈がはっきりとした声で要求した。

「明るい方が感じるとでも言うのか」

野嶋は、薄闇の中に仄かに浮かんだ玲奈の顔を見つめて訊いた。

「わかりません。でもあなたの顔を見ていたいんです。もう少しだけでいいですから、灯りを下さい」

野嶋は立ち上り、書院の庭側の障子戸を開け、濡れ縁の灯りを点けた。

激しく降りしきる雨が屏風絵《びょうぶえ》のように浮かび上った。

野嶋は、雨に煙った庭園の美しさに思わず目を止めた。

——このさびれた庭が、こんなに美しいとは思わなかった……。

野嶋は足元が雨の跳ねで濡れるのもかまわず、濡れ縁に立ちつくしていた。それから彼はゆっくりと玲奈の方を振りむいた。書院の中央に横たわる玲奈の裸身が、宙に浮かんでいるかのように輝いていた。

玲奈は野嶋を見上げている。野嶋も玲奈の顔を見下ろした。野嶋は背後の雨が映り込んだ玲奈の大きな瞳の中に彼女の強い意志があらわれているように思えた。

野嶋はもう躊躇うことなく、玲奈へ近づいて行った。その時、雷鳴が地を轟《とどろ》かし、稲妻の閃光《せんこう》が二人の身体《からだ》を浮かび上らせた。

玲奈は白くかがやく野嶋の身体を見上げていた。

それはモンセラットの山で、初めて野嶋の白い影を見た光景と何もかもが同じように思えた。

それは、この六年の間、何度となく夢に見た光景であった。

ゆっくりと野嶋が近寄って来る。背後の光に野嶋の肉体の輪郭だけが浮かび上っている。やがて、そのやさしい瞳が自分を見つめ、手を差しのべて来る……。

玲奈は両手を静かに上げた。その手を野嶋が摑《つか》んだ。引き寄せようとする野嶋の手を、玲奈は強くたぐり寄せた。熱い吐息が頬にかかったかと思うと、肩に、さらに熱い感触が触れた。抱きかかえられた上半身に衝撃が走った。重心を失いそうになる感触に、玲奈は野嶋にしがみついた。左の乳房を歪《ゆが》むほど摑まれ、玲奈は上半身を反り返した。突き上げた顎《あご》に野嶋が唇を滑らせた。野嶋の吐息とも汗ともつかぬものが胸元から下腹部に伝って行く。

玲奈は思わず、短い声を発した。その声が耳の中に響き、庭先の石や草を濡らす雨音と重なった。雨音のむこうに誰かの声が聞こえたように思えた。

身体はすでに野嶋に導かれて、ゆっくりと揺れている。まだ野嶋のすべてを受け入れているのかどうか、玲奈には定かではなかった。

——あの声は……。

玲奈は、雨音のむこうからかすかに聞こえて来る音の正体をさぐろうとした。

讃美歌《さんびか》であった。

『四月の朝露のごとく』の一節が、たしかに耳に届いていた。少しずつ昂《たか》まる歌声は、〝エスコラニア〟の少年たちの声だった。

けがれなき乙女は　王の中の王の
母となれり　その御子《みこ》は

草におりる　四月の朝露のごとく
静かにそっとやって来る
その御子は　花におりる
四月の朝露のごとく

少年たちの歌声が一段と昂まり、美しいハーモニーが絶頂に達しようとした時、その美声を聞いていた玲奈の身体に激しい衝撃が走り抜けた。その瞬間、玲奈は己の肉体が何かを受け止めたのを感じた。それは重みのあるものではなく、光の色彩の中に自らが溶け込んで行くような感覚であった。

玲奈は目を開いた。そこにいるはずの野嶋は、白い影となって揺れていた。その影のむこうに日輪に似た光の層が幾重にも舞っていた。今しがたまで耳の底に響いていた歌声は失せ、静寂の中に色彩が溢れ出している。赤や青や、銀や金色の溢れ出た色彩が、光の粒となって降り注いで来た。

満ち足りた感覚の中で、玲奈は思わず歓喜の声を上げた。その声を聞きながら、玲奈は意識が少しずつ遠のいていくのを感じた。……

目を覚ました時、玲奈の視界には揺れる光の帯が映っていた。

それは書院の天井の灯りだった。

胸元に手をやると、やわらかな感触がした。

野嶋が掛けてくれたのか、いつの間にか毛布にくるまれていた。雨音がかすかに聞こえる。音のする方に目をやると、開け放ってあった庭に続く障子戸は閉じられ、ひんやりとした風がどこからともなく吹き込んでいた。

背後から足音がして、障子戸が開いた。

「湯が溜《た》めてある。冷めないうちに入れ」

野嶋の声がした。

玲奈は毛布で胸を抱くようにして起き上り、部屋の隅にあった衣服をたぐり寄せた。

「湯屋に浴衣《ゆかた》がある。毛布にくるまって行け」

玲奈は一瞬、思いあぐねてから、毛布にくるまったまま立ち上った。


玲奈の足音が湯屋の方へ遠ざかった。

野嶋は居間のソファーから立ち上り、濡れ縁にむかった。

書院に入り、部屋の灯りを点け、障子戸を開けようとして、野嶋は立ち止まった。

部屋の中央の畳の上に染《し》みがあった。

野嶋は、それが血の跡であり、何を意味しているのかをすぐに悟った。障子戸を開けた。雨は小降りになっていた。濡れ縁の灯りに庭の草木が光っている。

——処女だったのか……。

野嶋は畳についた血痕《けっこん》を思い浮かべて呟《つぶや》いた。

——しかし、あれが初めて男を受け入れた女の反応だろうか。

野嶋は先刻の交情を思い返した。

——あなたの顔を見ていたいんです。もう少しだけでいいですから、灯りを下さい。

そう言って、闇の中で抱かれることを拒んでいる女の声には、怯《おび》えの翳《かげ》さえもなかった。

濡れ縁の灯りを点け、部屋に引き返した時、女は裸身を隠すことなく横たわり、野嶋を真《ま》っ直《す》ぐに見上げていた。そして野嶋にむかって両手を差し出して来た。初めこそ身体を固くして、ぎこちなさそうな動きをしていたが、野嶋が乳房を鷲掴《わしづか》みにし、上半身を引き寄せると、短い声を発した。それからの女の反応は成熟した女の、それとかわりなかった。いや、むしろ、野嶋の肉体を受け入れてからの女には、野嶋を包み込もうとする強靭《きょうじん》なものさえ感じ取ることができた。

その上、他の女の身体からは感じたことのない奇妙な感覚が、野嶋の身体に今も残っている。その感覚をどう説明してよいのかわからないが、これまで野嶋が交情した女たちには、忘我の境で快楽の中に浸っている瞬間が少なからずあった。自尊心や羞《しゅう》恥《ち》心《しん》をかなぐり捨て、快楽に浸っているのを見て、野嶋は女たちを蔑《さげす》んだ。さらに、女たちの本能を剝《む》き出させることに快楽を感じていた。

その感覚がこの女に対しては起こらなかった。たしかに玲奈は野嶋の肉体に反応しているが、野嶋が女を征しようとしてさらに快楽を貪《むさぼ》り取ろうとしても、逆に女の肉体に包み込まれてしまうのだった。

交情の最中に、女の表情を窺《うかが》うと、女の瞳は野嶋をじっと見つめていた。しかし、その瞳は冷静なものではなく、喜悦の表情に満ちていた。気が付いた時には、野嶋は女に抱擁され、果てていた。

荒い息をしながら、一瞬かいま見た女の表情には微笑が浮かんでいた。

その直後、野嶋は後頭部と背中に熱いものを感じた。それは野嶋の背と頭に置かれた女の手のぬくもりであった。そのやわらかい指先が背と頭を撫《な》でている。その仕種《しぐさ》に野嶋は嫌悪《けんお》を感じなかった。

野嶋が身体を起こそうとすると、女の口から声とも吐息ともつかぬものが零《こぼ》れ、ちいさく唇を震わせて、女は意識を失った。

──あれが処女なものか……。

そう呟いてから野嶋は、これまで相手をしてきた女が処女であろうがなかろうが、かまわなかった自分が、十八歳の小娘との交情に戸惑っているのに気付いて、舌打ちをした。

野嶋は煙草《たばこ》を取り出し口に銜《くわ》えて、どこか落着かない己の感情に冷静さを取り戻そうとした。

──たしかレイナと言っていたな……。

野嶋は女の顔を思い浮かべた。

バルセロナのモンセラットの山で助けた少女が、あの女だとしたら、女は野嶋の疫《やく》病神《びょうがみ》である。

あの時、現場に引き返してさえいなかったら、服役することもなかったし、小説を受け入れてくれようとしていた何人かの編集者たちから嘲笑《ちょうしょう》されることもなかった。

どうして引き返したのか、野嶋自身、今も理由《わけ》がわからない。

野嶋が女に対してモンセラットの山での出来事を認めなかったのは、元々、あの小《こ》径《みち》で少女を崖《がけ》に落したのが、自分の運転のせいであることを隠したかったからだった。

「雨は止《や》んだのですね」

突然、背後で声がして、野嶋は思わず振り返った。

女は書院の障子戸のそばに座っていた。

女が背後に来たことさえ、野嶋は気付かなかった。

野嶋は平静を装《よそお》って言った。

「レイナというのはどんな字を書く？」

女は名前を説明し、自分の生まれた日が聖女レイナの祝祭の日であったことから、バルセロナで亡《な》くなった母親がそう命名したと告げた。

「おまえはクリスチャンか？」

「はい」

返答した玲奈の声は凜《りん》とした響きを持っていた。

「クリスチャンのおまえが、どうして俺の小説を読んだんだ」

野嶋は視線を庭先に戻して訊《き》いた。

「あなたのことを知りたかったからです」

「それだけの理由か……」

口元に薄笑いを浮かべて野嶋が言った。

「最初はそうでしたが、読んで行くうちに、イエスさまについてそれまで思ったこともないことを、深く考えることができました」

「いい加減なことを言うな」

「いい加減ではありません。野嶋さんは私なんかより、真剣に神さまのことを考えていらっしゃいます」

「俺は神など信じない」

野嶋は険しい声で言った。その勢いに臆《おく》したのか、背後から言葉は返って来なかった。

「神は所詮《しょせん》、人間がこしらえたものだ。何が全智全能《ぜんち》だ。神がいったい人間に何を与えてくれたというのだ。おまえは本気で神が存在していると思っているのか」

野嶋は言って、玲奈を振り返った。

玲奈は野嶋の目を真っ直ぐに見つめて応《こた》えた。

「あなたの中に神さまはいらっしゃいます。私にはわかります」

「つまらぬことを口にするな」

野嶋は煙草を投げつけた。

火の点《つ》いた煙草が濡れ縁に転がった。

玲奈が煙草を拾おうと手を伸ばした。野嶋は、その白い手を素早く取って、身体を引き寄せて言った。

「俺が、おまえにこうすることも神が決めたとでも言うのか？」

野嶋の腕の中で、玲奈ははっきりと頷《うなず》いた。

その仕種を見て、野嶋の目に怒りが浮かび上った。

野嶋は玲奈を書院の方へ押し倒し、胸のボタンを引き千切《ちぎ》った。

金沢、高尾の家の、一階のリビングで、牧野篤司はまんじりともせずに、玲奈の帰りを待っていた。

篤司は壁の時計を見た。時計の針はすでに深夜の三時を過ぎている。彼はソファーの前のテーブルに置いたメモに目を遣《や》った。

お父さまへ

友だちと京都へ行ってきます。夕刻までには戻ります。

玲奈

昨日の午後、義姉《あね》の文子から、彼女が同窓会で上京していることを知り、一人っきりになっている玲奈を篤司はひどく心配した。夜になって、新橋の料亭から電話を入れた時、明るい声で出た玲奈の様子に安堵《あんど》し、食事の約束をした。

彼は一番町のマンションを出る前に玲奈に電話を入れたが、応答がなかった。

――どこかへ出かけたのだろうか……。

と不安になったが、予約しておいた午後の便に乗って、高尾の自宅には夕方の四時に戻った。

玲奈は家にいなかった。そのかわりにリビングのテーブルにメモが残してあった。

――京都に何をしに出かけたのだろうか。昨日のうちに京都へ出かけることがわかっていたのなら、昨夜の電話で教えてくれたはずだが。

――何か急な用事でもできたのだろうか。友だちと記してあるが、誰なんだ。

篤司は妙な胸騒ぎを感じた。

夕刻六時を過ぎても玲奈からは何の連絡もなかった。

一番町のマンションの書斎に置いてきた、色褪《いろあ》せた表紙の本が頭の隅を横切った。

それと同時に、図書館で調べてコピーをした野嶋郷一の醜聞記事の中の、若い作家のふてぶてしい顔が浮かんだ。

その記事には、二十数年前に、四谷の教会と修道院寄宿舎で起った放火殺人事件に野嶋が関っているのではないか、と書かれてあった。

――あの男は作家などではなく、犯罪者ではないのか。

どうして玲奈が、そんな男と関り合いを持ったのかが篤司にはわからなかった。性質《たち》のよくない友だちから紹介されたのだろうか。それにしても野嶋はもう四十歳を過ぎているはずだ。そんな歳上《としうえ》の男と玲奈が交際しているとは思えなかった。

夜の九時を過ぎて、電話が鳴った。

篤司は急いで受話器を取った。電話は文子からだった。

「あらっ、篤司さん。どうしているかなと思って電話を入れたの。玲奈さんは？」

篤司は文子に、玲奈が京都に出かけるというメモを残したまま、まだ帰宅していないことを腹立たしげに告げた。

篤司の話を聞いても文子は明るい声で、もうじき帰って来ますよ、と笑って言った。

「……もう玲奈さんは子供じゃないんですから」

文子の最後の言葉に、篤司は余計に腹が立ち、電話を乱暴に切った。

夜の十一時を過ぎて、篤司は玲奈の身に何かが起ったのではないか、と考えはじめた。

零時になる直前に電話が鳴った。

玲奈からだった。

「連絡できずにすみませんでした」

「今、どこにいるんだ」

「……これから電車に乗って金沢に戻ります。食事の約束を守れずにごめんなさい」

「そんなことはいいから、どこにいるのかを言いなさい」

篤司は大声で怒鳴った。

「……ごめんなさい。一刻も早く帰りますから……」

そう言って、電話は切れた。

篤司は自分が怒鳴り声を上げたことを悔んだが、ともかく玲奈を待って、今夜こそ事情を聞きだすべきだと思った。

時計の針がもうすぐ午前四時になろうとしている時、玄関の扉が開く音がした。

篤司は立ち上り、玄関に駆け出した。

傘を手に、髪をうしろで束ねた玲奈が立っていた。

「遅くなってすみませんでした。心配をかけてしまって……」

玲奈は言って、うつむいたまま玄関に立ちつくしていた。

「いいから上りなさい」

玲奈はちいさく頷いた。

「お話をする前に着替えてきていいですか？」

玲奈の言葉に、篤司は娘の洋服を見直した。胸元に置いた右手が何かを隠そうとしている。篤司は玲奈の右手を取った。胸元のボタンが失《う》せて、襟元が裂けている。

「どうしたんだ。それは？」

篤司は目を見開いて、玲奈の裂けた胸元を見直した。

「何でもありません。人混みで誰かとぶつかって破れてしまったんです」

「嘘《うそ》を言っては駄目だ。そんなことで洋服が破れはしない」

篤司は玲奈の洋服を見回した。

綺麗《きれい》好きの娘の洋服が皺《しわ》だらけになっている。

「何があったんだ。正直に答えなさい」

篤司は声を荒げた。

「京都で急に雨に降られて、ずぶ濡《ぬ》れになってしまったんです」

「そんな言い訳を、父さんが信じると思っているのか。あの男と一緒にいたんじゃないのか？　私にはわかっているんだ。野嶋郷一という男に逢《あ》っていたんだろう。あの男の正体を知っているのか。あの男は犯罪者なんだぞ」

篤司の言葉に玲奈が顔を上げた。

玲奈の目が篤司をじっと見返していた。それは篤司が初めて見る、娘の反抗の目だった。

「野嶋さんはそんな人ではありません。そんなひどい言い方をしないで下さい」

青く澄んだ空が、遥《はる》か彼方《かなた》に連なる地中海の水平線に重なり、六月の海は群青色《ぐんじょういろ》に染まっていた。

東へ向かう客船が白い波を蹴立《けた》てて、沖合いを進んで行く。無数の海鳥たちの群れが湾のあちこちを飛び交っている。遠くにいるはずの鳥たちの声が耳に届いているような気がする。

目を海岸から陸に移すと、カテドラルの塔、サグラダファミリアの塔、新市街に立ち並ぶビルと旧市街の公園の木々が、新緑にきらめいて、山までなだらかに緑の帯となって昇っている。

一羽の鴉《からす》が目の前のユーカリの木のむこうから、ふいに上空に舞った。

玲奈はまぶしそうに空を仰いで、鳥影を見つめていた。海からの風が長い髪を揺らして白いうなじに巻きついた。

——バルセロナに戻って来たのだわ……。

玲奈は呟《つぶや》いて、鳥の失《う》せた空から目を離し、眼下の市街を見回した。

——あの人に、このバルセロナの美しさを話してあげたい。

玲奈は手にした封筒を見つめた。

それは日本を出発する前に、野嶋から貰《もら》った手紙だった。

あの日から二度、玲奈は野嶋と逢った。

一度目は京都の一乗寺に野嶋を訪ね、もう一度は金沢に戻って来た野嶋と、玲奈は金沢のホテルで逢った。

明日、バルセロナへ行くと告げた玲奈に、野嶋は、この封筒を差し出した。

玲奈は、野嶋の手紙をスペインへむかう飛行機の中で何度も読み返した。


いい旅をして下さい。六月のバルセロナは、一年の中《うち》で海と緑が一番かがやく時です。私もモンジュイックの丘に立って、美しいバルセロナを見てみたい気がします。しばらくは一乗寺にいますから、連絡を下さい。帰国したら、ぜひ逢いましょう。待っています。

野嶋郷一

玲奈は野嶋と二人でバルセロナに来ることができたなら、どんなにしあわせかと思った。

〝ぜひ逢いましょう。待っています〟

野嶋が初めて気持ちを打ち明けてくれた手紙だった。二度目も三度目も、玲奈に面と向かってやさしい言葉をかけてはくれなかったが、玲奈には野嶋の胸の内が少しずつわかってきた気がした。

――これでもう充分……。

玲奈は繰り返し手紙を読んでそう思った。

「玲奈、何をさっきから嬉《うれ》しそうな顔をしているの？」

エリカが玲奈の顔を覗《のぞ》き込んだ。

「えっ、私が？　そんな顔をしてるかしら」

「何を言ってるのよ。さっきから何度も嬉しそうに笑ってるわ。それに、大事そうに手にしている封筒の中身は何なの？」

エリカが玲奈の手から封筒を取ろうとする。

玲奈は封筒を胸元に当てて、両手で隠すようにした。

「あっ、ラブレターでしょう？」

「違うわ。大事な人からの手紙なの」

「なら、そうじゃない。私に読んで聞かせてよ」

「駄目よ。これは私の大切な秘密だから。あなたは明日、花嫁になるのだから、もう充分でしょう」

　玲奈は言って、まぶしそうに海を見つめた。

　聖ヘマ教会の中央通路を祭壇へむかって歩く、純白のウェディングドレスに身を包んだエリカの姿は、まぶしいほど美しかった。

　玲奈は、幼い頃から姉妹のように過ごして来たエリカの幸せな表情を見ていて、胸に熱いものが込み上げてきた。その感激は、玲奈のかたわらでハンカチを鼻に当てて涙ぐんでいる、エリカの伯母のロッサーナも同じだった。

　エリカが新郎と二人で祭壇の前に並んだ。玲奈は神父の言葉を聞きながら、彼等の肩越しに見える正面の壁の上方にあるサンタ・ヘマの像を見上げた。

　バルセロナの海の方角から差し込む陽差しが、慈愛に満ちたヘマの顔をかがやかせ、祭壇の前の二人を祝福しているように映る。

この教会で、聖女へマに見つめられて、結婚式を挙げることがエリカの幼い頃からの夢だった。その夢がこうして叶《かな》って、エリカはどれほど喜んでいるだろうか。玲奈は彼女の純白のうしろ姿を眺めてそう思った。

昨日の午後、モンジュイックの丘で囁《ささや》いたエリカの言葉が思い出された。

「私の次は、玲奈、あなたの番よね。二人で約束したようにバルセロナへ素敵な伴侶《はんりょ》を連れて来てよね」

玲奈はただ笑ってエリカを見ていた。

「ねぇ、その手紙の人なんでしょう。その人と必ずバルセロナに戻って来てね。約束してね」

昔と同じように、エリカは玲奈の手を取り、まるで妹が姉にするように玲奈に約束させようとした。

「そうなるといいわね」

「そうなるとじゃ嫌だわ。私一人が幸せになるのは嫌よ。玲奈も幸せになってね」

玲奈は頷《うなず》きながら、

「そうね。その時はバルセロナに戻ってくるわ」

と笑って答えた。

玲奈は自分がエリカのように、周囲から祝福される結婚ができるとは思わなかった。しかし、それでもかまわなかった。野嶋郷一と結ばれたのだから、玲奈はそれ以上のことを望んではいなかった。どんなかたちであれ、野嶋と二人で生きて行くことができれば、それでよかった。

やがて、パイプオルガンの荘厳《そうごん》な調べが響き、祝祭の歌を出席者が合唱し、式は終った。

教会の外へ出ると、二人にむかって出席者たちが祝いの米を撒《ま》き、悦《よろこ》びの声を上げるエリカの頬に皆がかわるがわる祝福のキスを送った。

その後、玲奈はロッサーナの夫のホセ・ルイスが運転する車で、結婚披露宴のパーティーが行なわれるバルセロナの海岸のレストランにむかった。

「さあ、次は玲奈さんの番ですね。どんなに美しい花嫁姿になるでしょうね、あなた」

ロッサーナが運転席のホセに言った。ホセが嬉しそうに頷いた。

「そう言えばミゲェールの姿を見なかったけど、どうしたの？」

玲奈が二人に訊いた。

ミゲェールはホセ夫婦の一人息子で、玲奈より五歳年上の青年だった。生真面目《きまじめ》で正義感の強いミゲェールは、玲奈が少女の頃、近所の少年たちにからかわれたりしていると、彼等を叱《しか》って追い払ってくれた。エリカとも兄妹のように仲が良かった。

ミゲェールのことを尋ねられ、ロッサーナの表情が変わった。

「……可哀相《かわいそう》なミゲェール」

ロッサーナは涙ぐんだ。

「ミゲェールがどうしたの？」

「あの子は今、旅へ出ているんだ」

運転席のホセが低い声で答えた。

「どこへ？」

「サンティアゴ・デ・コンポステーラ」

ホセはそれだけ言って、自分に納得させるように大きく頷いた。玲奈がロッサーナを見ると、思い詰めたような顔で話し始めた。

「そう、あの子は今、神さまと話をしながら山径《やまみち》を歩いているの……」

玲奈にはミゲェールが旅に出た理由はわからなかったが、二人の様子から、それ以上のことを訊《き》かなかった。

「玲奈はいつまでスペインにいるの？」

ロッサーナが訊いた。

「あと一週間ほどいます。明日はモンセラットの修道院へ行こうと思っています。それに知り合いの修道女さまがイタリアから戻って来られて、パンプローナの近くにある修道院にいらっしゃるから、お訪ねしようと思っています」

「じゃ明日は、私たちと一緒にモンセラットへ行きましょう。そうしましょうね、ホセ」

ロッサーナの言葉にホセが頷いた。

その夜、玲奈はホセ夫婦と三人で、旧市街のゴシック地区に食事がてら散策へ出た。まだ空も明るい六月の週末の夜のせいか、九時を過ぎても、通りを歩く人の数は増え続けていた。

「もう何年前になりますかね……。玲奈さんの手を引いて、この辺りを散歩したときから」

ロッサーナが懐《なつ》かしそうに口を開いた。

身体《からだ》が弱かった母の要子にかわって、ロッサーナは幼い玲奈の手を引いて、バルセロナのいろんな通りを連れ歩いてくれた。

玲奈も少女の頃を思い浮かべていた。

ライエタナ通りのカタルーニャ音楽堂を過ぎ、アントニ・マウラ広場へ出た。大勢の人たちがカテドラル大通りの方から海へむかって歩いて行く。

サンタ・マリア・デル・マル教会へ続く径を三人は歩いた。

一軒のバルの前で、どうやらホセの飲み友達らしい二人の老人がホセに声を掛けて来た。彼等はロッサーナにも手を振っている。

「一杯やって来てもいいわよ。私たちは海まで歩いて来るから。アルヘンテリア通りの店で落ち合いましょう」

ロッサーナがホセに言った。

ホセは玲奈に、あとで逢《あ》おうと手を上げて、老人たちの立つバルへむかった。

やがて、サンタ・マリア・デル・マル教会の鐘楼が見えた。暮色の空に鐘楼の灯りがあざやかに浮かび上っていた。

二人は教会の聖堂に入り、マリア像に祈りを捧《ささ》げた。ロッサーナは長い時間祈りを続けていた。二人は教会を出て、広場のベンチに腰を下ろした。

ロッサーナは空を仰ぎ、星を見つめていた。

「玲奈、ミゲェールのことだけど……、あの子は去年の冬、いとしい恋人に先立たれてしまったの。サンタ・カテリーナの市場で出逢ったサンドゥラという名前の美しい娘さんだった。ガリシアの山村の出身で、よく働く娘だった。お互いに一目惚《ひとめぼ》れだったんだろうね。母親の私が見ていても羨《うらや》ましく思えるほど仲が良かったわ。早くに両親を亡《な》くした娘で、ホセと私を本当の親のように大切にしてくれていたわ。それが、去年の冬に、市場の中に暴走して来たトラックに轢《ひ》かれて、死んでしまったの。あんなやさしい子をどうしてマリアさまは呼んでしまわれたのか、今も私にはわからない……」

ロッサーナは星を見上げて話を続けた。

——可哀相なミゲエール……。

玲奈は胸の中で呟《つぶや》いた。

「ミゲエールは、それから、魂を奪われたようになってしまった。どんなに哀《かな》しかったことか……」

ロッサーナの頰に一筋の涙が伝っていった。

「ミゲエールは、彼女の死を自分のせいだと思い込んでいて、もう立ち上る気力もなくなっていたわ。事故に遭ったその日、二人は何か約束をしていたらしいの。死は、神父召されることで、誰かのせいなんかじゃない、と言い聞かせても駄目だったわ。神父さまにも話をしてもらったのだけど、ミゲェールの耳には他人《ひと》の言葉は入らなかったわ。そして春になった或《あ》る日、あの子は彼女の生まれ故郷を訪ねて来ると言い出したの。それも歩いてね」

「歩いてガリシアまでですか？」

「サンティアゴ・デ・コンポステーラまでの巡礼の道を歩くことをミゲェールは望んだの。私とホセは悩んだ末、あの子が巡礼の道程《みちのり》で神さまの声を聞いてくれることを願って、旅へ送り出したの」

玲奈も少女の時から、サンティアゴへの巡礼があることは学校や教会で教わり、よく知っていた。

キリストの使徒の一人、聖ヤコブの棺《ひつぎ》が眠るという北の地、サンティアゴ・デ・コンポステーラへ巡礼に出掛ける人が、バルセロナにも大勢いた。スペインに限らず全ヨーロッパから、聖ヤコブ信仰のカソリック信者たちが、千キロメートルにも及ぶ巡礼の旅をしていた。

「今頃はどこを旅しているのかしら……、巡礼の道には〝星の道〟と呼ばれる、美しい星の降り注ぐルートがあるらしいの。だから私は毎晩、星を仰いで、あの子の無事を祈っているのよ……」

玲奈も空を見上げた。

夜空に、暗い山径を一人で歩き続けるミゲェールの姿が浮かんだ。

翌日、玲奈は、ホセ夫婦と三人でモンセラットの山へ出かけた。

高速道路を北にむかって小一時間も走ると、やがて車のフロントガラスに、陽差しに白くかがやく美しいモンセラットの山の頂きが見えて来た。

懐かしい光景だった。

山径を車で登りながら、玲奈は呟いた。

——ここは野嶋さんと私が出逢った場所だわ。神さまが私たちに運命を与えて下さった山径……。

サン・ベニート修道院の前を通る時、玲奈は首を伸ばして崖下《がけした》を見おろした。険しい断崖《だんがい》が続く山径を見て玲奈は、野嶋が助けてくれなかったら、自分はとうの昔に主の下へ召されてしまっていただろうと思った。

土曜日の正午のモンセラット修道院は、大勢の人で溢《あふ》れていた。

三人は〝黒いマリア〟を参拝するために並んでいる人々の長い列に加わった。マリア像を拝み、午後のミサに参加した。〝エスコラニア〟の少年聖歌隊の美しい声を聞きながら、彼女は、野嶋と再会できたことを神に感謝した。ミサが終り、修道院の広場で昼食を摂《と》った。

昼食の後、玲奈とロッサーナは、昼寝をするホセを置いて修道院の周囲を散策した。

昨夜、風が強かったせいか、遠くピレネーの山影がかすかに見えた。

ロッサーナは山の彼方《かなた》をじっと眺めている。

玲奈は、サンティアゴへの巡礼の旅がピレネーの山からはじまることを知っていた。ロッサーナが、アラゴンの荒野を越えて遥《はる》か数百キロの地で巡礼の旅を続けているはずのミゲェールに、思いをはせているのだと思った。

「玲奈さん」

ロッサーナが山の彼方を見ながら言った。

「何ですか？」

「あなたがスペインに来る前に、お父さまから手紙を頂いたわ。長くて、切ない内容の手紙でした。あなたが恋をしている人のことが書いてあった。そしてその相手の人が、どんな人なのかが刻明に書かれて、その上コピーした雑誌の記事までが訳されて添えてあったわ。私は驚いたわ。そのノジマという人のこともそうだけど、人を決して悪く言うことのなかった旦那《だんな》さまが、あんなに人を憎んだ手紙を読んだのは初めてでした……」

「お父さんは、あの人の、野嶋さんのことを誤解しているの。野嶋さんは私の命の恩人なのよ、ロッサーナ。あなたも覚えているでしょう。六年前に、このモンセラットの山で、私が事故に遭った時のことを。あの時、崖下に倒れていた私を救い出してくれたのが、その野嶋さんなのよ」

その言葉に、ロッサーナは玲奈を正面から見つめて訊《き》いた。

「それは本当なの？」

「ええ、あの時、サン・ベニート修道院にいらっしゃった修道女さまに別れの挨拶《あいさつ》をしに行った帰り道で、私は車にはねられて崖下に落ちてしまったの。その私を抱きかかえて、草の上まで運んで下さったのが、野嶋さんなの。私は、その時の野嶋さんの顔も声もはっきりと覚えているわ。もしあの方が助けに来て下さらなかったら、私はこうしてあなたと話もできていなかったのよ」

懸命に野嶋のことを説明する玲奈の顔を、ロッサーナはじっと見つめてちいさく頷いた。

「玲奈さん、私はあなたを赤ん坊の時から知っているわ。だからあなたが嘘《うそ》をつく人ではないこともわかっています。そして旦那さまが、あなたのお父さまが、どんな方かも知っているつもりです。どのようなことが日本であったかは知りませんが、私は玲奈さんの今の言葉を信じます。だから何も訊きませんし、お父さまが手紙に書いてこられた、あなたをしばらくバルセロナに居させてやって欲しいという願いを、受け入れるかどうかはあなたにおまかせします。私はお二人が昔のように仲良く暮していかれることを何よりも願っています。どうかお父さまと仲直りをして下さい」

ロッサーナは玲奈に歩み寄り、両手を握って言った。

京都から夜明け近くに高尾の家へ戻った日から、玲奈と篤司はほとんど口をきいていなかった。

野嶋のことを犯罪者呼ばわりした父親のことを、玲奈は許せなかった。

篤司は篤司で、野嶋との交際を認めて欲しいという娘の申し出を許さなかった。話し合う機会を持たないまま、玲奈はスペインに旅立った。

「玲奈さん、マリアさまはずっとあなたのことを見守っていらっしゃいます。私はあなたの、その清らかな瞳《ひとみ》に映るものを信じています。穢《けが》れた者をあなたが愛するはずはありません。私の友人にも、歳《とし》が離れた男の人に恋をして結ばれ、幸せになっている人を知っています。それでもお父さまからすると、歳の違う人とのおつき合いはやはり心配なのでしょう。お父さまはあなたの大切な家族です。どうか仲直りをして下さい。ちゃんとあなたがお話をすればわかって下さるはずです」

玲奈はロッサーナの手を握り返して言った。

「わかったわ。日本へ帰ったらお父さんとちゃんと話し合うわ。心配をかけてごめんなさい」

「ありがとうございます。私は、どんな時も玲奈さんの味方です。その方とのおつき合いが上手《うま》く行くことを願っていますよ。ミゲェールのためにも恋を成就《じょうじゅ》して下さい」

ロッサーナの言葉に玲奈の大きな瞳から涙が零《こぼ》れ出した。

その夜、玲奈は京都の一乗寺にいる野嶋に宛《あ》てて手紙を書いた。六年前と同じようにバルセロナの街が美しかったこと。モンセラットの山に出かけたこと。ロッサーナが自分たちふたりの交際を応援してくれていることを書いて、最後に、いつかこのバルセロナを二人で訪れたいとしたためた。

翌日、パンプローナへむかう途中、玲奈はその手紙を駅のポストに投函《とうかん》した。……

玲奈が手紙を送った京都の一乗寺に、野嶋郷一が再び戻ることはなかった。

野嶋は玲奈に見送られて小松空港から上京した翌日、東京で暴力事件を起していた。有名な作家の葬儀の会場で起こった事件は一部の週刊誌に報道され、暴行を働く野嶋の写真が掲載された。

その写真で、野嶋の存在を知った者たちが、彼を追いはじめていた。一人は牧野篤司であった。もう一方の追手は、三月の初めに金沢で野嶋を取り逃がした連中だった。彼等の野嶋に対する恨みは尋常ではなかった。執拗《しつよう》な追跡がはじまっていた。

独特の嗅覚《きゅうかく》を持つ野嶋は、自分に危険が近づいていることを察知して、逃亡生活に入った。

（下巻へつづく）

白《しろ》い声《こえ》(上)

新潮文庫　い-59-4

平成十七年一月一日発行

著者　伊《い》集《じゅう》院《いん》静《しずか》

発行者　佐藤隆信

発行所　株式会社 新潮社

郵便番号　一六二―八七一一
東京都新宿区矢来町七一
電話 編集部(〇三)三二六六―五四四〇
読者係(〇三)三二六六―五一一一
http://www.shinchosha.co.jp

価格はカバーに表示してあります。

乱丁・落丁本は、ご面倒ですが小社読者係宛ご送付ください。送料小社負担にてお取替えいたします。

印刷・大日本印刷株式会社　製本・加藤製本株式会社
© Shizuka Ijûin 2002 Printed in Japan
ISBN4-10-119634-6 C0193